Anna & Otto

Blanca Imboden

Anna & Otto

Liebe mit Verfallsdatum

WÖRTERSEH

Ähnlichkeiten mit lebenden Personen sind zufällig.

Alle Rechte vorbehalten, einschließlich derjenigen des auszugsweisen Abdrucks und der elektronischen Wiedergabe

© 2014 Wörterseh Verlag, Gockhausen

Lektorat: Andrea Heyde, Zürich
Korrektorat: Andrea Leuthold und Claudia Bislin, beide Zürich
Umschlaggestaltung: Thomas Jarzina, Holzkirchen
Foto Umschlag vorn: © Thomas Jarzina
Foto Umschlag hinten: © Bill Varie / Somos Images / Corbis
Layout, Satz und herstellerische Betreuung:
Rolf Schöner, Buchherstellung, Aarau
Druck und Bindung: CPI – Ebner & Spiegel, Ulm

Print ISBN 978-3-03763-045-7
E-Book ISBN 978-3-03763-551-3
www.woerterseh.ch

I

Tam, tam, bum, bum.
Ich glaube es selber nicht!
Bum, bubum, bum, bububum.
Ich bin tatsächlich hier!
Tam, tatam, bum, bubum.
In einem Trommelworkshop!

Wir sitzen auf Stühlen im Kreis, jeder eine große Djembe-Trommel zwischen die Beine geklemmt. Zuerst haben wir die drei Grundschläge gelernt. Steve, ein Bild von einem Mann mit senegalesischen Wurzeln, hat uns mit Hingabe und Engelsgeduld die Schläge Bass, Tone und Slap beigebracht. Jetzt geht es um Rhythmus. Steve wirbelt in der Mitte unseres Kreises herum, tanzt und stampft und ruft und lärmt. Er versucht, unsere ungelenken Schläge zu einem gemeinsamen Rhythmus zu vereinen, zu einem richtigen Trommelkonzert. Irgendwann singt er auch noch dazu, und sein Gesang ist wirklich gut, im Gegensatz zu unserem unbeholfenen Geklopfe.

»Schön aufrecht bleiben!«, ruft Steve aufmunternd. »Entspannt euch, vergesst das Atmen nicht! Lasst die Arme tanzen, die Schläge fließen!«
Der hat gut reden.

Nein, trommeln zu können, ist kein unerfüllter Wunsch, den ich seit meiner Kindheit mit mir herumtrage. Ich habe auch nie von einem solchen Workshop geträumt. Ganz bestimmt nicht. Ich habe bloß letzten Silvester zu tief ins Glas geschaut. Und als Heidi und Caro mit ihrer blöden Idee kamen, fand ich die sogar noch witzig: Sie schlugen vor, aus dem Kurskatalog des Vereins »Bildung Schwyz« blind einen Kurs auszuwählen, zu buchen und ihn dann vor allem auch zu besuchen. Egal, was.
Bescheuert!
Eine Schnapsidee!

Und so sitze ich hier im Kreis, schlage auf ein Ziegenfell ein, das überhaupt nichts dafür kann, und schaue einem attraktiven Afrikaner zu, wie er tanzt und singt. Vielleicht hat sich das Ganze wenigstens wegen Steve gelohnt. Allerdings wird er sich kaum für mich interessieren, so unbegabt, wie ich bin. Wie übrigens die meisten hier, was keine Entschuldigung sein soll. Neben mir sitzt ein Typ, dem der Schweiß über sein Gesicht auf die Trommel tropft. Auch er scheint mit oder vielmehr gegen sich zu kämpfen. Aber ich sollte mich mehr auf mich konzentrieren, denn ich bin schon wieder völlig neben dem vorgegebenen Rhythmus.

Steve klatscht in die Hände: »Höchste Zeit für eine Pause. Wir treffen uns in 45 Minuten wieder hier.«
Gott sei Dank! Achtlos lasse ich meine Trommel stehen und ergreife die Flucht. Immerhin liegt das Bildungszentrum Mattli hoch über dem Vierwaldstättersee, und das Restaurant hat eine Terrasse mit herrlicher Aussicht. Ich steuere einen Tisch an, der direkt an der Sonne steht, und lasse mich nieder. Meine Hände wuscheln durch meine schweißfeuchten dunkelbraunen Locken. Hier oben in Morschach könnte es traumhaft sein, wäre da nicht

dieser lästige Trommelkurs. Der Blick über den See und die Berge ist bezaubernd, die Luft klar und rein. Ein schöner Platz. Ich betrachte meine Hände, die rot sind und schmerzen, puste sie sanft an. Zum Glück dauert das Ganze nur ein Wochenende.
Mein Nachbar aus dem Trommelkreis taucht auf. Ich nicke einladend, und er setzt sich zu mir.
»Ich gebs zu, ich habe es mir nicht so schwierig und anstrengend vorgestellt«, sagt er, nachdem er sich ein Bier bestellt hat. Ich rühre schon in meinem Milchkaffee und lächle.
»Ich hatte überhaupt keine Vorstellung von diesem Workshop, ehrlich!«, erkläre ich.
Wir sitzen eine Weile schweigend da und hören den entfernt bimmelnden Kuhglocken zu, beide froh, jetzt nicht trommeln zu müssen.
»Ich glaube, dieses Getrommel wird mich noch bis in meine Albträume verfolgen«, meint eine etwas aufgetakelte Frau, die ungefragt einen Stuhl an unseren Tisch stellt. Sie verdreht leidend die Augen und zupft an einem ihrer Fingernägel herum. Es scheint sich ein wenig rote Farbe abgelöst zu haben.
»Ich hatte sie gerade frisch lackiert«, jammert sie.
Tja, Augen auf bei der Instrumentenwahl!, denke ich. Mein Mitleid kocht auf sehr kleiner Flamme, da ich gerade damit beschäftigt bin, mich selber ein wenig zu bedauern.
Immer mehr Kursteilnehmer setzen sich zu uns. Zwei Tische werden zusammengerückt. Wir sind ja ohnehin nur zehn Leute. Irgendwann kommt auch der schöne Steve. Er hat die großartige Idee, dass sich doch jeder kurz vorstellen könnte.
»Sagt, woher ihr kommt, wer ihr seid und warum ihr diesen Kurs besucht«, schlägt er vor.
Die Fingernägeltante kommt aus Brunnen, ist Sozialarbeiterin und besucht den Kurs, weil sie mit Jugendlichen trommeln möchte.

Eine ältere Dame wohnt in Luzern, macht seit Jahren African Dance und wollte daher schon immer mal trommeln lernen. Ein Mann aus Altdorf, Busfahrer von Beruf, hat gerade eine Reise durch Afrika gemacht und möchte so seine Erinnerungen wachhalten. Ich höre mit Interesse zu, was die Kursteilnehmer erzählen. Dann ist mein Nachbar dran.
»Ich heiße Otto. Ich bin Altenpfleger und arbeite in Ibach. Da ich schon als Kind immer von Afrika geschwärmt habe, hat man mir eine Djembe geschenkt, und so bin ich jetzt hier.«
Otto!
Ups, jetzt bin ich dran. Warum erschreckt mich das so sehr? War ja wohl vorhersehbar. Was sage ich jetzt? Die Wahrheit kann ich unmöglich hinausposaunen.
»Ich bin Anna, Journalistin aus Schwyz. Ich liebe Trommeln.«
Ich liebe Trommeln! Total bescheuert!
Kann keinen Rhythmus halten, aber liebt Trommeln!
Wahrscheinlich kugelt sich Steve jetzt innerlich vor Lachen.

»Anna und Otto«, murmelt die Fingernägeltante. Ich weiß schon, was jetzt kommt, sehe richtig, wie es in ihrem Kopf rumort.
»Wisst ihr eigentlich, dass man eure Namen vorwärts und rückwärts lesen kann?« Sie ist halt eine ganz Schlaue.
Ja, ja, und nochmals ja.
Wir wissen es ganz bestimmt beide.
Schon lange.
Auf jeder Party, bei jeder Veranstaltung, es kann eine Beerdigung oder eine Pressekonferenz sein, ist sicher ein besonders intelligenter Gast, der einen darauf aufmerksam macht.
Otto steckt sich hinter dem Rücken der Frau symbolisch den Finger in den Hals.
Wusste ich es doch! Er kann es auch nicht mehr hören.

Ich selber konnte schon im Kindergartenalter zahlreiche Palindrome aufsagen:
Reliefpfeiler.
Uhu.
Ein Neger mit Gazelle zagt im Regen nie.
Lagerregal.
Tarne nie deinen Rat!
Nette Betten.
Damals habe ich die Sätze nie richtig verstanden. Ehrlich gesagt, weiß ich heute noch nicht, was ein Reliefpfeiler ist. Aber darum gehts ja nicht.

»Anna und Otto, gleich zwei Palindrome. Wenn das nicht ein Zeichen ist«, meint nun auch die Tänzerin und blickt vielsagend von Otto zu mir und zurück.
Otto grinst verlegen.
Ich werde rot.
Steve bereitet dem Ganzen ein Ende: »Los, weiter gehts. Die Trommeln rufen.«

Wir gehen wieder hinüber in das Kurslokal. Otto legt mir kurz die Hand auf die Schulter und sagt: »Du Palindrom, du!«
Dazu verdreht er derart die Augen, dass ich laut lachen muss.
Wir klemmen uns wieder die Trommeln zwischen die Beine. Der Kurs geht weiter.
Eigentlich würde ich mir diesen Otto gern etwas genauer anschauen, wo wir doch jetzt eine besondere Verbindung haben und er so sympathisch reagiert hat. Aber ich muss mich auf das Trommeln konzentrieren, denn Steve fordert uns heraus.
»Ich gebe einen Rhythmus vor, ihr trommelt ihn nach«, erklärt er. »Zwischendurch klatsche ich auch mal in die Hände oder rufe

etwas. So lernt ihr, zuzuhören, schnell zu reagieren, und trainiert das Trommeln und euer Rhythmusgefühl.«
Steve fängt langsam und einfach an.
Bum, bum, bam.
Da halten wir noch locker mit.
Bum, bum, bam.
Bald trommeln jedoch nur noch wenige. Die meisten haben aufgegeben. Otto ist noch immer dabei. Der Schweiß tropft wieder von seiner Stirn. Otto scheint begabter zu sein als ich, ehrgeiziger und konzentrierter.

Otto. Er sieht wesentlich besser aus, als sein Name vermuten lassen würde. Er trägt Jeans, Turnschuhe und ein weißes T-Shirt. Sein kurz geschorenes braunes Haar lenkt wenig ab von seinem markanten Gesicht. Es ist braun gebrannt und schmal. Seine dunkelbraunen Augen könnten einige Geheimnisse verbergen. Seine Lippen wirken weich und das Lächeln warm.
Otto.
Anna und Otto.

Ich schüttle mich ein wenig und versuche, wieder locker zu werden. Die Schläge sollen aus den Armen herausfließen, sagt Steve. Ich bemühe mich. Steve schlägt jetzt leichtere Rhythmen an, damit wieder alle mitmachen können. Ich versuche, nicht an Otto zu denken, sondern mich in den Trommelschlägen zu verlieren. Später lässt Steve dröhnend laut ein paar afrikanische Songs von einer CD spielen, und wir können alle frei dazu trommeln. Das macht Spaß. Ein richtiges Trommelinferno geht los. Da reagieren sogar die Gedärme, und der ganze Körper vibriert mit.
Otto strahlt mich an.
Hallo?

Eigentlich bin ich nicht hierhergekommen, um mich zu verlieben. Ich habe nicht einmal erwartet, mich zu amüsieren. Ich wollte nur diesen Kurs hinter mich bringen und ihn dann sofort wieder vergessen.

Aber Otto ist süß, keine Frage.

Haben wir sonst noch irgendetwas gemeinsam, abgesehen von den komischen Namen und unserer absoluten Hingabe an das Trommeln? Sonst könnte es etwas schwierig werden, jedenfalls langfristig gesehen. Aber wer denkt heute noch langfristig?

Hätte ich doch nicht dieses verwaschene T-Shirt angezogen und die alten ausgebeulten Jeans, die nur bequem sind, aber ansonsten nicht gerade viel hermachen. Auf meinem Zimmer habe ich nur noch ein weiteres Shirt, zwar in einer anderen Farbe, aber das wird mich auch nicht rausreißen. Dazu komme ich barfuß in Sandalen daher, obwohl es dafür im April eigentlich noch etwas kühl ist. Was muss Otto von mir denken? Während ich Ottos Strahlen erwidere, zerwühle ich wie nebenbei meine Locken, damit sie aufhören, an meinem Kopf zu kleben.

Wer hätte denn voraussehen können, dass man in einem Trommelkurs interessante Männer trifft? Und selbst wenn: Wie hätte ich mich dann angezogen? Ich bin einfach nicht der weibliche, tussige Typ mit hundert Handtaschen und hochhackigen Schuhen in allen Farben. Eigentlich komme ich immer so daher wie heute: einfach und praktisch gekleidet, ungeschminkt. Aufbrezeln mag ich mich nicht. Im Grunde meines Herzens denke ich auch, man sollte sich nicht verstellen, um sich einen Mann zu angeln. Das kann doch sonst auf Dauer nicht gut gehen.

Jetzt rede ich schon wieder von Dauer. Caro würde sagen, die Dauer einer Beziehung werde überbewertet. Die Qualität des Moments sei entscheidend.

Aber ich bin nicht Caro.

Beim Abendessen sitzen Otto und ich dann wie zufällig wieder nebeneinander. Wir reden wenig, denn um uns herum wird heftig debattiert. Es geht um Politik, ums Wetter, um Sport. Man streitet sich über die Wirtschaftskrise, über das Bankgeheimnis, über die Beziehungen der Schweiz zur EU, über alternative Energien.
Otto und ich sitzen einfach dabei. Wir genießen erstklassige Pasta mit Basilikum und trinken ab und zu einen Schluck Rotwein. Manchmal blinzelt er mir zu, etwa, wenn jemand gerade etwas besonders Originelles zum Besten gibt wie der junge Mann, der ganz genau erklärt, wie er den Weltfrieden wieder herstellen würde, wenn man ihn nur ließe.
Uns verbindet etwas.
Wir schauen einander an und fühlen uns verstanden.
Es ist höchst merkwürdig, hochgradig beunruhigend, aber ohne Zweifel schön.

Nach dem Abendessen zeigt uns Steve einen Film über eine Trommelschule im Senegal und über die Herstellung von Djembe-Trommeln. Berühmte Trommler werden vorgestellt, und wir bekommen Einblick in die Geschichte des Trommelns. Der Film ist spannend und gut gemacht, aber Otto lenkt mich ab. Er sitzt ganz nahe neben mir und berührt ab und zu wie zufällig meine Hand, ganz vorsichtig, ganz zärtlich. Mir wird heiß, und der geschlossene Raum beengt mich. Ich brauche dringend frische Luft. Irgendwann stehe ich auf und verlasse den Saal.
Es sitzt keiner mehr auf der Terrasse, denn nach dem sonnigen, warmen Tag ist die Nacht wieder richtig kalt. In meiner warmen Jacke setze ich mich auf eine Bank in einer windgeschützten Ecke und atme tief ein und aus. Mein Kopf wird trotzdem nicht so richtig klar.
Habe ich mich etwa verliebt?

Na so was.
Das ging aber schnell.
Ich habe eindeutig Schmetterlinge im Bauch und duftige bunte Nebelschleier in meinen Gehirngängen. Sie verwirren mich, betören mich, bringen meine Gedanken durcheinander, so als wäre ich nach einem Drogenexperiment auf einem guten Trip mit ungewissem Ausgang.
»Anna!«
Otto hat mich gefunden.
»Gefällt dir der Film nicht?«, fragt er verwundert.
»Doch! Der Film ist wirklich gut, aber jemand hat mich ständig abgelenkt«, antworte ich.
Otto lacht. Er setzt sich zu mir, rutscht ganz nah heran und legt keck seinen Arm um mich.
»Ich wärme dich«, erklärt er. Und so bleiben wir einfach eine Weile sitzen. Es sitzt sich gut, so nahe neben ihm. Ob er sich auch fragt, was ich jetzt denke? Ob er das Knistern zwischen uns auch so laut hört wie ich? Wie gern würde ich jetzt wissen, wie es in ihm aussieht. Meine Gefühlswelt ist jedenfalls ziemlich aufgewühlt.
Irgendwann wird uns kalt, und wir mischen uns wieder unter die Leute.

Eine afrikanische Gruppe tritt jetzt in der Hotelbar auf. Sechs Männer singen und trommeln. Inzwischen sind auch Besucher hier, die nicht zu unserem Kurs gehören. Es ist laut, und die Luft scheint durch das Trommeln zu vibrieren. Otto und ich tanzen eine Weile zu den wilden Rhythmen. Dann lassen wir uns erschöpft in einer Sitzecke in der Lobby nieder. Hier ist die Luft frischer, und die Musik ist zwar hörbar, aber man kann sich trotzdem noch unterhalten.

»Erzähl mir etwas von dir«, bittet mich Otto. »Lebst du allein?« Er grinst leicht verlegen wegen seiner allzu direkten Frage, aber ich kann ihn beruhigen.

»Nicht ganz allein. Ich wohne in einer Frauen-WG mit Heidi, einer Lehrerin, und Caro, einer Informatikerin, die jetzt ein eigenes Geschäft hat. Wir drei haben zusammen eine richtig schöne, große Wohnung mit viel Luxus in einer Neuüberbauung in Schwyz.«

»Was verstehst du unter Luxus?«, will Otto wissen.

»Eingebaute Mikrowelle, Backofen mit Steamer, Induktionsherd«, zähle ich auf.

»Ach, so Frauenzeug«, lacht er verständnisvoll.

»Oh, wir haben auch eine große Badewanne mit Whirlpool-Funktion. Auf unserem Balkon kann man locker zu zwölft feiern, und im Keller gibt es ein Hallenbad.«

Jetzt ist Otto platt.

»Zu dritt können wir uns das leisten. Und wir verstehen uns richtig gut.«

»Du bist Journalistin, oder?«, will Otto wissen.

»Ja, ich arbeite bei der ›Zeitung Zentralschweiz‹. Nach der Matura habe ich am Medienausbildungszentrum Luzern verschiedene Kurse besucht: Lokaljournalismus, Fotografie, Recherche, Interviewtechnik und anderes. Bei der ZZ habe ich meinen ganz persönlichen Traumjob gefunden. Nur geht es den Zeitungen leider nicht gut im Moment.«

Die Wirtschaftskrise hat die Werbeeinnahmen schrumpfen lassen. Dazu wollen immer weniger junge Leser überhaupt noch eine Zeitung abonnieren, wo es jetzt überall Gratisblätter gibt und die News so schnell im Internet abrufbar sind. Dunkle Gedanken wollte ich jetzt eigentlich nicht aufkommen lassen, dennoch erkläre ich Otto ein wenig meine Lage.

»Man redet erstmals von Entlassungen, und ich versuche, diese

Vorstellung weit von mir zu schieben. Es wäre eine Katastrophe. Auch bei anderen Zeitungen gibt es ja zurzeit viele Entlassungen. Es wäre verdammt schwer, wieder irgendwo unterzukommen.«
Otto drückt meine Hand.
»Jetzt du!«, fordere ich ihn heraus.
»Ich bin Krankenpfleger. Seit fünf Jahren im Altersheim tätig. In der Freizeit muss ich manchmal etwas übertreiben. Ich fahre Mountainbike und brauche den Sport. Manchmal betreibe ich ihn bis zur Schmerzgrenze. Das liegt an meinem Job.«
Einen Job zu haben, der mich mit dem Mountainbike die Berge hochtreibt, das kann ich mir fast nicht vorstellen.
»Ich liebe meinen Beruf, und ich liebe die alten Leute, um die ich mich kümmere«, beteuert Otto, »jedenfalls die meisten. Aber ständig Menschen sterben zu sehen oder, was noch schlimmer ist, Patienten monatelang leiden zu sehen, geht an die Substanz. Ich halte zu wenig Distanz, wirft meine Chefin mir vor. Aber ich frage mich: Bin ich ein guter Pfleger, wenn ich Distanz halte?«
Auch Otto möchte wohl keine schlechte Stimmung aufkommen lassen und wechselt schnell das Thema: »Wie bist du eigentlich zu diesem Trommelkurs gekommen?«
»Die ehrliche Antwort? Die Wahrheit und nichts als die Wahrheit?«, frage ich zurück.
Otto lacht und macht sich schon auf etwas Ausgefallenes gefasst. Als er meine Antwort dann hört, lacht er wieder. Er hat ein warmes, ansteckendes Lachen.
»Ihr seid ja verrückte Weiber!«
Er will wissen, was noch alles im Programm war.
»Oh, da gab es alles Mögliche: einen Biogartenkurs, Hormon-Yoga, Feuerlaufen, einen Okarina-Baukurs, philosophische Abendgespräche, Mentalwerkstatt, Augentraining, Gesichtsmassage mit Edelsteinen...«

Die Vielzahl der ungewöhnlichen Angebote hatte uns erst auf die verrückte Idee gebracht, blind irgendeinen Kurs herauszupicken und uns anzumelden. Es waren welche dabei, bei denen wir nicht im Entferntesten wussten, worum es geht.
Gefühlsmanagement?
Effektive Mikroorganismen?
Nuno-Filzen?
Jin Shin Jyutsu?
»Und wie ist es Caro und Heidi mit ihrer ›Wahl‹ ergangen?«, fragt Otto gespannt.
»Heidi war insgesamt viermal beim Beckenbodentraining. Sie fand das total peinlich. Im Kurs lernte sie viele Frauen, alte und junge, kennen, die echte Probleme haben, weil sie ständig Urin verlieren. Seither trainiert Heidi vorbeugend ihren Beckenboden. Sie ist richtig in Panik geraten.«
Leider hat der Kurs auch sonst viele Ängste bei ihr ausgelöst. Sie hat angefangen, über ihre biologische Uhr nachzudenken und sich über ihr Alter Sorgen zu machen. Aber das behalte ich erst mal für mich.
»Caro, unsere ganz Rationale, die Computerfrau, wurde gezwungen, sich mit Feng-Shui zu befassen. Sie hat geflucht und geschimpft, tagelang. Sie fand, Feng-Shui sei doch bloß esoterischer Humbug. Und dann besuchte sie diesen Kurs – auch so ein Wochenendworkshop wie unser Trommelkurs –, und seitdem ist bei uns nichts mehr so, wie es war. Caro hat ihr Zimmer total umgeräumt und will nun auch bei uns alles verändern.«
Sie hat massenhaft Bücher zum Thema gelesen. In ihrem Büro hat sie einen Feng-Shui-Berater kommen lassen und die ganze Einrichtung den Lehren von Feng-Shui angepasst.
»Caro behauptet, es gehe ihr seither besser, sie habe weniger Kopfschmerzen, und ihr Geschäft habe trotz Wirtschaftskrise einen Aufschwung erfahren«, erkläre ich Otto weiter.

In unserer WG haben wir seither allerdings öfter mal Meinungsverschiedenheiten wegen Caros Veränderungssucht.
»Caro kommt sicher gern mal zu dir heim und richtet alles neu ein«, biete ich Otto gönnerhaft an.
»O nein! Da gibt es leider kaum Möglichkeiten zur Veränderung«, protestiert Otto heftig. »Ich wohne im Personalhaus.«
»Wieso das denn? Da kannst du ja gar nie richtig abschalten«, wundere ich mich.
»Früher habe ich mit meiner Partnerin Susanne zusammengewohnt. Als das auseinanderging, vor sechs Monaten, wollte ich nur schnell weg und kam im Personalhaus unter. Bis jetzt bin ich da hängen geblieben. Ich habe eine kleine Studiowohnung, die ich eigentlich mag. Aber du hast schon recht: Ich müsste dort weg.«
»Warum ging eure Beziehung auseinander?«
Achtung, Fangfrage!
Ich denke, man lernt enorm viel über einen Mann, wenn man ihn über frühere Beziehungen reden lässt.
»Wir hatten nach schon einem Jahr geschafft, wofür andere Paare zwanzig Jahre brauchen. Wir lebten wie ein altes Ehepaar zusammen, hatten manchmal kaum noch Gesprächsstoff, kaum mehr Sex, dafür immer mehr Gründe, uns zu zanken, meist wegen Nichtigkeiten. Wir hatten einander zu Anfang unserer Beziehung keine ewige Treue versprochen, sondern eher das Gegenteil: Wir würden keine tote Beziehung aufrechterhalten wollen. Wir kannten beide genug Paare, die anscheinend gar nicht mehr wussten, warum sie zusammen waren. Als uns bewusst wurde, dass wir genauso weit waren, haben wir uns getrennt. Nicht ohne Tränen, aber ohne böse Worte. Wir waren ein gutes Paar. Ich weiß nicht genau, warum wir es nicht geschafft haben«, gibt er ehrlich zu.
Otto ist voll in Ordnung. Wusste ichs doch.

Er ist kein oberflächlicher Gockel, kein Macho, kein gefühlloser Kerl.
Eben Otto.

Wir stürzen uns zum Tanzen wieder in das Getümmel der Bar. Die Musik wird langsamer, und ich verkrieche mich in Ottos Arme. Das fühlt sich gut an. Ich mag seinen Geruch, seine Haut, seine Nähe. Ottos Hände verlieren sich in meinen Locken, die leider keine Frisur sind, auch wenn ich sie vor dem Abendessen schnell gewaschen und mit einem hineingewundenen Haarband ein wenig aufgehübscht habe.
Dann wandern seine Hände meinen Körper entlang, zärtlich und schmeichelnd. Mein Puls beschleunigt sich. Während wir so tanzen, bin ich glücklich. Alles ist perfekt. Dabei ist mir völlig klar, dass dies meist so ist, wenn man sich verliebt. Aber das ist mir wurst.
Später kommt er wie selbstverständlich mit auf mein Zimmer, und wir lieben uns zärtlich und innig. Wir können kaum genug voneinander bekommen, bis wir schließlich erschöpft einschlafen, liebevoll aneinandergekuschelt.

Am nächsten Morgen will ich vor dem Frühstück ein paar Minuten allein sein, auf dem Balkon, die kühle Morgenluft tief in meine Lungen ziehen und durchatmen. Otto ist in seinem Zimmer und packt. Ich habe zwiespältige Gefühle und wäre jetzt gern daheim. Wie kann ich mit meinen 33 Jahren noch immer so spontan handeln, so blauäugig sein? Ich verliebe mich Hals über Kopf in einen Fremden, und statt in Panik zu geraten bei den Gedanken an all das, was schieflaufen könnte, vertraue ich ihm. Ich schüttle den Kopf über mich. Das Lächeln auf meinem Gesicht bleibt. Ich kann nicht anders. Ich bin verliebt.

Ich will an uns glauben, hier und jetzt, an Anna und Otto, an eine gemeinsame Zukunft, an unzählige sich aneinanderreihende Tage, die so enden wie der gestrige.

Beim Frühstück traut sich keiner unserer Kurskameraden, eine spitze Bemerkung zu machen, obwohl jeder sehen muss, was mit uns beiden passiert ist. Wir haben noch einmal ein Trommeltraining. Ich setze mich mit meiner Trommel bewusst nicht neben Otto, denn sonst habe ich keine Chance, mich zu konzentrieren. Ich sehe trotzdem nur ihn. Otto lacht mich aus. Er hat recht.
Wir üben noch einmal die Grundschläge. Dann erhalten wir ein paar schriftliche Instruktionen, damit wir nichts vergessen. Steve versorgt uns außerdem mit wertvollen Weblinks. Auf Youtube soll es gute Übungsfilme geben, verrät er, einige sogar von ihm selber. Demnach hätten wir gar nicht nach Morschach kommen müssen. Aber dies ist nur eine rein theoretische Überlegung. Wie hätte ich sonst jemals Otto kennen gelernt?

Zum Abschluss des Seminars lässt Steve von einer CD drei afrikanische Stücke spielen, und wir veranstalten unser letztes gemeinsames Trommelinferno. Wir trommeln, als gäbe es kein Morgen oder als müssten wir jetzt und hier die Welt damit retten. Hoffentlich lösen wir keinen Tsunami im Vierwaldstättersee aus oder gar einen Bergsturz am Fronalpstock. Wir legen uns ins Zeug, sind voll dabei, laut und mehr oder weniger rhythmisch, kennen keinen Schmerz. Die Luft vibriert. Steve tanzt dazu und freut sich über unseren Einsatz. Dann verabschieden wir uns alle, von unserem Lehrer und untereinander.
Was für ein Workshop! Ich hatte an Silvester wirklich das große Los gezogen.

Otto fährt mit mir in meinem Smart nach Hause. Er wohnt in Ibach, ich in Schwyz. Beides sind Nachbardörfer, nur eine Viertelstunde von Morschach entfernt. Die Trommeln und unsere Taschen füllen den Smart, und Otto lacht, als er das vollgepackte kleine Auto betrachtet.

»Bitte keine blöden Bemerkungen«, sage ich nur kühl. »Ich mag es gar nicht, wenn man über meinen Smart spottet. Er ist klein und vielleicht kein richtiges Auto, aber er bringt mich überallhin, jedenfalls meistens. Außerdem habe ich ihn bezahlt, bar, ohne mich zu verschulden, und einen Parkplatz finde ich auch immer.«

»Schon gut, schon gut!«, beschwichtigt mich Otto und ist still.

Es gefällt mir nicht, von hier wegzufahren. Wir haben uns hier gefunden, per Zufall oder Schicksal, je nach Sicht der Dinge. Wie geht es weiter?

Wir sind beide ein wenig nachdenklich auf den letzten Kilometern heimwärts. Als ich Otto vor dem Heim absetze, wo er in einer Stunde schon wieder Dienst hat, umarmen und küssen wir uns.

»Sehen wir uns wieder?«, frage ich mutig. Was weiß ich, was in ihm vorgeht?

»Klar«, antwortet er locker.

Unsere Telefonnummern haben wir einander schon vorher ins Handy getippt. Schließlich verspricht Otto: »Ich ruf dich an.«

Damit verlässt er den Wagen und zieht davon. Ich könnte schreien. Ich ruf dich an?

Klingt wie in einem dämlichen Film, wo einer eine loswerden will, die ihn während eines Wochenendes ganz nett unterhalten und ihm die Nacht verkürzt hat.

Ich unterdrücke den Wunsch, ihm hinterherzurufen: Wann? Das kann ich nicht machen. So verhält man sich nicht. Man rennt Männern nicht hinterher, hat mir meine Mutter beigebracht. Man setzt sonst völlig falsche Signale. Damit hat sie sicher recht.

»Wann?!«
Jetzt habe ich es doch getan! Ich habe das Fenster runtergekurbelt und ihm laut hinterhergeschrien. Signale und Mütter hin oder her. Ich konnte einfach nicht anders, auch wenn ich mir nun am liebsten die Zunge abbeißen würde.
»Heute Abend. Was denkst denn du? Ist doch klar«, ruft er zurück und lacht. Mir fällt ein Stein vom Herzen.
Jetzt renne ich doch Männern hinterher. Entschuldige, liebe Mama. Ich machs ja auch nur bei diesem einen hier, bei Otto. Und wer weiß: Vielleicht ist er es wert.

Als ich am Nachmittag unsere Wohnung betrete, ist es still. Die Zimmertüren meiner Freundinnen sind geschlossen. Falls eine da ist, will sie demnach nicht gestört werden. So halten wir das hier. Vielleicht sind auch alle ausgeflogen. Ich stelle meine Trommel vor Heidis Zimmertür. Sie hat mir das Instrument aus dem Musikraum ihrer Schule geliehen.
In unserer geräumigen Küche lasse ich mir einen Kaffee aus der Maschine und will damit auf den Balkon. Doch in der Tür erschrecke ich gewaltig. Immer noch leicht verträumt, scheine ich in eine Falle getappt zu sein.
»So ein Mist!«, schimpfe ich vor mich hin, während um mich fröhliches, vielstimmiges Geläut ertönt. Ein Windspiel! Ich bin hineingelaufen und habe dabei den halben Kaffee verschüttet. Auch wenn die herunterhängenden Röhrenglocken in Kombination mit meinem Kopf interessante Klangbilder erzeugen: Lustig finde ich das nicht. Dieses Ding hing doch vorher nicht hier!
»Oh, du hast mein neues Windspiel gesehen?«, fragt Caro plötzlich hinter mir, und ich schütte noch mehr Kaffee aus vor Schreck. Sie hat eine schnelle Auffassungsgabe, sieht meine Verärgerung und holt einen Putzlappen.

»Ja, es ist vielleicht nicht optimal platziert. Aber es sollte laut Feng-Shui genau hier hängen. Meinst du, du könntest dich daran gewöhnen, wenn dafür die Energie nicht einfach durch die offene Balkontür wegfließt?«
»Vorerst ist mein Kaffee weggeflossen, so sehr bin ich erschrocken«, schimpfe ich laut, aber ich habe mich längst beruhigt, da ich heute besonders milde gestimmt bin.

Im Moment führen wir ständig solche oder ähnliche Diskussionen. Caro hat eine Vollmeise, seit sie diesen Kurs besucht hat. Der Spiegel im Badezimmer sei zu klein, hieß es vor kurzem. Er ließe unserer Aura zu wenig Raum. Als möchte ich im Badezimmerspiegel meine Aura sehen. Aber Caro hat weder Kosten noch Mühen und schon gar keine Auseinandersetzung gescheut. Jetzt haben wir einen Badezimmerspiegel, in dem unsere Aura Platz hat. Ich sehe sie trotzdem nicht. Aber das sei ja, laut Caro, auch nicht wichtig. Immer wenn ich nun in den Spiegel schaue, halte ich seither stumme Zwiegespräche mit meiner Aura. Ob die Aura sich jetzt selber sieht und glücklich dabei ist und mich dafür glücklich macht?

Ansonsten ist Caro total in Ordnung. Sie ist ein liebenswerter, intelligenter Mensch. Man muss ihr diesen Spleen einfach verzeihen. Und schließlich ist sie auch nur ein Opfer. Sie hatte sich den Kurs ja nicht ausgesucht.

Ich setze mich an die Sonne und lege meine Füße aufs Balkongeländer. Caro bringt mir einen frischen Milchkaffee. Zur Versöhnung hat sie sogar etwas Schokopulver darübergestreut. Jetzt will sie natürlich alles über meinen Trommelkurs wissen.
»Keine Angst, ich werde jetzt hier nicht jeden mit meiner Trom-

melkunst nerven, so wie du uns mit deinen Feng-Shui-Theorien nervst«, necke ich sie.
Caro lacht nur. Sie kann austeilen, aber auch einstecken.
Als ich ihr von Otto erzähle und dass ich mich Hals über Kopf in ihn verliebt habe, bleibt ihr glatt die Spucke weg.
»Das ist ja der Hammer! Voll krass!«, meint sie. In ihrem Kurs seien überhaupt keine Männer gewesen.
Mich verwundert das nicht.
»Kannst du jetzt trommeln?«, will sie noch wissen.
»Nein. Ist das wichtig?«
Wir lachen.
Plötzlich hören wir ein Rumpeln und Schimpfen.
Ups. Könnte es sein, dass Heidi über meine Trommel gefallen ist, als sie ihr Zimmer verlassen wollte?
So ist es.
»Sagt bloß nicht, dass aus Feng-Shui-Gründen jetzt eine Trommel vor meiner Zimmertür stehen muss«, ruft Heidi erbost. »Ihr spinnt doch alle!« Dann verschwindet sie wieder in ihrem Zimmer und knallt die Tür hinter sich zu.
Caro und ich schauen uns an und lachen schon wieder los. Wir kichern und prusten und erholen uns nur langsam. Ich hatte ja nicht einmal die Chance, mich zu entschuldigen oder die Trommel wegzuräumen.
»Wie ist die denn drauf?«, frage ich verwundert.
»Sie kam das ganze Wochenende kaum aus ihrem Zimmer«, berichtet Caro. »Ich mache mir langsam Sorgen. Sie hat ihren Humor verloren, ist sofort genervt.«
Wir beschließen, ihr in nächster Zeit ein wenig auf den Zahn zu fühlen.
»Aber lassen wir uns dadurch die Laune nicht verderben«, meint Caro.

Mit unseren Kaffeetassen stoßen wir auf Otto an. Caro will alles wissen und jede Sommersprosse in seinem Gesicht beschrieben haben. Einerseits möchte ich das alles für mich behalten, weil die Eindrücke noch so neu sind und die Gefühle noch so verworren. Aber ich bin so glücklich, so übermütig, dass es nur so aus mir heraussprudelt.
Während Otto also schon wieder fleißig arbeitet, verbringe ich mit Caro einen sonnigen Frühlingsnachmittag auf dem Balkon. Ich löse ein paar Sudokus und lese dann in einem Buch, das ich bald in der Zeitung besprechen soll.

Jeden Sonntagabend versuchen wir Freundinnen, gemeinsam zu essen. Wegen unserer verschiedenen Arbeitszeiten gelingt uns das unter der Woche höchst selten. Mit dem Kochen wechseln wir uns ab. Die Menüs sind immer sehr einfach: meist Teigwaren mit variierenden Saucen und Salat. Heute ist Heidi die Köchin. Caro und ich beobachten sie argwöhnisch von weitem, als sie sich in die Küche begibt und anfängt, mit Pfannen und Tellern zu klappern. Draußen wird es langsam kühl, und wir schleichen uns vorsichtig näher.
»Geht es dir gut?«, frage ich blöde.
»Ja, ja, natürlich«, kommt umgehend die Antwort. »Ich bin nur müde und fühle mich total erschöpft.«
Sehe ich Tränen in ihren Augen? Sie sieht blass und mager aus, die Wangenknochen treten stark aus ihrem Gesicht hervor. Ihr farbloses Blondhaar, das sie am Hinterkopf zusammengebunden hat, braucht dringend einen Friseur.
»Vielleicht fließen die Energien hier noch nicht richtig«, wage ich zu scherzen und stupse Caro an. Heidi lässt sich aber heute nicht aufmuntern. Auch später während des Essens ist sie still und wirkt bedrückt. Über meinen Kurs will sie alles wissen, das schon. Als

ich ihr vom Trommeln und von Otto erzähle, heitert sich ihr Gesicht dann doch kurz auf.
»Ein Trommelworkshop. Wer hätte gedacht, dass dies der große Glücksgriff sein würde?«, meint Heidi.
Höre ich da ein wenig Neid heraus?
Das Beckenbodentraining war jedenfalls kein Glücksgriff. Es kommt mir wirklich so vor, als hätte der Besuch dieses Kurses sie verändert und der Ausblick auf mögliche weibliche Verschleißerscheinungen sie in eine Midlife-Crisis gestürzt. Dabei ist sie erst 41. Das ist doch heute kein Alter für eine Frau. Und ihr Beckenboden ist bestimmt völlig in Ordnung, straff und elastisch.
Frauen.
Wir verstehen uns manchmal selber nicht.
Auch Freundinnen können nicht immer über alles reden. Heute bin ich zum Beispiel viel zu überschäumend glücklich, als dass mir Heidi ihre Sorgen anvertrauen würde. Das verstehe ich.
»Du kannst die Trommel ruhig noch behalten. Der Musiklehrer will erst im Herbst wieder trommeln«, erklärt Heidi. Und dann, ein wenig sarkastisch, aber immerhin mit einem Lächeln: »Ich stelle sie gern vor deine Zimmertür. Hals- und Beinbruch.«
Wir essen Tomatenspaghetti mit Spiegelei. Dazu gibt es Gurkensalat und ein wenig Rotwein.
»Ich möchte auch wieder einmal frisch verliebt sein«, meint Caro sehnsüchtig.
»Mir würde das im Moment nur Angst machen«, erwidert Heidi. »Ich habe viel zu viele hässliche Enden erlebt, um die glücklichen Anfänge noch unbeschwert genießen zu können.«
Ich schüttle den Kopf.
»Das habe ich auch gedacht. Aber verlieben ist immer wieder dasselbe: Du vergisst, was war, und hast plötzlich die rosarote Brille auf, egal, wie alt du bist. Natürlich ist man anfälliger für Zweifel,

je älter man wird. Aber wenn du dich von diesen besiegen lässt, dann kannst du dich ja gleich beerdigen lassen«, gebe ich Heidi zu bedenken.
Wir diskutieren noch eine Weile und stoßen dann auf mein neues Glück an. Die beiden wünschen mir nur das Allerbeste. Das weiß ich. Und das ist schön.

Caro ist schon seit einer Weile in einer eigenartigen Nicht-Beziehung, wie sie immer sagt. Sie geht oft mit ihrem Mitarbeiter Martin aus, fährt sogar mit ihm in den Urlaub. Manchmal sitzt der junge Computerfachmann morgens an unserem Frühstückstisch. Aber die beiden sind nicht wirklich zusammen. Ich habe längst aufgehört, über diese komische Beziehung nachzudenken.
Bei Heidi ist die Lage anders. Sie hatte immer Pech mit Männern. Einer hat sie ausgenommen und sie dann mit Schulden sitzen gelassen. Der letzte war verheiratet und hat es ihr verheimlicht. Sie hat noch viele solcher Geschichten auf Lager. Seit ich sie kenne, ist sie allein.
Und ich?
Ich hatte schon ein paar längere Beziehungen und hörte schon mehrmals die Hochzeitsglocken läuten, allerdings nur aus der Ferne. Und ich habe schon viele, viele Stunden lang bitterlich geweint, weil ich dachte, mein Herz sei für immer gebrochen.
Aber wie man sieht, kann ich mich noch verlieben. Ich habe noch nicht aufgegeben, nach der großen Liebe zu suchen.
Vielleicht habe ich sie gefunden?
Oder herbeigetrommelt?

Ich trage die geliehene Djembe-Trommel in mein Zimmer. Warum eigentlich nicht? Sie ist ein wertvolles Erinnerungsstück, außerdem sehr dekorativ. Ganz sacht lasse ich meine Hände auf

das Ziegenfell fallen und trommle ein wenig. Da klingelt mein Handy.
»Anna?«
Es ist Otto. Kann ihn tatsächlich herbeitrommeln?
»Schön, dass du anrufst, Otto«, sage ich voller Freude.
Es ist wohltuend, seine Stimme zu hören. Sie berührt mein Innerstes. Ich hatte wohl tatsächlich ein ganz klein wenig gezweifelt, ob er mich anrufen würde. Wir plaudern über dies und das. Er erzählt, dass er länger hat arbeiten müssen.
»Meiner Freundin geht es nicht gut.«
Einen Moment lang weiß ich nicht, was ich sagen soll.
»Du hast eine Freundin?«
»Ja, du musst mich mit Irma Müller teilen. Es ist eine heimliche Liebe. Wenn uns keiner zuhört, nennen wir uns beim Vornamen und duzen uns. Das ist sonst im Heim nicht erwünscht. Irma ist jetzt 92, und ich dachte, sie würde auch noch locker 93 werden, aber jetzt geht es ihr plötzlich schlecht.«
Oh.
»Wir lösen manchmal gemeinsam Kreuzworträtsel in meiner Kaffeepause, wenn uns keiner sieht. In ganz geheimen Momenten halte ich ihre Hand, und sie erzählt mir von früher. Ich habe ihr auch von dir erzählt. Sie ist einverstanden, dass sie mich mit dir teilen muss.«
Wir lachen.
Dann seufzt Otto.
»Es hat wohl seine Gründe, warum man sich mit Patienten nicht zu sehr anfreunden sollte. Es bricht mir das Herz, sie leiden zu sehen. Und ich weiß, sie wird bald sterben.«
Otto wechselt das Thema und will wissen, wie ich den Tag verbracht habe.
»Ja, das war ein Tag für den Balkon«, meint er dann. Er werde jetzt schlafen gehen und dabei ganz fest an mich denken.

»Morgen bekomme ich meinen neuen Arbeitsplan, dann rufe ich wieder an, und auch wir können Pläne schmieden«, sagt er zum Abschied.
Genau. Das machen wir. Pläne schmieden. Das klingt wie Musik.

2

Musik mit Dissonanzen.
Unsere Arbeitspläne kollidieren auf das Heftigste. Ich habe mehrere Abendeinsätze, und wenn ich einmal freihabe, hat Otto Spätdienst. Oder ich bekomme mal nachmittags ein paar Stunden frei, doch dann ist Otto beschäftigt.
So bleiben uns vorerst nur Telefon und Internet. Otto schickt mir einen Link auf Youtube zum Song »Pflaster« von Ich + Ich.
»Ohne Kommentar«, schreibt er dazu.
Bisher hatte ich das Lied nur so nebenbei am Radio gehört. Es ist ja schon älter. Jetzt sitze ich vor dem Computer, tauche in das Video ein und lasse den Text auf mich wirken.

Du bist das Pflaster für meine Seele,
wenn ich mich nachts im Dunkeln quäle
…
Ich hab Dich gefunden, in der letzten Sekunde
Und jetzt die Gewissheit, die mir keiner nimmt,
wir waren von Anfang an füreinander bestimmt
…
Im tiefen Tal, wenn ich dich rufe, bist du längst da

Mir kommen die Tränen. Ich hoffe, dass Otto nicht so verzweifelt ist oder war, wie das in dem Lied zum Ausdruck kommt. Denn ich wäre viel lieber sein Sonnenschein, sein Liebesglück, seine Prinzessin oder was auch immer, aber doch nicht sein Pflaster. Das klingt durch und durch unromantisch. Und doch: Das Lied gefällt mir. Es verfolgt und begleitet mich durch die nächsten Tage.

Am Donnerstagabend, als ich gegen Mitternacht von einer Buchvernissage heimkomme, über die ich unter Zeitdruck gerade noch rechtzeitig einen Bericht ins System getippt hatte, bevor die Druckmaschinen starteten, brennt noch die Stehlampe im Wohnzimmer. Ich will sie ausmachen, und dann sehe ich ihn: Otto. Er liegt auf unserem Sofa und schläft.
Was macht er hier?
Er sieht aus wie ein verzauberter Prinz, der nur darauf wartet, wach geküsst zu werden.
Wie kommt er hier rein?
Er war doch noch gar nie hier!
Seit wann lassen meine Freundinnen Männer einfach so herein?
Jemand hat ihn sogar mit einer Wolldecke zugedeckt.
Meine Erschöpfung ist für den Moment wie weggeblasen. Otto!
Er ist sozusagen *mir* hinterhergerannt, liebe Mutter! Dann darf ich mich doch freuen, oder?

Er ist schön. Er ist ein Geschenk. Es lebe die hohe Kunst des Trommelns! Wie lange starre ich ihn schon an, fasziniert und fassungslos?

Jetzt wacht Otto auf, blinzelt, die Augen noch voller Schlaf.
»Anna, endlich«, murmelt er, dehnt sich ein wenig, richtet sich dann auf und streckt die Hände nach mir aus. Ich setze mich zu

ihm, und wir umarmen und küssen uns, als wären wir Ewigkeiten getrennt gewesen.
»Was machst du hier?«, frage ich irgendwann.
»Ich musste dich einfach sehen. Ich hatte plötzlich so eine diffuse Angst, du könntest mich nicht mehr wollen und würdest deine Arbeit nur vorschieben.«
Ich lache ihn aus.
»Wie spät ist es?«, fragt er.
»Mitternacht.«
»Oh, ich muss morgen früh raus. Kann ich trotzdem bei dir bleiben?«
Natürlich kann er. Ich hätte allerdings lieber eine Vorwarnung gehabt und mein Zimmer ein wenig auf seinen Besuch vorbereitet. Aber Otto gefällt es, auch wenn bei mir einiges recht unordentlich herumliegt. Mein Zimmer ist sehr groß und hell. Riesige Fenster reichen bis zum Boden und sorgen für viel Licht. Davor stehen, in leuchtend gelben Übertöpfen, vier große Zimmerpalmen, die sich über jeden Sonnenstrahl freuen. Das Zimmer wird von einem über die gesamte Wand reichenden weißen Büchergestell und einem übergroßen Schreibtisch beherrscht. Ein Bett habe ich nicht, nur eine große Matratze, die auf dem Boden liegt. Ich mag meine eigenen vier Wände sehr.
Neulich allerdings kam Caro vorbei, um irgendetwas wegen der Waschmaschine zu besprechen, die in letzter Zeit nicht mehr richtig sauber wäscht. Caros Blick ruhte dabei ständig auf meinen Palmen. Ich spürte richtig, wie es in ihr rumorte und wie viel Überwindung es sie kostete, etwas nicht auszusprechen.
»Los, spucks schon aus!«, sagte ich schließlich genervt. »Was ist mit meinen Palmen?«
Caro erklärte: »Sie sind ganz schlecht für dein Zimmer. Spitze Blätter zerschneiden den Energiefluss. Zimmerpflanzen sind gut,

aber du hast die falschen.« Da wurde ich böse und antwortete: »Vergiss es, die Palmen bleiben, wo sie sind, und du, du gehst jetzt raus!«

Ich liebe meine Palmen und rede mit ihnen. Sie danken es mir, indem sie fröhlich wachsen und gedeihen, auch wenn ich mal das Gießen vergesse.

»Deine Palmen sind schön. Zusammen mit der Trommel geben sie dem Zimmer einen exotischen Touch«, bemerkt mein Liebster und punktet wieder gewaltig bei mir. Ich küsse ihn dafür.
Dann gähnen wir beide fast gleichzeitig.
Otto will wissen, was ich heute Abend gemacht habe.
»Am Sonntag habe ich ein Buch gelesen, das heute an einer Vernissage vorgestellt worden ist. Von einer Frau aus Brunnen, die drei Stunden in einer Lawine überlebt hat. Sie ist vor einem Jahr im Titlisgebiet verschüttet worden, und dieses Erlebnis hat ihr Leben total auf den Kopf gestellt. Eine beeindruckende Geschichte. Ich hatte die Besprechung schon vorher getippt. Heute habe ich nur noch die Buchvernissage besucht, Fotos gemacht und dem Text ein paar aktuelle Zeilen angefügt. Alles musste bis um 23.30 Uhr fertig sein«, berichte ich ihm.
Morgen muss ich dafür erst um neun an die Redaktionssitzung. Ich stelle den Wecker für Otto, der um sieben Dienstbeginn hat. Nein, wir fallen nicht voller Leidenschaft übereinander her an diesem Abend. Wir kuscheln uns aneinander und schlafen gemeinsam ein. Weniger kann manchmal auch mehr sein. Ich spüre viel zärtliche Verbundenheit. Wir wissen: Wir haben alle Zeit der Welt, wir haben uns.
In tiefer Nacht, wenn ich dich rufe, bist du längst da ... Mit diesem Gedanken schlafe ich ein.

Mitten in der Nacht, oder ist es schon früher Morgen, kommen wir uns plötzlich näher. Keiner weiß, wer angefangen hat, und das ist auch nicht von Bedeutung. Unsere Körper finden zueinander. Wir lieben uns schläfrig und zärtlich, ganz leise und innig. Dann schlafen wir weiter, bis der Wecker für Otto unsere gemeinsame Nacht brutal beendet.

»Zu früh, viel zu früh, unmenschlich so was«, brummt Otto unwillig, als es klingelt. Er sucht in der fremden Umgebung nach seinen Kleidern. Duschen will er daheim.

Ich drehe mich um und schlafe noch einmal ein.

Am Freitag überrasche ich dann Otto. Ich weiß, dass er am Nachmittag eine Stunde lang seine Freundin im Rollstuhl spazieren fährt. Inzwischen kenne ich seine übliche Route. Also spaziere ich wie zufällig auch dort entlang und kreuze tatsächlich den Weg der beiden.

Otto strahlt.

»Irma, schau, das ist meine Freundin Anna!«, sagt er und streckt die Hände aus nach mir. Wir umarmen uns kurz.

Irma hat wache kleine Augen in einem schmalen, bleichen Gesicht. Sie mustern mich genau, schauen von Otto zu mir und zurück. Ich begrüße sie und erschrecke über die Zerbrechlichkeit ihrer Hand.

»Otto hat mir schon viel von Ihnen erzählt«, sagt sie und lächelt ein wenig. Sie lässt meine Hand nicht mehr los.

»Ich bin froh, dass Sie da sind, wenn ich gehen muss. Otto braucht jemanden«, erklärt sie ganz ernst. Dann nimmt sie mit ihrer Linken Ottos Hand und führt unsere Hände zusammen. Es ist eine so rührende Geste. Als möchte sie uns ihren Segen geben. Otto räuspert sich. Ich wische mir Tränen aus den Augenwinkeln. Wir spazieren eine Weile gemeinsam, wortlos. Viel Zeit haben wir nicht, denn Otto wird auf der Station gebraucht.

»Besuchen Sie uns mal wieder«, sagt Irma zum Abschied. Sie wirkt müde, als hätte sie den Weg zu Fuß gehen müssen.
Ich schaue, wie Otto mit der alten Dame davongeht, und denke, dass ich seinen Job niemals machen könnte. Ständig an der Schwelle zwischen Leben und Tod zu arbeiten, braucht eine gefestigte Persönlichkeit und sicher eine intensive eigene Auseinandersetzung mit dem Thema. Ich bin stolz, dass Otto ein Mensch ist, der das kann. Einer, der Gefühle hat und sie auch zeigt. Er liebt seine Patienten, er ist ein guter Pfleger.

Ich muss wieder zur Arbeit und besuche einen Jugendsportnachmittag unserer Schulen, mache Fotos vom Sackhüpfen, Kugelstoßen und Weitsprung. Beim Kugelstoßen gehe ich zu nahe an die Athletin heran und werde fast erschlagen. Das Mädchen war derart abgelenkt von der Möglichkeit, in der Zeitung zu erscheinen, dass ihre Kugel die falsche Richtung einschlug, nämlich meine. Nur einen halben Meter vor mir knallt sie auf den Boden. Einen Moment lang sind alle ganz still, bevor gelacht und gespottet wird. Ich gehe auf die Redaktion, lese die Bilder ein und gestalte eine ganze Seite damit, weil heute sonst nichts los ist. Ja, wenn die Kugel mich erschlagen hätte, das wäre ein Knüller gewesen! So was lesen die Leute gern. Aber manchmal gibt es einfach keine umwerfenden News und demzufolge auch keine fetten Schlagzeilen. Dann beschränkt sich eine lokale Zeitung eben auf die Berichte aus den Dörfern. Ich bin froh, dass wir nicht zur Boulevardpresse gehören, die in solchen Fällen irgendwelche Skandale erfinden oder mit wilden Spekulationen die Aufmerksamkeit der Leser auf sich lenken muss. Da hätte man vielleicht von mir erwartet, dass ich mich opfere und der Kugel entgegengehe, damit sie mich trifft. Ich muss selber über meine Gedanken kichern.

Ich mag meinen Job, meine Zeitung, meine Kollegen. Mir ist immer bewusst, dass das ein großes Glück ist, ein Geschenk. Vielen graust es vor jedem neuen Arbeitstag. Ich habe neulich gelesen, dass die Hälfte aller Schweizer mit ihrem Arbeitsplatz nicht zufrieden ist und ein Drittel sogar glaubt, den völlig falschen Beruf ergriffen zu haben.
So viel Frust überall!

Gerade als ich die Redaktion verlassen will, kommt ein Anruf aus unserer Zentrale in Zug. Eine Todesanzeige müsse auf meiner Jugendsportseite platziert werden. Die Dame am Telefon gibt mir die Maße durch. Ich setze mich hin, atme dreimal tief durch und baue die Seite so um, dass die Anzeige Platz hat.
Ja, ich ärgere mich.
Nein, das nützt mir gar nichts.

Auf dem Heimweg freue ich mich schon auf einen Kaffee und ein Käsebrot. Doch daheim kann ich unsere Wohnungstür nicht öffnen.
»Hallo?«, rufe ich und wundere mich. Anscheinend hat jemand den Schlüssel von innen stecken gelassen. Das ist eine der wenigen Todsünden in einer WG.
Ich bin genervt und drücke lange den Klingelknopf.
»Ja, ja, schon gut, nur keinen Stress!«, ruft Caro von innen, bevor sie die Tür endlich öffnet. Schweißtropfen stehen auf ihrer Stirn. Im Eingangsbereich sieht es aus, als würde jemand ausziehen.
»Gut, dass du kommst. Der Teppich liegt falsch.«
Der Teppich liegt falsch?
»Er ist blau und hat kein Muster. Wie kann es da darauf ankommen, wie er liegt?«, frage ich total verwundert.
»Die Richtung stimmt nicht«, erklärt Caro unwillig.

Welche Richtung? Ich verkneife mir die Frage, ob der Teppich nach Mekka zeigen soll.
»Es geht um die Webrichtung. Man sollte nicht gegen den Strick des Gewebes in einen Raum hineingehen müssen.«
Feng-Shui!
Warum bin ich nicht gleich darauf gekommen?
Ich ignoriere Caro, klettere über den halb eingerollten Teppich, weiche verschobenen Möbelstücken aus und gehe in die Küche, wo ich die Tür etwas lauter ins Schloss fallen lasse als nötig.
Soll sie doch Teppiche schieben!
So was!
Ich mag mir nicht ausdenken, was wohl als Nächstes kommt. Ich hole mir aus dem Kühlschrank einen rezenten Käse, mache mir einen Kaffee und genieße dann mein Käsebrot vor dem Fernseher. Dabei zappe ich durch alle möglichen Kanäle. Auf einem Sender wird gerade um die Wette gekocht, auf dem anderen gegessen, und auf dem dritten reden runde Frauen übers Abnehmen. Ich muss lachen über diese Programmvielfalt.
Draußen im Flur rumpelt es gar sehr. Es hört sich an, als hätte sich Heidi erbarmt und würde bei der Aktion »Rettet den Energiefluss im Wohnungseingang« mitmachen. Ich lege die Füße hoch und ziehe mir die neuste Folge einer total schnulzigen Serie rein. Gut, dass meine Freundinnen so beschäftigt sind, sie würden mich sonst nur auslachen. Die Geschichte ist einfältig und geht mir zu Herzen: Die zwei, die sich lieben, dürften das nicht, denn sie sind Halbgeschwister, aber das wiederum wissen sie nicht. Ergreifend.

Hat unsere Liebesgeschichte auch das Potenzial für eine kitschige Soap? Annas und Ottos Weg zum Glück?
Ein Thriller?
Ein Drama?

Es ist alles offen. Das Leben ist unberechenbar. Die Liebe sowieso. Ich denke an Otto, träume und verpasse dabei irgendeine wichtige Wendung in meiner Fernsehgeschichte. Plötzlich küssen sich die Halbgeschwister in Großaufnahme. Es war alles ganz anders, als man dachte. Dacht' ichs mir doch!

3

In den kommenden Tagen entwickeln Otto und ich eine ausgeklügelte Technik, vereinzelte Stunden zu zweit zu genießen. Mal hat er frei, mal ich. Es sind wenige Abende oder verschiedene Stunden tagsüber, an denen wir füreinander Zeit haben. Wir schicken uns drein.
Inzwischen habe ich auch sein Zimmer gesehen. Es ist wirklich sehr klein. Das Größte an seinem Studio ist ein Afrika-Poster, das einen Hauch von Weite an die Wand zaubert. Wenn ich mir vorstelle, ich müsste dort mein ganzes Hab und Gut unterbringen, dann würde es wesentlich vollgestopfter und chaotischer aussehen. Aber Otto ist extrem ordentlich und wohlorganisiert. Jedes Ding hat seinen Platz. Wahrscheinlich kann man nur so in diesem winzigen Raum überleben. Hat er gar eine pedantische Ader? Wird diese irgendwann mit meiner chaotischen Art kollidieren?
Nein, das ist alles nicht wichtig. Wir lieben uns.

Wir gehen spazieren und freuen uns am Frühling. Wir radeln um den Lauerzersee, fahren auf den Stoos. Im Kino können wir uns für einen Film entscheiden, den wir dann beide blöd finden. Wir

sitzen am Vierwaldstättersee und schweigen. Wenn meine Wohnung frei ist, lümmeln wir auf dem Sofa und schauen fern oder trinken eine Flasche Wein auf dem Balkon. Wir teilen uns ein Paar Kopfhörer und singen unser Pflaster-Lied. Wir lösen gemeinsam Sudokus und finden das auch noch lustig. Wir kochen und essen zusammen.
Otto versteht sich erstaunlich gut mit meinen Freundinnen. Er ist ein gern gesehener Gast und wird sogar beim sonntäglichen Abendessen geduldet.
Zwischendurch versuche ich ganz kritisch, wie von außen, unsere Beziehung zu durchleuchten. Ich habe noch kein Haar in der Suppe gefunden.
Ist das nicht wunderbar?
Irgendwie fast zu schön, um wahr zu sein.
Verdächtig?

Otto ist oft bedrückt. Ab und zu erzählt er mir auch, warum. Manchmal will er gar nicht reden. Stattdessen fährt er mit seinem Mountainbike die Passstraße auf die Iberegegg hoch oder erklimmt das Hochstuckli. Das sind wahnsinnig anstrengende Touren mit enormen Höhenunterschieden. Er muss Energie für drei haben. Dann wieder ist er still und in sich gekehrt, erschöpft und zum Umfallen müde.
Müde ist er auch heute Abend, aber immerhin gesprächig.
»Am Nachmittag hat mir Helena, meine Chefin, ins Gewissen geredet«, erzählt er. »Wieder einmal sagte sie mir, ich hätte zu wenig professionelle Distanz zu meinen Patienten. Mitleiden sei falsch, mitfühlen okay. Als wüsste ich das nicht selber«, setzt er bitter hinzu.
»Wie kommt sie dazu?«
»Irma liegt im Sterben.«
»Oh!« Ich halte seine Hand ganz fest.

Wir sitzen auf der Matratze in meinem Zimmer, ganz nahe aneinandergekuschelt, und hören eine alte CD von Pink Floyd.

»Meine Chefin hat bemerkt, dass ich Irma manchmal außerhalb meiner Arbeitszeiten besuche. Das findet sie total falsch«, berichtet Otto weiter.

Während der Arbeitszeit hat Otto aber keine Zeit, sich wirklich um sie zu kümmern. Da sind ja noch so viele andere Patienten. Er hat daher mit der Nachtwache gesprochen und geht ab und zu recht spät noch bei Irma vorbei.

»Übrigens bekommt Irma jetzt tagsüber immer wieder Besuch von irgendeiner Nichte mit ihrem Ehemann«, erzählt er noch. »Das werden wohl die Erben sein. Unglaublich! Ich habe diese Verwandten all die Jahre vorher nie gesehen.«

»Bist du eifersüchtig?«, lache ich ihn aus.

»Ja. Vielleicht. Ich würde auch gern dort sitzen dürfen und ihre Hand halten, ihr beistehen. Außerdem fragt Irma immer wieder nach mir. Das ärgert meine Kollegen und die Verwandten auch. Die Erben haben sich bei Helena über mich erkundigt, ja geradezu beschwert. Ob ich vertrauenswürdig sei und was ich denn für eine seltsame Beziehung zu Irma hätte.«

Sehe ich tatsächlich Tränen in Ottos Augen?

Warum ist das Leben immer so kompliziert?

Eigentlich wäre Ottos Fall doch ganz einfach: Alle Beteiligten könnten froh sein, dass Otto und Irma sich so gut verstehen. Wenn er nicht zu viel seiner Arbeitszeit mit Irma verbringt, sollte es überhaupt keinen stören und für niemanden ein Problem sein. Müsste Otto nicht zum Mitarbeiter des Monats gekürt werden? Aber das wäre zu einfach. So läuft es nicht im Leben. Da ginge es uns allen doch viel zu gut. Nein, wir denken uns Vorschriften und Regeln aus, die alles komplizieren. Wie man sieht, verfolgen diese uns bis in den Tod.

»Man hat mir dringend nahegelegt, eine Auszeit zu nehmen. Am liebsten hätte Helena mich sofort heimgeschickt. Die würde tatsächlich den Arbeitsplan über den Haufen werfen. Ich könnte ab sofort zwei Wochen Ferien nehmen.«

Er schüttelt den Kopf. Nach einer Weile fragt er: »Anna, würdest du mit mir nach Italien kommen? Meine Schwester hat ein Hotel dort. Wann bekommst du Ferien, wie schnell, wie lange?«

Oh, jetzt bin ich aber überrascht, ja geradezu überrumpelt. An Sommerferien hatte ich bisher nicht gedacht, schon gar nicht an gemeinsame. Das sind bei uns auf der Redaktion immer heiß umkämpfte Ferientermine. Noch haben allerdings die Schulferien nicht begonnen, und es ließe sich unter Umständen etwas einfädeln.

»Ich werde mit meinem Chef reden. Ja, ich würde gern mit dir nach Italien kommen«, antworte ich Otto.

Ich würde fast überallhin mit ihm gehen, aber das sage ich nicht. Um ihn ein wenig abzulenken, frage ich nach seiner Schwester, von der er mir noch nie erzählt hat.

»Vreni hat einen Italiener geheiratet und seine ganze Sippe dazu. Sie arbeitet jetzt in Silvi Marina in einem kleinen, feinen Strandhotel, einem alten Familienbetrieb an der Adria.«

Es sei allerdings nicht immer einfach für sie, sich in der italienischen Familie zu behaupten, gibt er noch zu bedenken.

»Aber sie scheint recht glücklich zu sein. Sie hat mich schon hundertfach eingeladen. Sie würde sich bestimmt freuen, und wir hätten gratis Ferien vom Feinsten.«

Otto lächelt versonnen.

»Ich war bisher nur zu ihrer Hochzeit bei ihr zu Besuch, aber da ging es sehr hektisch zu, und außerdem war Winter.«

Am Computer suchen wir die Website des Hotels Nino.

»Oh!« Jetzt verstehe ich Ottos seliges Lächeln. Die Bilder zeigen ein traumhaftes kleines Hotel an einem herrlichen Strand. Als ich die Preisliste sehe, stockt mir der Atem. Otto klickt schnell weiter. »Ja, ja, es ist teuer dort«, räumt er ein. »Dafür gibt es keine Massenabfertigung, und am Privatstrand des Hotels ist für jeden Gast ein Liegestuhl reserviert, sodass man nicht wie Sardinen in der Dose am Strand liegen muss. Uns würde der Aufenthalt eh nichts kosten«, beteuert er noch einmal.

»Das Hotel ist liebevoll mit Antiquitäten ausgestattet«, lese ich auf der neuen Seite.

»Alte Möbel«, spottet Otto, »kenne ich vom Altersheim.«

Wir diskutieren kurz über den Unterschied zwischen antik und alt. Bei Wikipedia finden wir die Definition: »Sammelnswerte Gegenstände, meist künstlerischer oder kunsthandwerklicher Art, die je nach Stilrichtung regelmäßig mindestens hundert Jahre, zuweilen aber auch nur mehr als fünfzig Jahre alt sind«, liest Otto vor. Dann liegt der Unterschied also meistens im Auge des Betrachters.

Wir beschließen, die Möbel im Hotel seiner Verwandten auf jeden Fall antik zu finden. Und wir können wieder lachen. Die Schwere ist aus unserer Unterhaltung gewichen. Vielleicht sind Ferien wirklich genau das, was Otto dringend braucht. Ich werde mir Mühe geben, auch welche zu bekommen.

Mein Chef trägt den außergewöhnlichen Namen Hans-Heiner Wolf und wird von allen nur Wolf genannt. Meist geschieht das liebevoll, denn wir haben ihn gern. Der magere kleine Mann hat ständig eine Zigarette im Mund, auch wenn diese nicht immer brennt. Sein Büro ist so verqualmt, dass man versucht, Gespräche mit ihm möglichst auf dem Gang zu führen, an der Kaffeemaschine oder im Sitzungszimmer. Heute habe ich Glück und erwische Wolf auf dem Flur, als er gerade das Klo verlässt.

»Kann ich dich kurz sprechen?«, frage ich ihn.

Er schaut mich überrascht an.
»Das wollte ich dich auch gerade fragen.«
Aha. Wenn er will, dass ich endlich Ferientage abbaue, dann kommen wir ins Geschäft. Wolf lässt eine Tasse Kaffee aus der Maschine und steuert dann sein Büro an. Nein! Aber da muss ich wohl durch, jetzt, wo ich etwas von ihm will. Auf dem Flur atme ich noch einmal tief durch. Dann betrete ich die Raucherzone.
Wolf wirkt nervös. Er verschüttet etwas Kaffee und wischt die Tropfen mit einer fahrigen Bewegung vom Tisch.
»Setz dich!«, sagt er, nachdem er einen Stapel Papiere von seinem Besucherstuhl entfernt hat.
Was hat das zu bedeuten? Meist reden wir im Stehen. Lange wollte ich mich eigentlich nicht in seiner Raucherhöhle aufhalten.
»Was wolltest du mir sagen?«, fragt er nun. Irgendwie kommt es mir vor, als könne er mir nicht richtig in die Augen schauen.
»Wolf, ich habe jede Menge Überstunden angesammelt, und ich schiebe zu viele Ferientage vor mir her. Von der Zentrale wurden wir doch gebeten, möglichst schnell möglichst viele davon abzubauen. Ich hätte gern so schnell wie möglich vierzehn Tage Ferien.«
»Ja, ja, kannst du haben«, sagt er. Ich will schon aufstehen, erleichtert und erfreut, da hält Wolf mich zurück.
Er holt einen Ordner aus dem Schrank und blättert darin.
»Warte, warte. Wir haben ganz andere Probleme.«
Er reicht mir einen Umschlag. Mir steht fast das Herz still. Gleich darauf klopft es wieder, laut und wild.
»Anna, du weißt, dass ich dich mag und deine Arbeit sehr schätze. Trotzdem muss ich dich entlassen. Diese Kündigung müsste ich dir Ende Juni geben, jetzt bekommst du sie halt vorher.«
Ich muss husten, aber es ist nicht nur der Rauch, der mir den Atem verschlägt. Natürlich kommt die Kündigung nicht total unverhofft. Irgendwie dachte ich wohl, es würde nicht mich treffen.

»Warum ich?«
Ich muss es einfach fragen. Es gibt Leute hier, die gar keine Freude mehr an ihrem Job haben. Leute, die schon oft von einem Stellenwechsel geredet haben. Leute, die schon lange nur noch minimalen Einsatz bringen. Einer steht sogar kurz vor der Pensionierung. Warum will man in diesem riesigen Betrieb gerade mich entlassen?
»Die Entscheidung wurde von der Zentrale getroffen, nach sozialen Aspekten. Du bist noch jung, hast keine Kinder.«
Bloß weil ich keine Kinder habe, wird mir zuerst gekündigt? Ich bin sprachlos, nehme den Brief entgegen und stehe auf.
»Warte!«
Ich setze mich noch einmal.
»Anna, so gehen wir doch jetzt nicht auseinander. Ich mache mir seit Tagen Gedanken, wie ich dir helfen kann. Auf jeden Fall werden wir dir, nach Ablauf der dreimonatigen Kündigungsfrist, noch einmal einen befristeten Vertrag für drei Monate, allerdings mit reduziertem Pensum, anbieten, falls du bis dahin noch keine neue Stelle hast. Natürlich kannst du jederzeit fristlos gehen, wenn du einen guten Job findest. Ansonsten können wir dir im neuen Jahr noch eine Weile mit Aufträgen als freie Mitarbeiterin helfen. Du hast also Zeit. Und du bekommst ein ausgezeichnetes Zeugnis.«
»Danke«, sage ich, aber es klingt natürlich nicht begeistert.
»Es werden insgesamt zwanzig Stellen eingespart. Eine davon bei uns hier in Schwyz.«
Mir laufen Tränen übers Gesicht, und es ist mir egal. Ich verliere gerade meinen Arbeitsplatz, den ich liebe. Ich habe Grund zu weinen. Wolf soll das ruhig sehen.
»Anna, du musst alle deine angesammelten Ferientage innerhalb der nächsten drei Monate nehmen. Du kannst also verreisen, wann du willst. Sag es mir einfach. Jetzt gehst du am besten heim.«

Ich stehe auf, und er kommt hinter seinem überladenen Schreibtisch hervor und umarmt mich kurz. Eine liebe Geste. Wolf ist okay. Aber das hilft mir jetzt auch nicht weiter.

Ich verlasse fluchtartig die Redaktion. Auf dem Heimweg beginne ich zu rechnen: Ende September habe ich keinen Job mehr. Dann bekomme ich noch ein Gnadenbrot bis Ende Jahr. Danach wird es eng. Immer wieder kommen mir die Tränen, und ich bin froh, dass meine Freundinnen alle unterwegs sind und ich mich in mein Zimmer verkriechen kann.
Ich habe den Boden unter den Füßen verloren, auf einen Schlag. Einen Moment lang zweifle ich sogar an der Zukunft meiner Beziehung zu Otto. Es ist nur so ein kurzer Flash, wie eine Vision, eine böse Erscheinung. Er kann mir keinen Halt bieten, gerade jetzt, wo ich ihn dringend brauche. Er hat ja selber keinen Boden unter den Füßen mehr.
Zwei Liebende im freien Fall.
Ich weine mein Kopfkissen nass, und meine Zimmerpalmen schauen mir zu.
Werde ich jemals wieder damit aufhören können?
Warum sollte ich?

Doch alle Tränen versiegen irgendwann. Als würde einem die Flüssigkeit ausgehen. Nur die Traurigkeit bleibt zurück wie ein schwerer, dunkler Klumpen, der auf die Seele drückt. Ich liege da und starre an die Decke, als würde dort irgendwann, wenn ich nur lange genug starre, die Lösung in bunten Lettern erscheinen.
Später treiben mich Durst und Hunger in die Küche, wo ich Heidi und Caro in die Arme laufe, die sich gerade heftig streiten. Ich gehe an ihnen vorbei wie eine Schlafwandlerin und hole mir einen Liter Cola aus dem Kühlschrank.

»Jetzt will sie irgend so ein teures Ding an unsere Wasserleitung schrauben, das dann Energie in unser Wasser bringen soll«, schimpft Heidi, »und stellt sich dann auch noch vor, dass wir das alle mit bezahlen.«
»Es geht darum, das Trinkwasser zu ionisieren…«, will Caro gerade mit ihrer Rede anfangen, aber ich falle ihr ins Wort.
»Energie im Wasser? Klingt gut, aber ich habe kein Geld.«
Ich klemme mir die Flasche unter den Arm, nehme einen Joghurt und ein Brötchen mit und schlurfe wieder in mein Zimmer.
Ionisiertes Trinkwasser!
Caros Sorgen möchte ich haben!
Ich sitze am Schreibtisch, esse und trinke und google am Computer das Wort »arbeitslos«.
Schwupps. Schon bin ich mittendrin. Sofort sagt man mir, was ich zu tun habe.
»Beginnen Sie unverzüglich mit der Arbeitssuche und bewahren Sie die entsprechenden Unterlagen gut auf, welche Sie danach Ihrem RAV-Personalberater vorlegen. Wenn Sie während der Kündigungsfrist keine neue Stelle gesucht haben, erhalten Sie während einer gewissen Zeit keine Arbeitslosenentschädigung.«
Hallo?
Ich habe mich noch nicht einmal mit dem Gedanken vertraut gemacht, meine Stelle zu verlieren, und soll schon Bewerbungen schreiben? Das sagt mir das Arbeitsamt. Es gibt diverse Links zu meinen Rechten und Pflichten.
Und was ist mit meinem Gemüt?
Wo finde ich die große, trostspendende Seite?
Irgendwo bekomme ich den Tipp, mir Videos von Arno, Deutschlands glücklichstem Arbeitslosen, anzuschauen. Ich sehe einen frechen, faulen Sack, der schon seit 27 Jahren arbeitslos ist und das total genießt, wie er immer wieder glaubhaft versichert.

Also umdenken?
Ein genussvoller Sozialschmarotzer werden?
Schließlich stoße ich auf ein Forum voller trauriger Geschichten von Arbeitslosen und ihrem Kampf um eine neue Stelle. Ich lese, bis es mir richtig übel ist. Ich lasse die Rollläden runter, beschließe, dass jetzt die Nacht beginnt, egal, wie spät es ist, und gehe ins Bett.

Ich wälze mich hin und her, weine noch ein paar Tränen und schlafe schließlich ein. Irgendwann höre ich ein vorsichtiges Klopfen an meiner Tür, aber ich ignoriere es, und meine Freundinnen lassen mich in Ruhe.

4

Am Morgen sitze ich mit Kaffee und Zeitung am Frühstückstisch und fühle mich total verkatert. Vielleicht sollte ich freinehmen oder mich krankschreiben lassen? Aber dann habe ich noch mehr Zeit, mir den Kopf zu zerbrechen und Trübsal zu blasen. Ich bin noch nicht bereit, über meine Zukunft nachzudenken.
Heidi schimpft und wettert über Angelina Jolie, die sich aus Angst vor Krebs die Brüste amputieren ließ. Sie kann sich kaum erholen. Darüber kann man gewiss diskutieren, aber es ist typisch für Heidi, dass sie sich gern über fremde Probleme auslässt, aber ihre eigenen in sich hineinfrisst. Und so, wie sie in letzter Zeit drauf ist, hat sie einige.
Caro ist nicht ansprechbar. Sie hat als eine der Ersten in der Schweiz das ganz neue iPhone erstanden und trägt es nun ständig mit sich

herum. Sie ist derart vertieft dabei, alle Funktionen auszuprobieren, dass sie sogar ihren Kaffee vergisst, der neben ihr steht und kalt wird. Ich lächle ein wenig über ihr kindliches Gemüt, über ihre Freude am Erforschen und Entdecken. Das hat natürlich mit ihrem Beruf zu tun, der auch ihre Berufung ist.

Genau so sollte es sein, und so ist es auch bei mir. War es. Ein Job muss mehr sein als nur Broterwerb. Schließlich verbringt man sehr viel Zeit seines Lebens damit.

Ich seufze unbewusst, aber laut, auf.

Caro schaut von ihrem Spielzeug auf, Heidi unterbricht ihr Lamento.

»Dir geht es nicht gut?«, fragt Caro. »Du siehst wirklich schlecht aus.«

»Gestern hat Otto angerufen und nach dir gefragt, weil dein Handy ausgeschaltet war. Ich habe dann kurz deine Zimmertür geöffnet und gesehen, dass du schon schläfst«, erklärt Heidi, »aber das war um achtzehn Uhr!«

Caro legt mir den Arm um die Schulter, und da fließen sie wieder, die Tränen. Ich habe also noch immer welche.

»Gestern wurde mir gekündigt!«, stoße ich zwischen ein paar Schluchzern hervor. Jetzt, wo ich es erstmals laut ausspreche, kommt es mir noch schlimmer vor.

»Warum?«, fragen meine Freundinnen fassungslos im Duett.

»Ach, ihr wisst doch, dass es Tageszeitungen nicht mehr so gut geht. Das hat mir der Wirtschaftskrise und einem veränderten Medieninteresse zu tun. Auch in Schwyz musste eine Stelle gestrichen werden. Da ich jung, ledig und ohne Kinder bin, hat es mich getroffen.«

Eine Weile sind beide still. Sie wissen, wie sehr ich meinen Job liebe und wie schwierig es zurzeit auf dem Arbeitsmarkt aussieht.

»Was hast du jetzt vor?«, fragt Heidi. Ich erdolche sie mit meinen Blicken. Wie könnte ich das jetzt wissen?

Caro meint dagegen: »Du weißt, dass die Chinesen für Krise und Chance das gleiche Schriftzeichen benützen? Oft entsteht aus einer Krise heraus eine völlig neue Sichtweise. Eine Veränderung kann oft unerwartet positiv sein.«
Blablabla. An diesen Schmarren glaubt sie doch wohl selber nicht! Ich werde mir ihre Worte merken und sie ihr bei Gelegenheit auch auf nüchternen Magen um den Kopf hauen.
Krise als Chance.
Ende als Neubeginn.
Bäh!
Warum können sie mir nicht einfach sagen, dass ich ihnen leidtue, und mich ansonsten in Ruhe lassen? Ich brauche jetzt keine Aufmunterung, keine Sinnsprüche. Ein bisschen Mitgefühl und Bedauern wären völlig ausreichend.
Ist das zu viel verlangt? Ich habe vor ein paar Jahren bei einer Arbeitskollegin miterlebt, wie diese nach einer Krebsdiagnose mit guten Ratschlägen überschüttet wurde, aber nicht mit uneingeschränktem Mitleid und Mitgefühl rechnen konnte. Sie wurde mit schlauen Büchern wie »Was deine Krankheit dir sagen will« oder »Krankheit als Chance« beschenkt. Bekannte von nah und fern priesen Gurus an, die Camps im hintersten Amazonas organisierten, wo Krebskranke Wurzeln essen und ihren Krebs aushungern konnten. Von allen Seiten kamen Ratschläge und Kampfsprüche. Der Patient müsse sich ändern, an sich arbeiten, Therapeuten aufsuchen, psychische Defizite und falsche Einstellungen aufspüren. Jeder hatte im Internet eine noch bessere Behandlung, eine noch exotischere Medizin gefunden. Und allen war eines ganz klar: Der Patient muss kämpfen.
Meine Kollegin wollte das aber nicht. Sie wollte Liebe, Fürsorge und Mitgefühl. Sie wollte weinen dürfen und in den Arm genommen werden.

So ähnlich geht es mir jetzt. Ich möchte, dass man meine Gefühlslage respektiert und mir Zeit gibt, zu trauern. Später werde ich dann den Kampf aufnehmen. Ich versuche, das meinen Freundinnen zu erklären, und glaube, sie haben mich verstanden. Wir umarmen uns alle drei, Gruppenumarmen nennen wir das, und es bringt uns immer zum Lachen. Heute verdrücken wir dazu ein paar Tränen.
Ich bin froh, dass sie jetzt Bescheid wissen. Ich wünschte, ich hätte auch schon mit Otto darüber geredet. Immerhin steht dem gemeinsamen Urlaub jetzt nichts mehr im Wege. Aber wie wird er es aufnehmen, dass ich nun auch ein Pflaster für meine Seele brauche?

Meine Kollegen wissen alle Bescheid, das spüre ich sofort. Auf meinem Schreibtisch erwartet mich ein riesiger Blumenstrauß. Ich unterdrücke die Lust, ihn in den Papierkorb zu schmeißen. Noch sind wir nicht auf meiner Beerdigung! Ich stelle den bunten Busch auf den Redaktionstisch. Meine Kollegen verhalten sich unnatürlich mir gegenüber und fühlen sich nicht wohl in meiner Gegenwart. Sie schleichen um mich herum, ohne mit mir zu reden. Jene, die mich gernhaben, leiden mit mir und wissen nicht, was sie sagen sollen. Bei anderen verstärke ich wohl die eigene Angst, den Job zu verlieren.
Ach, es wird schwierig werden.
An der täglichen Morgenkonferenz ergreife ich deshalb das Wort: »Ja, ich habe meine Kündigung bekommen, und ja, ich bin sehr traurig darüber, weil ich meinen Job liebe. Trotzdem bin ich noch nicht gestorben. Bitte macht es mir möglich, hier noch ein paar Monate zu arbeiten, so als hätte es die Kündigung nicht gegeben. Schleicht nicht so um mich herum. Redet mit mir. Gebt mir ein paar Tage Zeit, mich wieder zu fassen.«

Ein paar Tränen laufen über mein Gesicht. Gut, dass sich die Konferenz nun ohnehin auflöst. Aurelia umarmt mich kurz, mein Chef klopft mir auf die Schultern, und Pit flirtet schon wieder mit der Praktikantin, worauf Theo mir zuzwinkert und die Augen verdreht. Jonas stopft Kuchen in sich hinein wie immer, und Evelyne ist geistig völlig abwesend, was auch nicht ungewöhnlich ist. Der neue Arbeitstag kann also beginnen.

Ich besuche eine Künstlerin, die gerade den Anerkennungspreis unserer Gemeinde bekommen hat. Auf ihren Bildern explodieren die Farben geradezu, und wilde Figuren tanzen darin herum. Irgendwie schräg und sehr eigen. Ich bin fasziniert. Die Frau allerdings passt so gar nicht zu ihren Bildern. Sie wirkt farblos und langweilig. Sie kann leider nicht viel zu ihren Werken sagen, und ein paar persönliche Geschichten aus ihr herauszukitzeln, wird zur Schwerstarbeit. Fürs Foto stelle ich sie vor eine ihrer wildesten Farbkreationen. Der Kontrast ist so stark, dass die blasse Frau im Bild fast verschwindet.
Am Nachmittag bin ich mit einem jungen Mann verabredet, der ein Buch über seine Aids-Krankheit geschrieben hat. Er geht damit sehr offen um und kommt erstaunlich positiv rüber. Fast schäme ich mich, dass ich mich von einer Kündigung so aus dem Gleichgewicht bringen lasse.
Aber so ist es nun mal: Es gibt immer Menschen, denen es schlechter geht, auch wenn man in der allerschlimmsten Krise steckt oder von der gefährlichsten Krankheit betroffen ist. Nur ist das kein Trost. Man will sich lieber mit jenen identifizieren, denen es besser geht, die das Glück gepachtet haben.

Am Abend hole ich Otto ab. Er will mich zum Essen ausführen. Wir fahren in meinem Smart in ein kleines altes Restaurant ober-

halb von Rickenbach. Im Garten ist ein Tisch mit Aussicht für uns reserviert. Der ganze Talkessel liegt vor uns, und wir blicken bis zum Vierwaldstättersee. Ein gigantisches Panorama! Der Abend ist traumhaft schön und erstaunlich warm. Brian, der Besitzer, kommt aus Sri Lanka. Otto und er kennen sich von gemeinsamen Radtouren. Wir müssen nicht wählen. Brian tut das für uns.
Wir sitzen also da, schauen ins Tal und genießen die letzten Sonnenstrahlen. Ich sollte mit Otto reden, aber ich mag einfach nicht. Es wird ihn noch mehr runterziehen, und helfen kann er mir auch nicht.
»Also los. Erzähl!«, fordert Otto mich schließlich auf.
Ich schaue ihn fragend an. Woher weiß er…?
»Ich sehe doch, dass du traurig bist. Und wie! Gestern hast du meinen Anruf nicht angenommen und dich nicht gemeldet. Was ist los? Du weißt doch, ich bin das Pflaster für deine Seele.«
Er lächelt, aber ich spüre seine Besorgnis. Ich atme also tief durch und sage: »Ich habe die Kündigung bekommen.«
Brian serviert uns eine Kürbissuppe mit Kokos und Curry. Wir rühren sie beide nicht an, schauen uns nur in die Augen. Otto nimmt meine Hände in seine.
»Die wollen dich nicht mehr? Dich?«, fragt er fassungslos und zaubert damit ein Lächeln in mein Gesicht, nur ein kleines, aber immerhin.
»Warum?«
»Wirtschaftskrise, Zeitungskrise… such dir was aus. Du weißt schon.«
Wir essen ein paar Löffel Suppe. Sie schmeckt fantastisch, und wir müssen eine Weile nicht reden. Was soll man schon groß sagen?
»Das hat aber auch eine gute Seite«, kommt mir plötzlich in den Sinn. Otto wundert sich.

»Wir können, sobald du willst, nach Italien fahren. Ich muss unbedingt noch Ferien und Überstunden abbauen.«
Was für eine Freude in Ottos Gesicht! Als hätte ich ihm gerade Weihnachten präsentiert, ein Sonderweihnachten ganz außer der Reihe, für ihn allein.
»Schön!«, sagt er und küsst meine Hand.
Das Hauptgericht ist süßsauer und doch scharf. Der Rotwein spült meine Schwermut weg und hinterlässt seine eigene Schwere, die anders ist, irgendwie gekoppelt mit Ruhe und Gelassenheit. Wir essen und plaudern ein wenig über Italien, überlegen, was wir einpacken müssen, worauf wir uns am meisten freuen, wie wir reisen wollen. Otto merkt sofort, dass ich jetzt noch nicht über meine berufliche Situation reden will und kann. Er tut mir gut. Vielleicht schaffen wir es doch, uns gegenseitig über Wasser zu halten?
Einander ein Pflaster sein.
Zwei Ertrinkende finden gemeinsam ihre Trauminsel, statt zu stranden?
Aber wo sollte diese sein?

Brian kam als Tanzmusiker aus Sri Lanka in die Schweiz und kocht heute in seinem eigenen Restaurant. Nach der Arbeit nimmt er oft die Gitarre und singt. Auch heute setzt er sich einfach in eine Ecke und spielt, mehr für sich als für uns. Wir lehnen uns zurück, schauen uns an und lassen uns von Brians Melodien wegtragen.
Es ist schön jetzt und hier, mit Otto bei Brian.
Nein, unser Leben liegt nicht in Trümmern. Es hat uns nur durchgeschüttelt und wieder ausgespuckt, und wir müssen uns beide neu orientieren.
Das braucht seine Zeit.

Otto fährt uns heim. Ich habe zu viel getrunken, fühle mich aber wunderbar gelöst. Er erzählt mir, dass es seiner Irma ganz schlecht gehe.
»Sie liegt nur noch da. Aber ich glaube, sie leidet nicht. Ich stehle mich immer wieder zu ihr und nehme ihre Hand. Ich bilde mir ein, dass ihre Augen dann einen Moment lang funkeln.«
Oft sei allerdings diese aus dem Nichts aufgetauchte Nichte mit ihrem Ehemann da.
»Wie Geier warten sie auf ihren Tod. Sie haben uns schon mehrmals gebeten, unbedingt auf alle lebensverlängernden Maßnahmen zu verzichten. Und jeden zweiten Tag fragen sie, ob sie bald sterben werde.«
In ihrem Heim werde ohnehin niemand zum Leben gezwungen, erklärt mir Otto. Dann sagt er traurig: »Irma isst und trinkt nichts mehr und wird bald sterben.«

Wir kommen heim, müde und zufrieden und wollen beide nur noch in mein Bett und aneinandergekuschelt einschlafen.
Keine Chance!
Wir betreten die Wohnung, und schon hören wir aus mehreren Kehlen den großen Sommerschlager. Im Wohnzimmer scheint es gerade eine Karaoke-Party zu geben.

… Mein Herz, es brennt, wenn ich dich seh,
auch wenn ich heut durch die Hölle geh…
Ich will ins Bett!
… Will nur tanzen und dich sowieso…
Blöder Text.
Ich will nicht feiern!
… Mein Herz, es brennt total verliebt
Ist schon klar, dass es kein Morgen gibt…

Leider hat man uns schon entdeckt, denn das Lied ist gerade zu Ende.
»Endlich! Da seid ihr ja! Ihr dürft gern den nächsten Song aussuchen. Egal was, wir singen alles mit«, erklärt eine sichtlich angeheiterte Caro. Ihr Computerkollege Martin sitzt auch auf unserem Riesensofa. Heidi hat sogar die Trommel vor sich stehen.
»Was feiert ihr? Habe ich einen Geburtstag vergessen?«, frage ich misstrauisch.
»Ja«, ruft eine Frau, die gerade aus dem Badezimmer kommt.
Meine Mutter!
Stimmt! Sie hat heute Geburtstag. Ich habe ihn total vergessen. Ich umarme meine Mutter, und fast hatte ich auch vergessen, wie gut sich das anfühlt.

Meine Mutter! Sie küsst und drückt mich und duftet nach irgendeinem kostbaren Parfüm. Schlank und rank und jung sieht sie aus. Sie ist wie immer perfekt gestylt, die Nägel frech bemalt, das Kleid bunt, aber nicht übertrieben jugendlich. Die Haare sind kurz und einzelne graue nicht ganz weggefärbt. Sie hat einfach Klasse, meine Mutter. Irgendwie hatte und habe ich das Gefühl, niemals mit ihr mithalten zu können. Immer bewahrt sie Haltung und erwartet das auch von mir. Ich war erleichtert, als sie mit meinem Vater nach dessen Frühpensionierung ins Tessin auswanderte, und fühlte mich richtiggehend befreit. In der Südschweiz, wo die Sonne viel mehr scheint, das Klima schon nahezu italienisch ist, ging es meinem Vater mit seinen Rheumaschmerzen sofort viel besser. Trotzdem starb er plötzlich und unerwartet. Meine Mutter verkaufte daraufhin das gemeinsame Häuschen und zog in eine luxuriöse Altersresidenz in Ascona. Dort ist sie mit ihren 66 Jahren eine der Jüngsten, und sie scheint das sehr zu genießen.

Otto tut mir leid. Er wird jetzt unter die Lupe genommen und war doch auf diesen Besuch nicht vorbereitet. Meine Mutter hat noch nicht viele meiner Freunde kennen gelernt. Umso neugieriger ist sie natürlich jetzt.
Otto zieht mich schnell zur Seite und sagt: »Ich gehe. Ich kann jetzt nicht feiern. Ich bin wirklich sehr, sehr müde und muss morgen schon um sieben zum Dienst.«
Am liebsten würde ich gleich mit ihm gehen. Ein wenig eingeschnappt ist meine Mutter schon, dass Otto sich so plötzlich verabschiedet, aber wir tun so, als wäre das sowieso geplant gewesen.

Meine Freundinnen singen schon wieder. Sie haben sogar einen unserer Nachbarn mit dazu geholt. Massimo, ein italienischer Fitnesstrainer und Bodybuilder, hat es wohl vorgezogen mitzufeiern, statt sich über unseren Lärm zu ärgern. Er ist ein Freund unserer WG. Seit wir wissen, dass er schwul ist, kann er jederzeit bei uns vorbeikommen. Als schwuler Südländer scheint er es irgendwie besonders schwer zu haben. Seiner Familie kann er sich nicht anvertrauen. Als Bodybuilder möchte er so männlich wie möglich rüberkommen, und Schwule scheinen in dieser Szene nicht wirklich angesehen zu sein. Bei uns macht er sich als Karaoke-Sänger gut, aber auch als Freund.
Gerade singen alle einen alten Fußballsong von Shakira.
Waka waka, eh eh…
Heidi trommelt dazu. Caro fällt hin, als sie versucht, Shakiras Hüftschwung zu imitieren.
…this time for Africa…
Martin verschluckt sich vor Lachen. Wir lachen, weil er so furchtbar lachen muss und Caro sich darüber so ärgert. Es sah aber auch wirklich witzig aus: Ein einziger cooler Hüftschwung, und sie lag wie ein gefällter Baum am Boden. Bei Heidi regt sich schließlich

die Stimme der Vernunft: »Kommt, lasst uns Feierabend machen. Ein Mutter-und-Tochter-Gespräch ist fällig«, sagt sie, wieder ganz Lehrerin. »Außerdem ist es schon Mitternacht. Wir wollen doch keinen Ärger im Haus.«
Man umarmt sich gegenseitig. Alle finden, dass die Party richtig gut war. Massimo verabschiedet sich. Martin bleibt wohl mal wieder über Nacht.
Die plötzliche Stille ist erschreckend, aber auch wohltuend. Ich bin ein wenig nervös und räume schnell ein paar Gläser in die Küche, um mir etwas Zeit zu geben.
Was will meine Mutter hier?
Geburtstag feiern? Sicher nicht.

»Du siehst müde aus«, sagt sie, als ich mich schließlich zu ihr aufs Sofa setze.
»Ich *bin* müde!«, antworte ich ein wenig unfreundlich.
»Du weißt schon, was ich meine. Ich weiß, dass du deinen Job verloren hast. Warum hast du mich nicht angerufen?«
»Und dann? Du hättest mir doch auch nicht helfen können.«
»Du musst nicht immer alles allein mit dir abmachen. Manchmal hilft schon ein Gespräch. Schließlich hast du doch eine Mutter, auch wenn ich im Tessin lebe.«

Wir sind uns so fremd geworden in den letzten Jahren. Vielleicht waren wir uns das schon immer? Ich kann mich nicht erinnern, wann ich zum letzten Mal mit einem Problem zu ihr gegangen bin. Manchmal denke ich, sie lebt auf einem anderen Stern. Sie macht sich Gedanken um die Schwankungen des Aktienkurses oder die richtige Geldanlage, ihre Probleme sind ein abgebrochener Fingernagel, schlechte Wasserqualität im Pool der Altersresidenz oder ein neuer Mitbewohner, der sie nicht beachtet. Na ja, das ist jetzt böse und sicher auch übertrieben. Ich habe einfach nur andere Menschen um mich herum, die mir viel näher stehen als meine Mutter. Warum sollte ich also meine Probleme ausgerechnet mit ihr besprechen? Sie weiß doch gar nichts von mir. Wenn wir ab und zu telefonieren, reden wir übers Wetter, und jeder versichert dem anderen, dass alles in Ordnung ist.

Als ich Kind war, war das natürlich schon anders. Damals hätte ich mir eine wirkliche Mutter gewünscht. Aber Mutter war nicht stark und aufrecht. Sie schützte mich nicht vor dem zweiten Gesicht meines Vaters. Als großer Boss der Kantonalbank wurde mein Vater von allen Seiten angehimmelt und war ein angesehener Mann mit vielen Ämtern. Zu Hause jedoch war er oft jähzornig und gewalttätig. Wir hatten Angst vor ihm. Er schlug meine Mutter und manchmal auch mich. Für Nachbarn und Freunde aber war die Familie des Bankdirektors perfekt, und dieser Eindruck musste unter allen Umständen gewahrt bleiben. Meine Eltern betonten immer, wie wichtig unsere Repräsentationspflichten seien. So spielten wir gegen außen heile Welt.

Als mein Vater schwer rheumakrank wurde und unter großen Schmerzen litt, kam mir der Umzug ins Tessin fast vor wie eine Flucht. Krank sein, schwach sein, das hätte das Bild vom großen Bankier, dem Fels in der Brandung, beschädigt. So zog er es wohl vor, sich unsichtbar zu machen.
Meine Mutter hatte mit der Krankheit meines Vaters angefangen, sich ausschließlich um sein Wohlergehen zu kümmern. Schön. Das ist Liebe. Aber ich ging dabei irgendwie vergessen. Seit meine Eltern im Tessin lebten, hatte ich das Gefühl, als ließen sie mich völlig außen vor. Also beschloss ich, das positiv zu sehen und meine Freiheit zu genießen.

»Ich weiß, ich habe vieles falsch gemacht. Aber ich war doch selber ein Opfer. Ich war nicht so stark, wie ihr Frauen das heute seid. Und ich habe deinen Vater geliebt«, sagt meine Mutter plötzlich, als hätte sie meine Gedanken erraten.
»Deine Beziehung zu ihm ist eine Sache. Aber dass du mich nicht vor ihm beschützt hast, ist eine andere.«
Ich zeige ihr meine Narbe am linken Unterarm. Sie zuckt ein wenig zusammen. Ich war acht Jahre alt, als ich im Spital einen offenen Armbruch operieren lassen musste. Mein Vater hatte mich buchstäblich eine Treppe hinuntergeprügelt. Offiziell war ich dumm gefallen. Ich hatte Blockflöte geübt, als er gerade seinen heiligen Mittagsschlaf hielt. Da rastete er total aus.
»Das ist doch alles so lange her. Er ist tot. Können wir nicht neu anfangen? Bekomme ich keine zweite Chance?«
Diese Worte sind für mich ein rotes Tuch.
Ich kann sie nicht mehr hören.
Mein Vater winselte sie nach jedem seiner Gewaltausbrüche unter Tränen. Meine Mutter fing hundertmal neu mit ihm an, und mein Vater verspielte ebenso viele zweite Chancen.
Bin ich nachtragend?
Hartherzig?
Vielleicht.
Ich habe tatsächlich neu angefangen und mir selber eine zweite Chance gegeben, aber ohne meine Eltern.

Wir reden wenigstens miteinander. Das schon. Aber wir kommen uns trotzdem nicht viel näher. Nicht in dieser Nacht. Am Ende weinen wir beide und gehen nach einer kurzen Umarmung traurig ins Bett.

5

Als ich am Morgen nach drei Stunden Schlaf aufstehe, ist meine Mutter abgereist. Irgendwie wundert mich das nicht. Fast bin ich erleichtert, allerdings schäme ich mich auch dafür. Ich gehe ohne Frühstück zur Arbeit, will einfach nur weg, bevor meine Freundinnen aufstehen und anfangen, Fragen zu stellen.
Wie könnte ich in Worte fassen, was ich als Kind erlebt habe und was ich jetzt fühle?
Wie kann ich jemandem mein Verhältnis zu meiner Mutter erklären?

Auf der Redaktion habe ich keine Zeit zum Grübeln. In der morgendlichen Sitzung geht es hoch her. Man hat im Vierwaldstättersee in Brunnen eine Leiche gefunden. Es ist ein junges Mädchen, Maya Marty aus Schwyz. Unsere Zentrale in Zug möchte, dass wir die Eltern des toten Mädchens aufsuchen und eine richtige Boulevardgeschichte daraus machen. Unser Chef springt im Kreis, weil Theo, der älteste Journalist, sich rundheraus weigert, so etwas zu tun. Boulevardjournalismus ist ihm ein Gräuel. Mir auch. Eigentlich uns allen.
»Das sollen die Frauen machen, die haben mehr Einfühlungsvermögen«, versucht Jonas sich rauszureden. Ich sehe, wie meine Kollegin Aurelia hinter dem Rücken des Chefs eine Geste macht, als würde sie sich den Finger in den Hals stecken. Am Ende der Konferenz wird beschlossen, Aurelia und ich seien genau das richtige

Team für diese Geschichte. Immerhin darf ich mit meiner Lieblingskollegin losziehen. Obwohl wir beide innerlich kochen, fügen wir uns.

Draußen im Auto erzählt mir Aurelia: »Ich kenne die Schwester der Mutter recht gut. Wir waren mal zusammen in einem Tanzkurs. Wir fahren bei ihr vorbei.«

Wegen dieser Bekanntschaft ist ihr die Sensationsgier unserer Zentrale noch peinlicher. Allerdings ist es auch die Sensationsgier unserer Leser, die wir hier bedienen.

Wer war zuerst da: das Huhn oder das Ei?

Wir müssen uns immer mehr auf Boulevardjournalismus einlassen, weil die Konkurrenz das tut und damit Erfolg hat. Früher, als die Zahlen noch stimmten, konnten wir uns eine gehobene Berufsethik leisten. Jetzt aber verkaufen wir uns immer öfter.

»Fragst du dich nicht manchmal, was wir hier eigentlich tun?«, will Aurelia wissen. »Manchmal hasse ich meinen Job.«

»Du weißt aber auch, wie oft wir Gutes tun können, zum Beispiel auf Hilfsangebote und Hilfsaktionen hinweisen, Missstände aufzeigen, talentierte Leute vorstellen und fördern, der Regierung auf die Finger schauen, notfalls auf die Finger klopfen, Zusammenhänge erklären...«, gebe ich zu bedenken.

»Ja, ja«, winkt Aurelia ab, »geschenkt. Ich stelle mir trotzdem ab und zu die Sinnfrage.«

Wir haben Glück. Die Tante des toten Mädchens ist außer sich und redet wie ein Wasserfall, obwohl Aurelia ganz klar betont hat, dass wir als Zeitungsleute da sind. Die Frau kann gar nicht aufhören, uns von Maya zu erzählen, und sie gibt uns sogar Fotos mit. Das Mädchen soll in den letzten Monaten in ungute Gesellschaft geraten sein und mit Drogen experimentiert haben. Noch weiß keiner, ob sie sich selber umgebracht hat, ob sie sich vielleicht im Drogenrausch ins Wasser gestürzt hat, oder ob es sich um ein Verbrechen handelt.

Auf dem Rückweg zur Redaktion beschließen Aurelia und ich, nur einen Teil des Gesprächs für unsere Geschichte zu verwenden, um unsere Informantin vor sich selbst zu schützen.

»Wir sagen einfach, dass sie nicht mehr erzählen wollte«, meint Aurelia. Wenn dann allerdings die Konkurrenz das Drama seitenfüllend vermarktet, werden wir zwei als Versagerinnen dastehen. Damit können wir jedoch leben.

Ein bedrückender Arbeitstag. Ich bin eh nicht gut drauf, aber ich funktioniere. Ich studiere die Polizeiprotokolle und mache einen Kasten zum Text, in dem darauf hingewiesen wird, dass die Polizei nach Zeugen sucht, dazu eine Box mit statistischen Angaben zu ungeklärten Todesfällen der letzten Jahre.

Ein junges Mädchen ist gestorben, und sie wird unsere Schlagzeile. So ist das Leben.

Am Abend bin ich mit Otto verabredet. Ich weiß, er wird wollen, dass ich ihm von meiner Mutter erzähle. Aber ich habe schon meine Freundinnen erfolgreich auf »später einmal« vertröstet. Ich brauche meinen Otto heute ganz dringend. Er kommt, nimmt mich in den Arm und hält mich. Sofort weiß er, dass es mir nicht gut geht. Er merkt auch, dass ich nicht reden will. Wir lieben uns, still und zärtlich. Otto hilft mir hinüber in eine gute Nacht. Liebe ist ein Geschenk.

Am nächsten Morgen erwache ich, weil laute Rockmusik durch die Wohnung dröhnt. Eigentlich bin ich sehr früh schon einmal aufgewacht, als Otto aufgestanden und zur Arbeit gegangen ist. Jetzt also weckt mich die Musik.

Das ist ja ganz was Neues, dass hier eine so rücksichtslos die Ste-

reoanlage aufdreht, denke ich, wuschle mit den Fingern durch meine Locken, schüttle meinen Kopf und gehe über zum Angriff.
»Wer spinnt denn hier am frühen Morgen?«, rufe ich böse in den Flur hinaus. Rockmusik am Morgen bringt Kummer und Sorgen, kreiere ich in Gedanken mein eigenes Sprichwort. Dann knalle ich demonstrativ meine Zimmertür zu und schlüpfe wieder unter die Decke.
Caro klopft kurz darauf und steht sofort in meinem Zimmer.
»Sorry, ich wusste nicht, dass du noch da bist.«
»Noch?«, ich schaue auf die Uhr. Meine Güte! Ich habe mich verschlafen. Das gabs ja schon lange nicht mehr. Ich bin wirklich ein wenig durch den Wind.
Während ich mir hastig meine Kleider überstreife und Entschuldigungen vor mich hin murmle, hält mir Caro einen ihrer Vorträge über Feng-Shui.
»Ich habe gelesen, dass es alte Energien aus den Zimmern vertreibt, wenn man jeden Tag zehn Minuten lang laut Musik laufen lässt.«
Sie liest zu viel.
»Die Zimmer werden so gereinigt.«
Na ja, putzen ist natürlich anstrengender.
Caro!
So stürze ich also mit AC/DC im Stehen einen Kaffee hinunter. Vielleicht pustet die laute Musik ja auch alles Negative aus meinem Kopf.

Auf der Redaktion nimmt man mein Zuspätkommen gelassen zur Kenntnis, da dies bei mir sonst nie vorkommt. Ich suche mir langweilige Arbeit: durchkämme Statistiken und werte Kantonsratsmitteilungen aus. Ich schreibe Vorschauen und redigiere Artikel von freien Mitarbeitern. Immerhin muss ich nicht ins Strafgericht, wo Aurelia heute hingegangen ist. Der Angeklagte hat mehrere Kinder sexuell missbraucht und gequält. Solche Fälle lassen mich oft tagelang nicht zur Ruhe kommen, wenn ich mich damit beschäftigen muss. Da hilft auch laute Rockmusik nicht. Ich versuche, zu arbeiten, als hätte ich keine Kündigung bekommen. Ich übe mich im Verdrängen. Die wenige verbleibende Zeit in meinem Job möchte ich mir nicht durch Existenzängste verderben lassen. Aber sie fallen mich manchmal trotzdem an, unverhofft und eiskalt.

Mitten am Vormittag kommt ein Anruf von Otto.
»Irma ist gestorben«, sagt er leise. »Was für eine Gnade, dass ich bei ihr sein durfte, ganz legal. Sie starb während meiner Arbeitszeit am frühen Morgen, und die Geier-Verwandtschaft war noch nicht da.«
Ich spüre seine Freude und seine Trauer.
»Es ist gut so«, beruhigt er mich. »Sie wollte jetzt wirklich gehen.«
Er werde heute Abend meine Arme brauchen. Ob er kommen könne. Als müsste er noch fragen! Meine Freundinnen akzeptieren ihn, und bei mir rennt er eh offene Türen ein.
Otto.
Manchmal denke ich wirklich, wir sind wie zwei Ertrinkende und schaffen es irgendwie, einander über Wasser zu halten. Irgendwann können wir sicher auch gemeinsam darin entspannen. Aber im Moment ist der Wellengang zu hoch.

Am Abend spüre ich, dass Otto nicht nur traurig ist, sondern auch unglaublich wütend. Beim gemeinsamen Essen mit Caro und Heidi ist er schweigsam, und alle lassen ihn in Ruhe. Das mag ich an meinen Freundinnen: Keiner muss reden, aber man kann. Ich habe auch schon oft von diesem Recht Gebrauch gemacht. Otto schlingt seine Lasagne in sich hinein. Er merkt gar nicht, wie großartig sie schmeckt. Den Wein trinkt er wie Wasser.

»Haut schon ab, ihr zwei«, sagt Heidi nach dem Essen und räumt den Tisch ab.

Kaum in meinem Zimmer, legt Otto auch schon los: »Ich könnte platzen, ehrlich. Ich bin so was von wütend! Und enttäuscht! Und sauer!«

Ich muss lächeln. So erregt habe ich Otto noch nie erlebt. Allerdings vergeht mir das Lächeln, als ich seine Geschichte höre.

»Irma schlief friedlich ein. Wir haben sie gewaschen, umgezogen und liebevoll von ihr Abschied genommen. Dann kamen die Geier. Da gab es keine Tränen, keine Trauer. Die haben gleich angefangen, die Schränke zu durchwühlen und den Nachttisch auseinanderzunehmen. Beim Zusammenpacken von Irmas Sachen haben sie festgestellt, dass eine wertvolle alte Taschenuhr fehlt.«

Otto pausiert nur, um zu atmen.

»Ich kenne die Uhr. Sie gehörte Irmas Mann. Wir mussten sie oft aufziehen, und sie lag immer im Nachttisch im obersten Fach. Eine gepflegte, alte, goldene Taschenuhr mit Kette. Ab und zu wollte sie die Uhr in den Händen halten. Jetzt ist das Ding weg.«

Er schaut mich an, und ich verstehe noch immer nicht, wo das Problem liegt.

»Die Geier sind auf mich losgegangen wie Furien. Ich hätte diese Uhr gestohlen. Ich hätte eh ein seltsames Verhältnis zu Irma gehabt, und ich sei ja bei ihr gewesen, als sie starb.«

Ich kann kaum glauben, was ich da zu hören bekomme. Was für eine Frechheit, meinen Otto zu verdächtigen.

»Das gesamte Personal wurde befragt. Alle gaben an, die Uhr müsse im obersten Fach des Nachttischs liegen«, berichtet Otto weiter und setzt dann noch hinzu: »Die Geier sind fast ausgeflippt. Nein, eigentlich nur die Frau. Der Mann stand mit fins-

terer Miene daneben wie ein Statist. Die Frau hat sogar mit der Polizei gedroht.«
Helena habe die Wogen gerade noch glätten können.
»Sie hat den Erbschleichern versprochen, der Sache nachzugehen, sie aber auch gebeten, keine voreiligen Schlüsse zu ziehen. Mich hat sie ins Büro gerufen, und ich musste ihr tausendmal versichern, nichts mit dem Verschwinden der Uhr zu tun zu haben«, regt sich Otto weiter auf.
Das sei so demütigend gewesen. Schließlich arbeite er schon lange mit Helena zusammen.
»Weißt du, was das Verrückte an der Sache ist? Irma wollte mir die Uhr tatsächlich schenken«, erklärt mir Otto. »Schon oft. Sie sagte, das sei ihr wertvollster Besitz, und ich sei zurzeit ihr liebster Freund. Aber ich habe ihr erklärt, warum ich so ein Geschenk nicht annehmen kann. Sie hat es verstanden, war aber ein wenig traurig darüber.«
Otto legt sich auf mein Bett, total niedergeschlagen, und weint. Schließlich sagt er: »Helena hat mich ab sofort freigestellt«, und starrt an meine Zimmerdecke.
Jetzt bin ich total schockiert. Das klingt ja, als würde sie ihm auch nicht trauen.
»Sie hat natürlich betont, dass sie mir glaubt. Aber sie meinte, ich sei in letzter Zeit gefühlsmäßig zu engagiert gewesen. Sie möchte mich nicht verlieren, denn ich sei ein guter Mitarbeiter. Aber sie spüre, dass ich auf ein Burn-out zusteure, und verordne mir deshalb ab sofort Ferien. Und sie bestehe darauf, dass ich einen Termin mit unserem Betriebspsychologen für nach den Ferien vereinbare.«
Man habe ihm außerdem nahegelegt, er solle sich von Irmas Beerdigung fernhalten, informiert mich Otto weiter.
»Das ist nicht so schlimm«, erklärt er auf meinen fragenden Blick.

»Ich konnte mich ja in Ruhe von ihr verabschieden. Die Beerdigung ist nicht wichtig. Aber dass ich jetzt als Uhrendieb dastehe, finde ich zum Kotzen.«
Otto setzt sich wieder auf.
»Anna, wann kannst du hier weg? Ich möchte so schnell wie möglich nach Italien. Ich brauche Abstand, je mehr, desto besser.«
Das verstehe ich. Wirklich. Ich bin mit ihm betroffen, verletzt, beleidigt. Was für ein Tag für Otto!
»Ich rede morgen früh mit Wolf. Er lässt mich bestimmt gehen. Sonst mache ich ein wenig Druck«, verspreche ich ihm. Ich habe ja nicht mehr viel zu verlieren an meinem Arbeitsplatz.
Wir nehmen uns in die Arme. Was machen die bloß mit uns? Wir möchten doch beide nur arbeiten, mit vollem Einsatz und gern. Aber man wirft uns Steine in den Weg.
Mir kommt ein Spruch in den Sinn, den mir neulich meine Mutter gemailt hat: Man könne aus Steinen, die man in den Weg gelegt bekomme, auch etwas Neues bauen. Ich verschone Otto mit Mamas Weisheiten, aber der Gedanke tröstet mich einen Moment lang, auch wenn ich das Neue nicht mal ansatzweise erkennen kann. Meine Mutter schreibt mir jetzt regelmäßig kleine E-Mails. Sie arbeitet daran, unsere Beziehung zu kitten. Ich habe jetzt aber gerade andere Prioritäten.
Ganz laut lasse ich unser Pflaster-Lied laufen, und Otto weint ein wenig dabei in meinen Armen.

Da der Abend warm ist und die Sonne spät untergeht, beschließen wir, einen Spaziergang zu machen. Otto verspürt ein dringendes Bedürfnis nach Bewegung. Wir marschieren schweigend über den Grund zum Spital und dann an einem duftenden Erdbeerfeld vorbei zurück nach Schwyz. Manchmal tut Bewegung gut.
In dieser Nacht schläft Otto wenig. Er hält mich wach mit seiner

Unruhe. Zum ersten Mal stehe ich auf, während er endlich tief und fest schläft. Er sieht so schmal und verletzlich aus, wie er da auf meiner Matratze liegt, eingekuschelt in die bunte Bettdecke.

Wolf, mein Chef, hat praktisch keine andere Wahl, als mir ab sofort freizugeben. Gegen meinen Charme in Kombination mit seinem eigenen schlechten Gewissen kommt er nicht an. Schon nach zwei Stunden verlasse ich die Redaktion wieder und fühle mich in meine Schulzeit zurückversetzt.
Ferien!
Endlich Ferien!
Es ist gut, sofort zu verreisen. Wir haben beide Abstand nötig.
Ich hole frische Brötchen in der Bäckerei und freue mich darauf, meinen Prinzen zärtlich wach zu küssen. Hoffentlich hat Caro nicht wieder die Wohnung sauber gerockt. Nein, Otto schläft noch, und ich küsse ihn ganz sacht.
»Otto, wir müssen packen. Morgen gehts nach Italien«, flüstere ich ihm schließlich ins Ohr, und schon ist er hellwach. Wie ein übermütiges Kind tanzt er halb nackt vor mir herum.
»Ciao Italia, wir kommen!«, ruft er so laut, dass nun bestimmt auch meine Nachbarn Bescheid wissen.
Wir haben die Wohnung ganz für uns. Caro und Heidi sind schon auf der Arbeit. Ich stelle im Radio einen italienischen Sender ein und mache uns Frühstück, während Otto duscht. Trotz des Lärms der Kaffeemaschine höre ich Otto zu den italienischen Hits singen. Ich lächle und freue mich.

Wir trennen uns nur, weil Otto packen geht. Ich muss noch ein paar Dinge einkaufen und ebenfalls packen. Nebenbei hole ich die Zugtickets am Bahnhof und reserviere Sitzplätze für uns.
Am Abend sind wir noch immer allein in der Wohnung. Wir trin-

ken italienischen Rotwein und hören italienisches Radio. Wir lümmeln auf dem Sofa und träumen uns schon in die Ferien, als es klingelt.

Eine Frau, die sich als Ottos Chefin Helena vorstellt, steht vor der Tür und fragt nach ihm. Ich bin platt. Wie kommt sie hierher? Und vor allem weshalb?

Ich begleite sie ins Wohnzimmer, wo Otto ihr sofort entgegengeht und angespannt ihre Hand schüttelt. Einen Augenblick lang schweigen alle.

Wer macht den Anfang? Und wozu? Was ist los?

Helena entschuldigt sich bei mir, weil sie einfach so unangemeldet hereinplatze, und fragt, ob sie offen reden könne.

Ich nicke nur.

»Ich habe bis heute keine Ruhe gefunden wegen dieser blöden Uhr, weil ich mir ständig Gedanken gemacht habe, wo sie sein könnte«, beginnt Helena schließlich. »Ich habe überall herumgefragt. Sie kann doch nicht einfach verschwunden sein. Am Ende hatte ich nur Rita noch nicht befragt, die ja gerade in Paris ist. Ich habe sie vorhin auf ihrem Handy erreicht.«

Helena macht eine Kunstpause, schluckt leer, und dann kommts: »Rita hat die Uhr zum Uhrmacher gebracht, weil sie sich plötzlich nicht mehr aufziehen ließ. Den Abholschein hat sie in ihrem Garderobenschrank deponiert.«

Helena fischt einen zerknitterten Zettel aus ihrer Handtasche und will ihn Otto zeigen. Dieser lacht bitter und sagt: »Mir musst du nicht beweisen, dass ich unschuldig bin.«

»Ach, Otto, ich habe nie geglaubt, dass du die Uhr gestohlen hast. Das weißt du doch. Aber in letzter Zeit habe ich mir wirklich Sorgen um dich gemacht.«

Sie wollte, dass wir unbeschwert Urlaub machen können. Deshalb sei sie extra hergekommen.

»Vielleicht denkst du mal über dein Leben nach, wenn du grad so schön Zeit hast. Du kannst in diesem Job nicht überleben, wenn du nicht eine gesunde Distanz zu deinen Patienten findest. Entweder du suchst Hilfe, um dich zu ändern, oder du suchst dir eine andere Aufgabe. Sonst gehst du kaputt.«

Sie wolle nur sein Bestes, erklärt sie ihm und setzt noch hinzu: »Ich wünschte, du würdest dir Unterstützung bei unserem Betriebspsychologen holen und bei uns bleiben. Ich halte sehr viel von dir und würde gern weiter mit dir arbeiten.«

Otto ist gar nicht gesprächig. Helena tut mir leid. Sie redet und redet und entschuldigt sich immer wieder. Als ich ihr ein Glas Wein anbiete, will sie doch lieber gehen.

»Ich wünsche euch erholsame Ferien«, sagt sie zum Abschied.

Otto gibt ihr die Hand, und einen Moment lang zieht ihn die Frau einfach an sich und drückt ihn. Da muss er dann doch versöhnlich lächeln.

Kaum ist sie weg, drehen wir die Musik lauter, tanzen und lachen. Schließlich legt Otto die Ich + Ich-CD auf, und wir schmettern unser Lied. Unser Lärm dauert locker zehn Minuten. Somit sind alle alten Energien aus unserer Wohnung vertrieben, und die Atmosphäre ist wunderbar gereinigt.

Am nächsten Morgen stehen wir schon um acht auf dem Bahnhof Arth-Goldau. Wir haben wenig geschlafen, sind aber gut gelaunt und aufgeregt wie Schulkinder vor der ersten Schulreise. Unsere Sorgen und Probleme verdrängen wir gekonnt. Wir haben auch nicht vor, unsere Ferien mit Grübeleien zu belasten. Wir brauchen dringend ein paar unbeschwerte Tage. Danach wollen wir dann, gestärkt durch Erinnerungen an schöne gemeinsame Zeiten, zu Hause unsere Probleme angehen. Das ist der Plan.

6

Man ist von Schwyz aus unerhört schnell in Italien. Nach drei Stunden steigen wir schon in Mailand um. Der nächste Zug fährt uns direkt nach Pescara. Das dauert allerdings geschlagene fünf Stunden. Italien ist groß, fast achtmal größer als die Schweiz, und der Stiefel ist unglaublich lang. Silvi Marina liegt ungefähr in der Mitte der Wade. Wir lösen reihenweise Sudokus, denn die eintönige Landschaft, die am Zugfenster vorbeiflitzt, trägt wenig zu unserer Unterhaltung bei. Die Dörfer sind farblos, die Felder trocken. Wir fangen an, unsere Sudokus freiwillig zu komplizieren.
»Buchstaben statt Zahlen«, schlägt Otto übermütig vor. »1 ist A, 2 ist B, und immer so weiter.«
Jetzt machen auch die leichten Rätsel Spaß und werden durch die neue Variante sogar zur Herausforderung. Wir lachen und albern herum.
Dann versuchen wir, nur noch italienisch zu reden. Wir werden erstaunlich schweigsam. Dabei haben wir beide Italienisch gelernt, es aber nicht sehr häufig benutzen können. Mit einem kleinen Franklin-Computer üben wir wichtige Sätze, streiten allerdings darüber, was denn nun wichtig ist.
»Mi potrebbe portare una birra alla spina, signore«, bestellt Otto gestelzt höflich ein Bier vom Fass und fügt dann unhöflich ein »subito« an.
»Dove sono le belle ragazze?« Damit will er nach den schönen Frauen suchen.

»Dov'é la spiaggia?«, frage ich nach dem Strand. Es ist vielleicht gar nicht so schlecht, ein paar Worte zu repetieren und sich ein paar brauchbare Sätze in Erinnerung zu rufen.

In der Nähe von Rimini sehen wir erstmals das Meer und drücken unsere Nasen begeistert ans Zugfenster. Wir fahren nun lange Strecken direkt am Meer entlang und sehen endlose Strände, vollkommen leer und richtig einladend. Vorfreude und Aufregung steigen. Aber die Reise dauert noch immer drei Stunden.

In Pescara steigen wir ziemlich gerädert aus dem Zug. Wie herrlich warm es hier ist! In einem tiefgekühlten Taxi fahren wir fast eine Stunde bis Silvi Marina. Nein, der Ort verdient keinen Schönheitspreis. Er besteht aus einer Ansammlung großer alter Gebäude, lieblos gebaut und heute nahezu verfallen. Durch Blumen versucht man, das Ganze etwas netter aussehen zu lassen.

Dankbar betrachte ich das Hotel Nino, als unser Taxi davor hält. Das vergleichsweise kleine Hotel ist weiß getüncht. Rot-weiß gestreifte Sonnenschirme und Rollläden geben ihm einen besonderen Charme. Schweizer Farben in Italien? Heimatliche Gefühle können trotzdem nicht aufkommen. Das Haus steht an einer von Palmen und Pinien gesäumten Straße. Wir werden vom Lärm der Zikaden begrüßt, einem lauten Sirren und Surren.

Schon kommt Vreni aus dem Hotel gelaufen.

»Ciao! Grüezi! Willkommen!«, ruft sie uns entgegen. Vreni ist groß und schlank und hat ihr blondes, langes Haar am Hinterkopf zu einem Zopf geflochten. Ihr buntes Kleid flattert. Sie sieht bezaubernd aus.

Otto und Vreni fallen sich in die Arme. Sie haben sich lange nicht gesehen. Ich mustere meine Fast-Schwägerin. Sie ist sympathisch und herzlich. Ich wusste sowieso, dass sie mir gefallen würde. Otto hat sie schließlich sehr, sehr gern.

»Du bist also Anna. Willkommen«, sagt sie und umarmt mich.

Sie duftet frisch, und ich komme mir dreckig und ungepflegt vor dagegen. Ein junger Mann kümmert sich um unser Gepäck. An der Rezeption begrüßt uns Nino, Vrenis Mann, der gerade Dienst hat. Er hat nur Zeit für einen kurzen Gruß mit Umarmung, denn er ist mit einer Großfamilie beschäftigt, die gerade abreist.
»Wir sehen uns später«, lacht er. Ich kann verstehen, dass Vreni für diesen gut aussehenden, charmanten Italiener der Schweiz den Rücken gekehrt hat. Seine Augen strahlen und versprechen 365 Tage Sonnenschein.
Vreni drückt Otto die Schlüsselkarte in die Hand.
»Zimmer 222, ihr findet das schon. Abendbrot gibt es ab halb acht. Ich muss leider weg. Wir sehen uns beim Essen. Richtet euch ein, macht euch frisch, fühlt euch wohl!«
O ja. Ich freue mich auf ein Zimmer, ein Bett, eine Dusche. Der Lift nach oben ist klein und eng. Im Spiegel sehe ich ein müdes Paar, das dringend ein paar Tage an der Sonne braucht. Das Zimmer ist klein, aber es hat Atmosphäre. Über die antiken Möbel müssen wir lachen. Wir fühlen uns sofort wohl in dem dunklen, kühlen Raum. Wir öffnen die dicken, schweren Vorhänge, und schon scheint die Sonne herein. Neugierig betreten wir den Balkon.
»Schau mal!«, ruft Otto begeistert.
»Ooohhh!« Mehr fällt mir dazu nicht ein. Wir hängen beide am Balkongeländer und können unsere Blicke nicht abwenden. Wir wollten auspacken, duschen, was auch immer. Aber wir sind unfähig, uns zu rühren. Das Meer hat uns vollkommen in seinen Bann gezogen.
Einladend breitet es sich in einem glitzernden Blau vor uns aus, davor der Strand als endlos langer, goldener Sandteppich. Auch der Himmel präsentiert sein blauestes Blau. Wir blicken hinunter in einen gepflegten Garten, sehen einen großen Pool, umrahmt

von Palmen und Blumen. Von rechts hört man das Pling-Plong von Tennisbällen. Von links, wo sich ein gigantischer Hotelkomplex befindet, das Bumbum einer Musikanlage und das anfeuernde Schreien eines Animators.

»Schau, dort sind sie beim Aerobic, die sportlichen Gäste«, spottet Otto und zeigt mit dem Zeigefinger nach links.

Trotz all der Geräusche hört man das Rauschen der Wellen. Gut, dass es in unserem Hotel keine Animation gibt.

»Was für ein gigantisches Schauspiel das Meer doch ist«, schwärme ich, »so was fehlt uns in der Schweiz.« Meist fehlen auch noch Sonne und Wärme dazu. Hier bekommt man alles als Gesamtpaket.

Wir stehen eine Weile da, ganz nahe beieinander, und genießen den Ausblick.

»Das tut gut«, sagt Otto und atmet tief durch.

Ja, es war bestimmt richtig, hierherzukommen.

Atmen.

Abstand.

Auszeit.

Irgendwann müssen wir doch mit Auspacken beginnen, denn wir haben Hunger, und es sieht nicht so aus, als könnte man hier in Badelatschen und kurzen Hosen speisen. Frisch geduscht und umgezogen gehen wir zum Essen. Der Speisesaal ist riesig, dabei hat das Haus nur siebzig Zimmer. Die Atmosphäre ist gediegen, man sitzt an geschmackvoll gedeckten Tischen. Der Chef de Service begleitet uns an unseren Tisch. Jeder Tisch wird von Vreni und Nino persönlich betreut, bei uns kommt Vreni vorbei, um unsere Bestellungen aufzunehmen. Für jeden Gang können wir aus einer Anzahl verschiedener Gerichte auswählen.

»Das ist meine Schwiegermutter Antonella«, erklärt Vreni und

zeigt auf die ältere Dame, die beim Servieren hilft. »Dort am Ecktisch essen wir dann alle. Die alte Frau am Kopf des Tisches ist die Mutter meiner Schwiegermutter, die wahre Chefin in diesem Laden hier. Das kleine Mädchen ist nur zu Besuch. Es ist die Tochter von Ninos Bruder.«
Vreni lächelt und seufzt gleichzeitig.
»Ein italienischer Familienbetrieb«, sagt sie und verdreht ein wenig die Augen. »La famiglia.«

Wir sitzen an einem schönen Tisch an der Wand. Von hier aus hat man den absoluten Überblick. Es ist interessant, die Gäste zu beobachten. Ninos Familie hofiert jeden mit besonderer Aufmerksamkeit. Dottore, Professore, Maestro… man könnte denken, hier verkehre nur die oberste Liga der Menschheit. Das könnte natürlich auch an den Zimmerpreisen liegen.
Otto sieht das alles aus einer anderen Perspektive. Die Atmosphäre im Speisesaal erinnert ihn an ein Altersheim.
»Hier sind nicht nur die Möbel alt, sondern auch die Gäste. Ein Altersheim am Strand«, kommentiert er trocken. Ich stupse ihm tadelnd meinen Ellenbogen in die Seite, so unauffällig wie möglich. Aber er hat recht. Das hohe Alter der Gäste ist auffallend. Am Nebentisch sitzt ein besonders betagtes Paar. Die Dame musste ihren Begleiter an den Platz führen, obwohl sie selber leicht zitterig wirkt. Und doch strahlen die beiden etwas aus, das man nicht einfach kaufen kann.
Würde?
Reichtum?
Macht?
Wir sind von ihnen fasziniert, sie könnten Figuren aus einem alten Mafiafilm sein.
»Der Pate mit seiner Patin«, flüstert mir Otto ins Ohr.

Auf der anderen Seite von uns sitzt eine attraktive Russin mit einem Mädchen, das wohl ihre Tochter ist. Die Frau ist laut und wirkt arrogant. Ständig beschäftigt sie das Personal mit Sonderwünschen. Das Mädchen sitzt daneben wie eine Puppe. Es trägt ein kostbares Spitzenkleid, in welchem es sich fast nicht zu bewegen traut. Ob die Kleine den Mut hat, etwas zu essen?
Die Russin sieht aus, als hätte sie sich mit allem Schmuck behängt, den sie mit nach Italien bringen konnte, ohne die Zollbeamten misstrauisch zu machen.
»Vielleicht sind die beiden auf der Flucht, und die Frau hat allen Schmuck immer bei sich, damit sie jederzeit aufbrechen kann«, gibt Otto zu bedenken.
»Sie kommt mir eher vor wie eine, die andere verfolgt«, mutmaße ich böse.
»Du meinst, sie könnte von der Russenmafia sein?«
»Genau. Nennen wir sie Mafiosa.«
So bekommen die Leute im Saal nach und nach ihre Spitznamen.

Wir genießen ein mehrgängiges Diner bei Kerzenlicht. Das Essen schmeckt hervorragend. Aus der Bar hört man das Klimpern eines Pianisten, was der angenehmen Atmosphäre gewissermaßen die Krone aufsetzt. Ich merke, wie wir beide uns zurücklehnen und ruhig werden. Ja, die Ferien fangen an. Wir haben sie nötig.
Vreni hat kaum Zeit für uns, aber es macht uns Spaß, zu beobachten, wie sie an den Tischen die Bestellungen aufnimmt und dann schnell und bestimmt ihrem Personal Anweisungen gibt. Hier scheint alles gut durchorganisiert zu sein. Blicke oder kleine Handzeichen genügen, und schon wird das Fleischmesser gegen ein Fischmesser getauscht oder ein Kellner räumt unauffällig die Weingläser ab.
Nach dem Diner werden wir an den Familientisch gebeten und

allen vorgestellt. Wir trinken Montenegro, einen Schnaps, zur Begrüßung. Es wird geherzt, geküsst, gedrückt, als wollten wir für immer bleiben und würden mit diesem Ritual nun endgültig in die Familie aufgenommen. Gut, dass Otto und ich ein wenig Italienisch sprechen. Wir brauchen jedes einzelne Wort, das noch irgendwo in der hinterletzten Gehirnwindung hängen geblieben ist. Wenn das so weitergeht, weiß ich bald nicht mehr, wer und wo ich bin. Doch Vreni und Nino retten uns. Sie haben jetzt frei.
»Am besten, wir gehen hier weg, sonst haben wir keine Ruhe«, erklärt Vreni. »Irgendein Gast hat immer ein Problem. Und wenn wir hier sind, sind wir auch ansprechbar.«
»Wir zeigen euch, wo wir wohnen«, erklärt Nino. »Unser Wohnsitz ist geheim. Sonst würden wahrscheinlich die Gäste auch bei uns zu Hause hemmungslos ein und aus gehen.«
Wir spazieren eine Weile durch die Via Garibaldi, unter Pinien und Palmen, mit uns Hunderte von Touristen. Straßenmusiker und Bettler konkurrieren um unsere Gunst. Ein Eiscafé reiht sich hier an das andere. Es gibt eine endlose Zahl von Geschäften, die sich ganz dem Bedarf der Touristen angepasst haben. Vom Gummiboot übers Badetuch bis zur verzierten Flasche Olivenöl als Mitbringsel gibt es hier alles.
Das Sirren und Surren der Zikaden ist unglaublich laut. Wir laufen einen blickdicht mit Efeu überwucherten Zaun entlang und kommen an ein unscheinbares Tor. Auf einem kleinen Schild steht »Villa Antonella«.
Wir betreten einen großen Garten. Leider ist es schon dunkel. Die Lichter des Städtchens und eine alte Lampe lassen nur die Umrisse der Villa erkennen: ein Gebäude aus Stein mit bewachsenen Mauern, irgendwie märchenhaft. Auch hier ist das Meer so nahe, dass man sein Rauschen hört. In dem parkähnlichen Garten stehen baumhohe blühende Oleander.

»Ja, es ist ein wunderbarer, magischer Ort«, sagt Vreni, als sie bemerkt, dass wir sprachlos sind über so viel Schönheit. »Ich liebe unser Zuhause. Nur wohnen wir halt alle hier.«
»Alle?«, fragen Otto und ich wie aus einem Mund.
»Fast alle«, lacht Nino. »Mein Vater lebt nicht mehr. Meine Mutter wohnt im oberen Stock, zusammen mit meiner Großmutter. Unter dem Dach hat es noch ein paar Zimmer, wo wir in Notfällen Personal unterbringen. Sie sind aber vor allem für Verwandte gedacht, die zu Besuch kommen. Mein Bruder Salvatore kommt oft im Sommer vorbei.«
Oh. Familie da und dort und überall.
»Das wäre mir eindeutig zu viel«, bemerke ich.
»Ach, es geht erstaunlich gut. Das ist halt Italien. Das wusste ich von Anfang an«, meint Vreni achselzuckend. »Im Sommer arbeiten wir so viel, dass wir alle wenig hier sind und sowieso selten zusammen. Im Winter sind die beiden alten Damen kaum hier. Sie gehen zur Kur oder besuchen irgendwo Verwandte.«
Ninos und Vrenis Wohnung ist riesig. Alle Fenster stehen offen. Wir setzen uns ins Wohnzimmer, und Vreni wirft ihre Schuhe einfach von sich. Endlich haben wir Zeit, ein wenig zu reden. Gut, dass Nino recht gut Deutsch spricht.
Wir trinken ein Glas Wein. Bald merken wir, wie müde wir alle sind. Die einen vom Arbeiten, die anderen vom Reisen. Vreni sagt: »Ich wollte nur, dass ihr wisst, wo wir wohnen. Ihr seid hier immer willkommen. Schön, dass ihr ein paar Tage hierbleiben könnt. Wir werden versuchen, uns ab und zu etwas Zeit für euch freizuschaufeln. Aber ihr werdet euch sicher auch ohne uns gut unterhalten können.«
Stimmt.
Wir gähnen uns noch eine Weile an, bis wir lachen müssen. Schließlich machen Otto und ich uns auf den Heimweg. Der Tag

war lang, aber ich fühle mich schon wohl hier. Angekommen. Noch immer sind die Straßen voller Menschen. Auch die Straßenmusiker sind noch bei der Arbeit. Nur die Bettler haben aufgegeben.

Das Hotel haben wir zum Glück leicht wiedergefunden. Im Lift drückt Otto mich zärtlich an sich. Im Spiegel sehe ich ein verliebtes Paar. Ich bin müde, aber glücklich. Doch so schnell kommen wir nicht dazu, unsere Zweisamkeit zu genießen. Vor der Zimmertür neben unserer sitzt eine alte Dame und weint. Es ist die Frau des Paten. Sie trägt ein langes weißes Nachthemd, und ihre Haare stehen unordentlich in alle Richtungen.
Ein trauriger Flurgeist?
»Was ist los?«
Otto ist in seinem Element und beugt sich zu der Frau hinunter.
»Ich bin ausgesperrt. Ich wollte nur ins Bad, doch plötzlich stand ich hier draußen, und die Tür war zu.« Sie ist kaum zu verstehen, denn sie weint noch immer, während sie spricht, und zittert am ganzen Leib.
»Warum klopfen Sie nicht und rufen nach Ihrem Mann?«, fragt Otto.
»Der hört mich doch nicht. Er nimmt nachts immer sein Hörgerät raus, weil ich so schlimm schnarche. Ich könnte die Tür eintreten, der würde nichts hören.«
Otto hilft der Frau hoch und bietet ihr an, in unserem Zimmer zu warten. Er packt sie in unseren Sessel und wickelt sie in eine Wolldecke, die er in unserem Schrank gefunden hat. Ich will schon losgehen, um beim Nachtportier einen Nachschlüssel zu besorgen.
»Nein, Anna, ich kann doch als Mann hier nicht allein mit der schönen Dame bleiben«, sagt Otto ernsthaft. Und schon ist er

weg. Die »schöne Dame« lächelt erstmals, und ich stelle fest, dass neben dem Hörgerät ihres Mannes wohl auch ihre Zähne auf dem Nachttisch liegen.
»Ich bin Lucia«, sagt sie und zeigt mir noch einmal, dass sie keine Zähne hat. Sie schläft dann erschöpft ein und beginnt furchtbar laut zu schnarchen. Unglaublich, dass eine so kleine Frau so unerhört laut schnarchen kann.
Ich gehe auf unseren Balkon und atme tief durch. Das Leben sorgt doch immer wieder für Unterhaltung. Ich lächle dem Mond entgegen, grüße die Sterne, das Meer. Es ist wunderschön hier!
Otto kommt zurück mit einer Ersatzkarte.
»Der Nachtportier hat sich aber angestellt. Als wollten wir die alten Leute ausrauben oder vergewaltigen«, ärgert er sich.
Vorsichtig weckt er Lucia, die einen Moment braucht, um sich zu erinnern, warum sie bei uns im Sessel schläft.
Wir begleiten sie auf den Gang, öffnen ihre Tür, und sie schlüpft in ihr dunkles Zimmer. Die Tür fällt hinter ihr ins Schloss. Peng!
Kein Dank, kein Gruß.
Vielleicht war sie nur eine Erscheinung?
Alte Möbel, alter Hausgeist?

Wir schauen uns an, zucken mit den Schultern und wollen zurück in unser Zimmer. Als Höhepunkt des nächtlichen Intermezzos müssen wir feststellen: Jetzt haben wir uns ausgesperrt.
Uns packt ein Lachanfall. Die Situation ist aber auch zu komisch. Wir könnten uns den Flur entlangkugeln vor Lachen. Wir haben Tränen in den Augen. Gerade wenn man übermüdet ist, findet man alles besonders lustig.
»Sie spinnen wohl! Mitten in der Nacht so ein Zirkus! Ich werde mich über Sie beschweren!«, schimpft plötzlich jemand auf Englisch mit einem dicken slawischen Akzent.

Otto und ich stehen da wie angewurzelt, plötzlich ernüchtert und verstummt. Die Russenmafiosa steht in der offenen Zimmertür, faucht uns an und speit Feuer in unsere Richtung. Und sie ist nackt. Wow! Die Russin hat nicht nur Zähne, sie hat auch Kurven und sieht auch sonst ganz appetitlich aus.
Peng! Jetzt ist ihre Zimmertür wieder zu. Jedenfalls ist sie drinnen, während wir noch immer auf dem Flur stehen.
»Wir hätten sie fragen sollen, ob sie uns Asyl gewährt«, flüstert Otto, »und ob sie noch irgendwo Wodka gebunkert hat.«
»Das könnte dir so passen«, antworte ich und verdrehe die Augen. Wir gehen zusammen zum Nachtportier, geben ihm Lucias Zweitkarte zurück und bitten um einen Zweitschlüssel für unser Zimmer. Jetzt traut er uns nicht mehr über den Weg und kommt selber mit hoch, um unsere Tür zu öffnen. Otto steckt ihm fünf Euro zu, aber sein Gesichtsausdruck bleibt unversöhnlich. Wir haben es uns wohl endgültig mit ihm verdorben.
Endlich in unserem Zimmer, lassen wir uns erschöpft aufs Bett fallen. Das war ein langer Tag. Aber wir hatten viel Spaß und keine Zeit, Probleme zu wälzen. Wir sind ihnen sozusagen davongefahren.
Ferienglück, wir sind bereit!

7

Wir verbringen wunderschöne Tage am Strand. Im Hotel werden wir verwöhnt. Lucia und ihr Mann Toni sorgen dafür, dass immer die besten Weine auf unserem Tisch stehen, als Dankeschön für

Lucias Rettung. Die beiden grüßen und winken, wenn sie uns nur sehen. Das freut uns. Von allen werden wir mit Respekt und Höflichkeit behandelt. Weil wir nun Freunde von Lucia und Toni sind? So läuft das hier also.

Wir sind beide ständig müde, als würde jetzt, wo wir so entspannt sind, die anstrengende Zeit davor ihren Tribut fordern. Also faulenzen wir.

Hier muss man nicht um sieben schon sein Handtuch auf einem Liegestuhl ausbreiten. Jeder hat seinen festen Liegeplatz. Wenn man nicht an den Strand kommt, bleibt er eben frei. Das nenne ich Luxus! Otto liest irgendeinen dicken Abenteuerroman, der in Afrika spielt. Ich habe mir ein paar italienische Lesebücher für Anfänger mitgenommen und quäle mich mehr schlecht als recht durch die Texte. Aber wer weiß, welche Sprachkenntnisse ich für meinen zukünftigen Job vorweisen muss? Dazwischen stürzen wir uns ins Meer, wo wir voller Freude in den Wellen schwimmen und plantschen. Daneben müssen wir aufpassen, dass wir keine Mahlzeit versäumen. Das ist echter Ferienstress. Ich werde kiloweise zunehmen, weil es hier so gut schmeckt. Morgens und mittags wird das Essen auf der Terrasse serviert, die von einem gigantischen Blumenmeer eingerahmt ist.

Einmal machen wir abends eine kleine Rundfahrt auf den hoteleigenen Fahrrädern. Otto hat nur ein mildes Lächeln für die klapprigen Räder übrig. Aber dann kommt die Überraschung: Nino organisiert Otto ein Mountainbike. Und da er selber auch eines hat, beschließen die beiden Männer, gemeinsame Touren zu fahren. Nach dem Frühstück verschwinden sie jeweils für ein bis zwei Stunden. Mich stört das nicht, denn ich sehe, wie Otto strahlt. Ich gehe in dieser Zeit gern am Strand spazieren. Das ist nie langweilig.

Eine nicht endende Prozession halb nackter Menschen flaniert den Strand entlang. Afrikanische Händler verkaufen alles, von der

Halskette über Brillen bis zum Regenschirm. Ja, selbst Regenschirme sind im Angebot. Darüber muss ich lächeln. Einer schiebt eine riesige Schubkarre vor sich her, eine Eigenkonstruktion, an der ein mobiler Kleiderladen befestigt ist. Ein anderer hat sich Dutzende von Handtaschen umgehängt und ist selber kaum noch zu sehen. Der Mann, der Badetücher verkauft, macht es genauso und schwitzt dabei seine Ware voll.
Da und dort gibt es kleine Kunstwerke aus Sand zu sehen. Eine Familie hat eine riesige Burg gebaut, mit Wassergraben und Zinnen. Statt Rittern halten kleine blaue Plastikschlümpfe Wache. Sogar liebevoll bepflanzt ist das Wunderwerk. Schade, dass es so vergänglich ist.
Mache ich es mir in meinem Liegestuhl gemütlich, habe ich allerdings nicht an jeder Art von Unterhaltung meine Freude. Einmal kommt ein Junge, der auf einer Handorgel spielt, obwohl er es gar nicht kann. Nachdem er mich eine Weile mit falschen Tönen genervt hat, hält er mir frech seine Hand hin. Ich schüttle den Kopf. Nein, dafür zahle ich nichts.
Ein dunkelhäutiger Mann will mir Spitzentüchlein verkaufen.
»So was brauche ich nun wirklich nicht. Scusa.«
»Du könntest mir auch so ein wenig Geld geben«, bittet der Verkäufer. »Dann kann ich mir etwas zu essen kaufen.«
Schon habe ich ein schlechtes Gewissen, weil wir hier so maßlos verwöhnt werden und es ihm vielleicht wirklich nicht gut geht, auf jeden Fall schlechter als mir. Ich gebe ihm trotzdem nichts, denn sonst hätte ich hier keine ruhige Minute mehr.
Wenn ich einmal kurz einnicke, schrecke ich sicher wenig später hoch, weil der Kokosnussverkäufer so laut schreit.
»Cocoooooo. Coco belloooooo.«
Dazu bläst er in eine Trillerpfeife und holt mit diesem Geräusch sicher auch Halbtote aus dem Jenseits zurück.

Aber all das gehört einfach dazu.
So muss es sein.
Strandurlaub in Italien.
Über allem thront die Sonne, und das Meer rauscht beruhigend dazu.

8

Ich liege auf meinem Stuhl in der ersten Reihe, die für besondere Gäste reserviert ist, und habe mich tüchtig eingeölt. Gerade als die Sonne beginnt, das Öl auf der Haut zum Brutzeln zu bringen, höre ich Vreni nach mir rufen.
»Annaaaaa!«
Vreni hatte bisher keine Zeit für mich. Wenn die Männer radeln, hat sie immer doppelt so viel zu tun. Schon steht sie vor mir.
»Komm, schnell! Zieh dich an!«
Ihr Ton ist so bestimmt und ihr Gesicht so ernst, dass ich keine Fragen stelle. Vreni hilft mir. Sie schüttelt hektisch das Badetuch aus und faltet es zusammen. Ich sammle meine Siebensachen ein und werfe sie in die Badetasche, noch ganz benommen und überrumpelt.
Was ist los? Kommt ein Tsunami?
Ich schaue argwöhnisch aufs Meer hinaus, kann von dieser Seite her aber keine Gefahr erkennen.
»Es gab einen Unfall. Ich weiß nichts Genaues. Wir müssen zum Krankenhaus.«
Vreni wirkt verstört.

Okay. Jetzt gebe ich richtig Gas. Ich ziehe mein Strandkleid über den eingeölten Körper, schlüpfe in die Flipflops und renne hinter Vreni her, direkt zur Hotelgarage. Dort wartet Antonella schon hinter dem Steuer. Sie lässt den Motor an, noch bevor wir richtig eingestiegen sind.

Noch immer weiß ich nicht, was passiert ist. Aber so wie Antonella durch den Ort rast, getraue ich mich gar nicht mehr zu fragen. Es sei irgendetwas mit Otto oder Nino oder beiden. Mehr kann ich nicht erfahren. Vielleicht wissen sie auch nicht mehr. Die Mama sucht nach Schleichwegen, macht gewagte Manöver, rast los, sobald die Straße ein paar Meter weit frei ist, bremst dann wie eine Irre, um gleich darauf wieder laut den Motor aufheulen zu lassen. Sie flucht vor sich hin und schreit auch mal aus dem Fenster hinaus. Endlich sind wir da.

Das Krankenhaus ist ein hässlicher Kasten und wirkt von außen ungepflegt und heruntergekommen. Mit der Parkplatzsuche hält sich eine besorgte italienische Mama natürlich nicht auf. Der Chefarzt-Parkplatz ist für sie genau richtig. Wir steigen hastig aus und stürmen auf das Spital zu.

Nino erwartet uns im Eingangsbereich, und Vreni schreit erleichtert auf. Ja, es scheint ihm gut zu gehen. Antonella herzt ihren Jungen und überschüttet ihn mit einem nicht enden wollenden Wortschwall. Mir wird jetzt richtig übel.

Irgendetwas ist mit Otto!

Aber was?

Ich stehe neben der Familie, die mir in diesem Moment völlig fremd vorkommt, und gleichzeitig stehe ich neben mir. Ich möchte unbedingt wissen, wie es Otto geht, und frage nur nicht, weil ich so Angst vor der Antwort habe. Mein Herz klopft, mein Puls rast, mein Hals ist völlig ausgetrocknet und wie zubetoniert. Meine Gedanken überschlagen sich.

Wie viele Radfahrer sind bei uns in der Schweiz schon verunglückt? Und der Verkehr hier in Italien ist noch viel abenteuerlicher.
Otto!
Mein Herz schreit seinen Namen.
Vreni nimmt mich am Arm und zieht mich sanft weiter.
»Es ist nicht so schlimm. Er ist nur gestürzt«, beruhigt sie mich, wirkt aber selber noch immer ziemlich aufgelöst.
Endlich klopft sie an eine Zimmertür, und wir treten ein. Dicke Luft. Man hat sechs Betten in ein kleines Zimmer gequetscht. Ich muss nach Otto suchen. Er wird doch nicht dieser arme Mensch dort im Ganzkörpergips sein?
Nein, er liegt im nächsten Bett und winkt mir zu. Und er lächelt. Dieses Lächeln ist mehr wert als Gold.
Otto lächelt.
Er lebt.
Neben seinem Bett gehe ich in die Knie. Ich weiß nicht, wo ich ihn anfassen darf. Aber ich sehe seine gesunden Lippen, küsse ihn und spüre dabei, dass es ihm gut geht. Seine Lippen sind warm, lebendig, und seine Zunge grüßt keck die meine. Tränen laufen über mein Gesicht. Wie gut, dass es Tränen der Erleichterung sind.
»Keine Sorge, Liebes. Alles ist halb so schlimm. Schau mich an, ich habe nur ein paar Schrammen. Ich hatte so viel Glück«, beruhigt er mich. Er zieht die dünne Decke von den Beinen und tatsächlich: Es scheint alles noch dran zu sein.
Ich umarme Vreni voller Erleichterung. Antonella und Nino kommen jetzt auch dazu. Wir veranstalten ein Riesentheater, dabei liegen noch fünf andere Patienten im Zimmer.
»Italiener machen immer so einen Zirkus, wenn einer sich ein wenig wehtut«, flüstert mir Otto dann ins Ohr. »In der Schweiz wäre

ich nie in ein Spital gekommen. Hier kommen sie gleich mit Blaulicht, wenn einer ein bisschen blutet.«
Ich bin aber ganz froh, dass man ihn richtig untersucht hat. Otto soll über Nacht zur Beobachtung dableiben. Das finde ich okay.
»Aber du weißt schon, wie schlecht man über italienische Spitäler spricht?«, meint Otto dazu. »Am Ende hole ich mir noch irgendwas. Es ist hier ziemlich unhygienisch.«
Ich schaue mich argwöhnisch um, aber Vreni schüttelt den Kopf und droht mit dem Finger.
»Du bleibst über Nacht hier, Bruderherz. Wenn wirklich alles okay ist, dann holen wir dich morgen. Versprochen.«
Natürlich will ich jetzt auch noch wissen, warum und wie Otto gestürzt ist.
»Ach, das war komisch. Ich glaube, mir wurde einfach schwindlig, und ich bin praktisch vom Rad gefallen.«
Das klingt aber nicht gut.
»Vielleicht war die Tour bei der Hitze doch etwas viel. Die Abruzzen haben es halt in sich«, sagt Nino mit schlechtem Gewissen.
Ich glaube das nicht. Otto macht zu Hause bei jedem Wetter wildeste Bergtouren mit seinem Bike. Auch bei sehr sommerlichen Temperaturen ist ihm kein Weg zu steil. Hoffentlich kommt durch diesen Sturz nicht irgendeine Krankheit ans Tageslicht.
Dann wirft uns eine resolute Krankenschwester aus dem Zimmer. Ich küsse Otto noch einmal. Ihn hier zurückzulassen, tut mir weh. Ich versuche, vernünftig zu sein. Vorhin rechnete ich noch mit dem Schlimmsten. Eine Nacht werde ich doch wohl ohne Otto auskommen. Ich sollte dankbar sein.

Wir fahren recht schweigsam und langsam zum Hotel zurück. Vreni hält Ninos Hand und strahlt ihn an. Eigentlich sind wir alle mit dem Schrecken davongekommen. Oder?

Irgendwie bin ich trotzdem noch unruhig und kann meine Gefühle nicht richtig einordnen. Ist das nur der Schock und seine Nachwirkungen? Als ich das Auto verlasse, bewege ich bewusst meinen Oberkörper und meine Beine, als könnte ich so den Schrecken abschütteln. Vreni und Nino verschwinden. Antonella, die Mama, spürt wohl meine Verwirrtheit und nimmt mich noch einmal mütterlich in ihre Arme.

»Andrà tutto bene«, sagt sie, alles wird gut. Ich würde ihr gern glauben.

Aber sagen Mütter das nicht immer?

Glauben sie selber dran?

Ich mag nicht mehr an den Strand zurück. Der Trubel stößt mich jetzt ab. Vor dem einsamen Zimmer graut es mir allerdings auch. Ich besuche das Businesscenter, eine klimatisierte Ecke, wo es um diese Uhrzeit ganz still ist. Mithilfe des Internets kann ich mich normalerweise gut ablenken. Ich klicke kurz in der Online-Ausgabe meiner Zeitung herum, mag mich aber nicht wirklich darauf konzentrieren.

Ich schaue, was meine Freunde auf Facebook so treiben, und hinterlasse da und dort ein »Gefällt mir« oder ein paar Anmerkungen. Meine Mutter hat mir geschrieben. Wir haben uns facebookmäßig befreundet. Seither schreibt sie alle paar Tage etwas auf meine Seite. Ich finds irgendwie rührend, wie sie sich plötzlich um mich bemüht. Ich weiß trotzdem nicht, wie ich damit umgehen soll.

Kürzlich hat sie folgenden Satz auf meiner Seite hinterlassen: »Wenn eine Tür laut zuschlägt, sei aufmerksam, denn es gehen dafür wieder andere auf, nur macht das weniger Lärm.«

Im Moment sehe ich keine offenen Türen. Ich höre auch keine. Meine Sorgen hatte ich eh grad für eine Weile vergessen. Zuerst waren da fröhliche Ferien, und jetzt denke ich nur an Otto. Verrückt, wie nahe er mir nach den wenigen gemeinsamen Wochen bereits ist. Irgendwie gehört er schon wie selbstverständlich zu meinem Leben. Vielleicht ist es das, was mich gerade so beunruhigt? Man wird verletzlich, wenn man liebt. Es muss auch Otto gut gehen, damit es mir gut geht.

Ich frage meine E-Mails ab. O Gott! Man will mir Medikamente verkaufen, damit ich mehr Standfestigkeit im Bett habe und um meinen Penis zu verlängern. Im Kilopaket sind sie besonders günstig. Auch verschiedene Wunderdiäten preist man mir an. Nach den Ferien werde ich die benötigen. So wie wir hier schlemmen, werde ich schon ein paar Kilo abspecken müssen. Irgendein Möchtegern-Geschäftsmann aus einem weit entfernten Land schreibt mir in einem unmöglichen Kauderwelsch, dass er mir Geld überschreiben will, wenn ich ihm meine Bankdaten schicke. Glaubt das jemand?

Stellenangebote sind natürlich keine dabei.

Ich beschäftige mich zuerst mit dem Löschen der Spammails. Dann bleiben nur noch wenige Nachrichten über: ein paar Grüße aus dem Büro und von meinen Freundinnen. Alle wünschen mir frohe, erholsame Ferien.

Caro hat tatsächlich frech ein Inserat geschaltet, in dem sie verkündet, dass sie nun auch Webseiten nach Feng-Shui-Prinzipien erstelle. Coole Idee! Die Frau hats wirklich drauf. Vielleicht ist das eine echte Marktlücke.

Heidi jammert über ihren Job, den sie immer weniger liebt, weil sich das Berufsbild der Lehrer völlig verändert hat. Immer neue Reformen, neue Fächer, zusätzliche Belastungen.

Aurelia, meine liebste Arbeitskollegin, schreibt, die Kündigungen hätten das Klima im ganzen Betrieb verändert. Sogar das Personalfest sei abgesagt worden, weil keiner Lust auf Feiern hatte. Jetzt sei Pit krank, Jonas in einer Weiterbildung, und ich würde schmerzlich

vermisst. Alle würden in Zukunft mehr arbeiten müssen, das sei ihnen gerade in diesen Tagen klargeworden.
Ach, ich würde gern mehr arbeiten, aber mich lässt man ja nicht. Nein, ich will nicht an die zugeschlagene Tür denken!
Schnell schalte ich den Computer aus.

Da setze ich mich doch lieber auf den Balkon in unserem Zimmer und lese. Ottos Buch fällt mir in die Hände, und ich stürze mich in eine abenteuerliche Geschichte über eine Familie, die nach Kenia auswandert, um in einem Entwicklungshilfeprojekt zu arbeiten. So was liest Otto? Ich hatte eher einen Thriller erwartet. Aber ich kann tatsächlich die Zeit und meine Sorgen für eine Weile vergessen und in eine andere Welt eintauchen. Als es Abend wird, holt mich Vreni.
»Komm, du musst etwas essen. Du musst dich doch nicht vergraben. Wir haben Grund zum Feiern. Es ist nichts Schlimmes passiert«, redet sie mir zu.
Diesmal sitze ich am Familientisch. Es dauert eine Weile, bis ich mich zurechtfinde. Neue Familienmitglieder sind angereist. Ein junger Mann feiert den Abschluss seines Medizinstudiums. Eine sehr betagte Frau ist ebenfalls hier. Sie war irgendwann einmal Zimmermädchen im Hotel. Ich beobachte das bunte Treiben und lausche dem fröhlichen Geplapper. Tatsächlich fühle ich mich hier wohl und aufgehoben. Ich kann Vreni verstehen. Zu viel Familienclan kann sicher auch mal bedrückend sein. Jetzt fühlt es sich aber durchaus gemütlich an und vermittelt Geborgenheit.
Ich rede nicht viel. Wie könnte ich auch, mit meinen kümmerlichen Sprachkenntnissen. Trotzdem bin ich nicht ausgeschlossen. Immer wieder ist da eine Hand, die sich auf meine legt, oder ein Arm auf meiner Schulter, nur kurz, um mir zu zeigen, dass ich dazugehöre.

Als die Tischgesellschaft sich aufzulösen beginnt, ziehe auch ich mich zurück. Ich bin müde von all der Aufregung heute und vom italienischen Wein. Ich lege mich bei offener Balkontür auf das viel zu große Bett. Ein leichtes Lüftchen weht herein und bringt den Lärm der Touristen mit, aber auch das Meeresrauschen.
Andrà tutto bene.
Wir hatten Glück.
Meine Sorgen versuche ich mit der Freude auf Ottos morgige Heimkehr zu ersetzen. Ich denke an ihn, intensiv und voller Liebe, bis ich einschlafe.

9

Am nächsten Morgen erwache ich erst um acht und ziehe mich schnell an, voller Vorfreude. Ich gehe zum Frühstücksbuffet, wo ich hoffe, Vreni zu treffen, damit wir zusammen Otto abholen können. Aber sie lässt mich warten. Ich esse dies und das, weil es gegen die innere Unruhe hilft: ein gekochtes Ei, eine Scheibe frische Ananas, ein kleines Stück Schokoladenkuchen. Am Ende knabbere ich wie ein Hase auf einer rohen Mohrrübe herum. Ja, hier gibt es wirklich alles. Ich will aber Otto!
Ich atme den Duft der Blumen, lasse mich schon von der Sonne aufwärmen. Doch ich will endlich Otto!

Als ich an der Rezeption nach Vreni frage, sagt der Mann verwundert, die sei doch auf meinem Zimmer. Auf meinem Zimmer? Jetzt bin ich verwirrt. Putzt sie jetzt auch noch selber?

Im Lift schaue ich mich im Spiegel an und sehe ein einziges Fragezeichen.

Tatsächlich, jemand rumort in meinem Zimmer, aber es ist abgeschlossen. Ich öffne mit meinem Schlüssel und ertappe Vreni dabei, wie sie meine Sachen durchwühlt.

Sie wühlt in meinen Sachen!

Ich kann es nicht fassen!

In diesem Moment kommt der frischgebackene Mediziner aus dem Badezimmer. Er hat Ottos Toilettensachen in der Hand, die er jetzt alle aufs Bett schmeißt. Irgendwie scheint es den beiden gar nicht peinlich zu sein, dass ich sie hier erwische. Wobei eigentlich?

»Setz dich«, sagt Vreni. »Es ist nicht so, wie es aussieht.«

Ich lache etwas nervös über diese Bemerkung, die in jedem billigen Film vorkommt. Am Ende ist es doch immer genau so, wie es aussieht, und es sieht selten gut aus.

Der junge Arzt legt mir mehrere Handvoll Medikamente in den Schoß.

»Sind das deine?«, fragt Vreni. Sie ist sehr erregt, fast wütend.

Ich schüttle den Kopf und starre fassungslos auf die Tablettenschachteln, Röhrchen, Kistchen. Keine Ahnung, wo die herkommen. Ich habe sie noch nie gesehen.

Der junge Arzt nimmt die Medikamente an sich, wechselt ein paar unverständliche Worte mit Vreni und verlässt das Zimmer.

Vreni lässt sich aufs Bett fallen und schimpft auf Italienisch vor sich hin. Es klingt ziemlich erbost.

»Was ist los, Vreni! Was ist passiert?«, frage ich, allmählich in Panik geratend.

»Wir müssen reden«, sagt sie schließlich.

»Ja. Was ist?«

»Ich habe heute früh im Spital angerufen, um zu fragen, wann wir Otto abholen können. Da erzählten die mir, dass er heute Morgen wieder zusammengeklappt sei. Einfach so, auf dem Weg zu Toilette. Er sei nur ganz kurz ohnmächtig gewesen, aber immerhin.«
Sie steht auf und tigert durch das Zimmer.
»In Ottos Blut hat man Rückstände von diversen Medikamenten gefunden. Man nimmt an, dass er schon längere Zeit Tabletten missbraucht.«
Ich schüttle den Kopf und entgegne: »Wieso sollte er das tun? Er ist doch Krankenpfleger. Er weiß, dass er damit seine Gesundheit gefährden würde.«
Vreni lacht verächtlich.
»So viele Ärzte nehmen Drogen!«, wischt sie mein Argument beiseite.
Stimmt!
»Wir haben in Ottos Gepäck Tabletten gefunden zum Entspannen, zur Beruhigung, zum Schlafen. Und natürlich Aufputschmittel, Schmerzmittel. Die ganze Palette!«
Jetzt weint sie und ich mit ihr. Was bin ich bloß für eine Freundin? Ich habe nichts gemerkt. Und was für ein Idiot ist Otto? Oder wie verzweifelt und fertig muss er sein?
»Stefano bringt die Medikamente jetzt ins Spital. Die werden staunen!«
Immer wieder schimpft sie vor sich hin.
»Ich könnte ihn ohrfeigen. Was ist bloß mit meinem Bruder los? Er war doch mal so herrlich normal und pflegeleicht. Ich war doch immer die Schwierige, die Querulantin.«
Sie schaut mich an, als müsste ich die Antworten kennen. Müsste ich wohl auch. Aber ich bin irgendwie sprachlos, außerdem enttäuscht, von Otto, von mir. Einerseits möchte ich jetzt sofort mit ihm reden, ihn in die Arme nehmen. Andrerseits hätte ich auch

Lust, zu packen und abzureisen. Otto hat kein Vertrauen zu mir, hat mich außen vor gelassen. Soll ich mir wirklich seine Probleme aufladen? Lohnt sich das? Habe ich nicht selber genug Sorgen? Bin ich am Ende vielleicht wirklich nur sein Pflaster auf der Seele? Und reicht *ein Pflaster* hier überhaupt?

»Entschuldige, dass wir eure Sachen durchwühlt haben. Aber ich wollte es dir leicht machen und dich da raushalten. Du bist seine Freundin. Ich als seine Schwester hatte da weniger Skrupel.«
»Ach, darüber denke ich doch gar nicht mehr nach.«
Wir umarmen uns.
»Man könnte jetzt Tabletten nehmen«, meint Vreni im Scherz, »aber ich kenne eine bessere Therapie.«
Ich schaue sie fragend an, und sie ruft: »Gartenarbeit! Bist du bereit?«
O ja, und wie. Zu Otto können wir jetzt nicht, und ich bin froh um die kurze Pause, bis ich selber alles verdaut habe. Allein bleiben möchte ich aber auf keinen Fall.
Also Gartenarbeit!
Ich ziehe Hosen und Shirt an und bin bereit. Vreni verordnet mir noch eine Kopfbedeckung.
»Stell es dir nicht zu leicht vor«, warnt sie mich. »Mein Garten ist riesig, und ich bin für die Blumenpracht verantwortlich. Normalerweise habe ich Gärtner, die mir helfen, aber eben nicht immer.«
Draußen macht Vreni mit mir einen kleinen Rundgang.
»Das sind Petunien, hier Oleander, da Bougainvillea. Immer die verwelkten Blüten an den Büschen abschneiden und dann gießen. Die Petunien bitte nicht von oben!«
Sie zeigt nach da und nach dort und redet und redet.
»Geranien und Rosen kennst du ja. Hier sind noch Sommerjasmin und Bleiwurz.«

Jetzt ist sie in ihrem Element. Ihr Gesicht und ihre Stimme entspannen sich ein wenig.

»Als ich die Gartenverantwortung übertragen bekommen habe, fand ich das zuerst nur eine lästige Sache. Aber inzwischen weiß ich es zu genießen, dass ich ab und zu der Gastronomie entkommen kann und eine eigene Aufgabe habe. Ich wusste nichts über Blumen, aber ich habe schnell gelernt«, erzählt sie stolz.

Wir machen uns an die Arbeit, zupfen verwelkte Blüten ab, kehren die toten Blätter zusammen, gießen mit dem Schlauch oder der Gießkanne.

Es tut mir gut, keine Frage. Wir schwitzen um die Wette in Vrenis Gartenparadies. Überall Blumen. Sogar an den Palmenstämmen hängen in mit Erde gefüllten Säcken Petunien in allen Farben. Das sieht hübsch aus. Lila und rote Bougainvillea klettern am Spalier, das einen Torbogen bildet im Übergang von der Frühstücksterrasse zum Pool-Bereich. Die Blumenpracht macht viel Arbeit, aber hier lohnt sie sich. Alles blüht und gedeiht.

»Auch nicht immer«, meint Vreni. »Letzten Sommer waren alle unsere Palmen krank. Der Palmenrüssler hatte sich in die Stämme hineingefressen und in den Kronen die Eier abgelegt. Die Larven brachten dann die Palmen zum Sterben. Das ging mir wirklich an die Nieren.«

»Und dann?«

»Wir haben einen Spezialisten kommen lassen. Der bohrte auch Löcher, und steckte Infusionsschläuche in die Bäume. Es sah aus wie im Palmenlazarett. Es kostete uns einige tausend Franken, die Dattelpalmen zu retten.«

Das seien eben die versteckten Kosten, die der Tourist nicht sehe.

»Wir zahlen zum Beispiel für unseren Strand etwa zehntausend Franken pro Jahr. Und das unabhängig davon, wie viele Gäste wir haben und wie das Wetter ist«, fährt Vreni weiter fort.

Ja, das Leben ist hart. Auch für Hoteliers in Italien. Immerhin bekommen sie die Sonne gratis. Und das Meer.

Nach zwei Stunden gönnen wir uns im Geräteschuppen eine Flasche Wasser.
»Das tat gut«, sage ich. »Danke.«
»Ja, aber ich bin trotzdem noch wütend. Ich würde Otto liebend gern eine reinhauen, so sauer bin ich. Dann auch wieder traurig, enttäuscht, voller Mitgefühl.«
Sie spricht mir aus der Seele. Es ist genau diese Mischung, die mich quält.
»Gibt es etwas, das ich wissen müsste? Habt ihr Probleme? Oder läuft es gut bei euch?«
Vrenis Blicke durchbohren mich.
»Wir haben es richtig gut miteinander«, erkläre ich ihr wahrheitsgemäß. »Aber wir sind auch noch nicht so lange zusammen. Und wie du weißt, habe ich grad selber Sorgen. Vielleicht hat er mich deshalb bewusst nicht ins Vertrauen gezogen?«
Jetzt laufen mir die Tränen übers Gesicht.
»Ich mache mir solche Vorwürfe. Ich fühle mich Otto so nahe, und doch habe ich seinen Problemen im Job vielleicht nicht genug Aufmerksamkeit geschenkt«, gestehe ich Vreni.
Vreni schüttelt den Kopf.
»Was war denn im Altersheim los?«, fragt sie.
Ich erzähle ihr alles, was ich weiß.
»Er muss definitiv da raus!«, findet auch Vreni. »Sind wir uns da einig?« Ich nicke und bestätige: »Er braucht auf jeden Fall eine Auszeit und Hilfe von Fachleuten. Das hat man ihm auch alles angeboten. Er hat eine sehr gute Chefin.«
»Warum kommt ihr nicht einfach hierher? Arbeit gibt es immer. Ihr seid beide begabt, kontaktfreudig und sprecht mehrere Spra-

chen. Ihr seid eigentlich wie gemacht für die Gastronomie. Luftveränderung würde euch sicher guttun. Außerdem...«
Sie stockt und schaut sich erschrocken um. Dann lacht sie.
»Ich bin schwanger. Das darf aber noch keiner hier wissen. Die drehen völlig durch, wenn sie es erfahren. Ich werde sicher bald Hilfe brauchen.«
Ich wünsche ihr Glück. Von Herzen. Aber nach Italien ziehen? Wäre das etwas für Otto? Hätte ich vor einem Monat so ein Angebot noch ohne nachzudenken abgelehnt, lasse ich heute alles offen. So weit ist es schon mit mir gekommen.

Plötzlich geht die Tür des Geräteschuppens auf. Nino steht vor uns und lacht.
»Hier versteckt ihr euch, ihr faulen Weiber!«, spottet er. Unseren Protest erstickt er mit den Worten: »Otto kann abgeholt werden. Der Arzt hat soeben angerufen.«
Oh!
Otto kommt heim!
Es war also alles halb so schlimm!
Wir beschließen, eine Dusche zu nehmen und dann gleich loszufahren. Wir lachen und freuen uns.
Otto kommt heim!

Nach dem Duschen schlüpfe ich in mein schönstes Kleid. Richtig aufgeregt bin ich, wie vor einem wichtigen Date. Irgendwie ist es das ja auch. Otto kommt heim, aber wir werden nicht einfach weitermachen können, wo wir aufgehört haben. Es gibt Grundsätzliches zu bereden.
Wird er in Italien bleiben wollen? Ich kann ihn mir hier tatsächlich gut vorstellen. Nur mich nicht.
Ich schüttle diesen Gedanken ab, weil ich mir die Freude nicht

verderben will. Es klopft an der Zimmertür, und als ich aufmache, steht Otto da: »Überraschung!«
Otto ist hier!
»Ich habe ein Taxi genommen. Ich wollte so schnell wie möglich zu dir.«
Ganz fest hält er mich in seinen Armen, und das fühlt sich herrlich vertraut an.
»Es tut mir leid. Ich wollte dir keine Sorgen machen.«
Wer redet jetzt von Sorgen?
Es tut so gut, ihn wieder so nahe zu spüren.
»Geht es dir gut? Möchtest du dich hinlegen?«, frage ich vorsichtig.
Er lacht nur.
»Mir geht es prima. Ehrlich. Aber ich brauche dringend eine Dusche und andere Kleider.«
Stimmt, er steht noch immer im dreckigen Fahrrad-Tenue da, ist unrasiert und riecht.
»Darfst du denn duschen, mit diesen Abschürfungen? Das wird sicher wehtun.«
»Egal. Da muss ich durch.«
Otto reißt sich los und geht unter die Dusche. Nur ein paar blaue Flecken und ein paar Abschürfungen verunstalten seinen schönen Körper.
Er hatte Glück.
Wir hatten Glück.
Während ich das Wasser rauschen höre und Otto leise vor sich hin trällert, schicke ich ein paar Gebete zum Himmel. Wird alles ein gutes Ende nehmen mit uns, mit ihm?
Otto sieht gut aus, so frisch geduscht, eingewickelt in ein riesiges flauschiges Badetuch, rasiert und wohlriechend. Er jammert ein wenig beim Anziehen. Aber das geschieht ihm recht. Er soll nicht einfach vergessen, was passiert ist. Wir werden einiges zu bereden

haben, aber es muss ja nicht sofort sein. Im Moment bin ich einfach nur froh, ihn wieder bei mir zu haben. Wir setzen uns auf den Balkon, rücken die Stühle ganz nahe zueinander und schauen aufs Meer und schweigen.
Er muss reden.
Ich werde kein Verhör starten.
Das Meer rauscht. Der Animator vom Nachbarhotel schreit in ein Mikrofon und ruft zum Wasserballspiel auf. Die Trillerpfeife des Kokosnussverkäufers nervt sogar von weitem. Von rechts hört man das Pling-und-Plong von aufschlagenden Tennisbällen.
Nur Otto sagt kein Wort.
Ich halte es nicht mehr aus.
»Otto …«
»Anna …«
Wir lachen, denn wir haben beide gleichzeitig zum Sprechen angesetzt.
»Anna, ich weiß gar nicht, was ich sagen soll. Ich bin ein Esel. Vreni hat noch ganz andere Worte für mich gefunden. Und sie hat recht.«
»Ja«, sage ich nur.
»Keine Sorge: Ich bin kein Junkie. Ich bin nicht süchtig. Aber mein Körper hat mir ein eindeutiges Warnsignal gegeben, gerade zur rechten Zeit, wie mein Arzt meinte. Ich war auf einem gefährlichen Weg.«
Ich schüttle den Kopf. Hallo? Ich kann nicht ganz glauben, was er da erzählt.
»Du musst doch gewusst haben, was du tust. Du bist doch ein Profi. Woher hast du überhaupt all diese Tabletten?«
Die Worte brechen einfach aus mir heraus, heftiger, als ich wollte. Er schaut mich an, traurig, verletzt. Ich glaube, wir befinden uns gerade auf sehr schwierigem Terrain. Aber Schweigen kann doch

nicht die Lösung sein. Sind wir ein Paar oder nicht? Alles steht auf dem Prüfstand.

»Keine Sorge, ich bin völlig legal an die Medikamente herangekommen. Ich kenne durch das Altersheim so viele Ärzte und weiß, welche ganz locker Rezepte ausstellen.«

Ich bin erleichtert. Von dieser Seite werden also nicht auch noch Probleme auf uns zukommen. Auf uns. Ja, wir sind zwei. Ich drücke seine Hand ganz fest, und wir lehnen uns aneinander. Wenn ich so aufs Meer blicke, dann sehe ich die Unendlichkeit, die Größe der Welt. Es wird Möglichkeiten, neue Wege für uns geben. Wir werden sie finden.

Ich erzähle Otto von der Idee seiner Schwester, dass wir uns hier niederlassen könnten.

»Es wäre ein völlig neuer Anfang. Und wir hätten beide einen Job«, sage ich und versuche, so neutral wie möglich zu klingen.

Er schaut mich an und lacht dann.

»Ich sehs dir doch an, Anna. Was willst du in Italien? Was wollen wir hier? Nein, nein, das wäre eine einfache, schnelle Lösung, aber nicht die richtige.«

Ich bin erleichtert. Ja, ich liebe die Sonne, das Meer. Ich mag die italienische Lebensart, das Essen. Aber vor allem bin ich Journalistin, und ich muss schreiben können. Und lesen. Italien könnte höchstens der allerletzte Ausweg sein. Eine Möglichkeit, wenn sonst gar nichts mehr geht. Ich bin froh, dass Otto dies genauso sieht.

Wir machen einen kurzen Mittagsschlaf im abgedunkelten Zimmer. Den habe vor allem ich nötig, da mich die Gartenarbeit doch ein wenig geschlaucht hat. Später schleichen wir uns unbemerkt von sämtlichen Familienmitgliedern aus dem Hotel. Wir essen nebenan eine Pizza und gehen dann ein wenig am Strand spazieren. Wenn man gemeinsam in Bewegung ist, fließen die Worte leichter.

Otto erzählt mir, warum er anfing, Tabletten zu nehmen.

»Auf meiner Abteilung war eine Patientin, die immer böser wurde. Sie stand natürlich nur für den Tropfen, der das Fass zum Überlaufen brachte. Sie hat manchmal ausgeschlagen, mit Dingen geworfen. Aber am schlimmsten waren ihre Anschuldigungen, ihre Beschimpfungen. Sie hatte so liebe Kinder, und nur deshalb haben wir so lange durchgehalten. Mich brachte das an den Rand der Verzweiflung. Ich habe abends Schlafmittel genommen, weil ich nicht mehr abschalten konnte. Plötzlich merkte ich, dass ich tagsüber nicht richtig in die Gänge kam. Dafür nahm ich ab und zu Aufputschmittel. Ein Arzt fand, ich brauche Psychopharmaka, und so begann ich, mit Beruhigungsmitteln und Antidepressiva zu experimentieren.«

Ich bin schockiert über all die Ärzte, die nicht gesehen haben, was Otto wirklich brauchte: professionelle Hilfe, um wieder mit seinem Job klarzukommen. Jetzt verstehe ich auch, warum sein Gemütszustand oft so rasch wechselte. Manchmal schien er vor lauter Energie fast zu explodieren, und dann war er wieder in sich gekehrt und still.

Immerhin scheint Otto jetzt einsichtig zu sein.

»Ich werde kündigen und etwas ganz anderes machen, zumindest für eine Weile.«

Aha.

Wir zwei.

Beide ohne Job.

Außerdem verspricht mir Otto, bei unserer Liebe, dass er in Zukunft offener mir gegenüber sein und mir seine Probleme mitteilen werde und dass er jetzt und heute anfangen wolle, ohne

Tabletten zu leben. Letzteres wird er auch müssen, denn dank Vreni und Stefano ist er alle seine Medikamente los. Und die restlichen Versprechen? Wir werden sehen. Auf jeden Fall werde ich in Zukunft genauer hinsehen und hinhören.

Beim Abendessen im Speisesaal gibt es ein riesiges Hallo. Lucia und Toni umarmen meinen Otto, als wäre er von einer Nordpolexpedition als einziger Überlebender endlich heimgekehrt und zuvor monatelang verschollen gewesen. Ninos Familie schleicht um uns herum, als müsste man Otto jetzt ganz besonders vorsichtig und liebevoll behandeln. Stimmt ja vielleicht auch.
Otto gefällt es gar nicht, so im Mittelpunkt zu stehen. Aber da muss er durch.
Nach dem Abendessen spazieren wir noch eine Weile durch Silvi Marina und entdecken auf der Piazza einen afrikanischen Markt. Hier kann man alles kaufen, vom Elefanten aus Holz über exotische Masken bis zur gefälschten Armani-Handtasche. Die vielen Afrikaner seien eine Plage, meint Vreni. Dabei spricht sie nicht von den Bootsflüchtlingen, die immer wieder vor Lampedusa stranden. Sie meint die unzähligen fliegenden Händler. Auf diesem Markt scheint man ihnen eine legale Plattform zu bieten.
Es riecht fremdartig. Auch die Geräusche sind anders. Man könnte sich vorstellen, in Afrika zu sein. Otto ist davon mehr begeistert als ich. In Italien brauche ich eigentlich keinen afrikanischen Markt. Er jedoch will plötzlich jeden einzelnen Stand begutachten.
Otto trommelt mal kurz ein paar Takte auf einer Djembe-Trommel, und schon kommen wir mit den Händlern ins Gespräch. Einer erzählt, er komme aus dem Senegal, fahre immer wieder heim und bringe von dort Dinge mit, die er am Strand verkaufe. Damit könne er seiner Familie ein gutes Leben bieten.

Ich muss Otto fast von dem Stand wegziehen, denn ich spüre, dass er drauf und dran ist, eine Trommel zu kaufen. Männer! Wie will er das Ding im Zug transportieren? Die Gepäckablagen waren sowieso schon viel zu voll. Und ans Umsteigen denkt er wohl gar nicht.
»Wenn du etwas kaufen willst, warum nicht etwas ganz Kleines wie diese Holzschildkröte?«
Otto lacht mich aus. Dann kauft er mir eine richtig schöne Halskette aus exotischen Samen und Knochenteilen. Sie gefällt mir extrem gut und wird mich immer an diesen Tag erinnern: Otto ist wieder hier, und alles wird gut.
Andrà tutto bene.

10

Den nächsten Tag verbringen wir gemeinsam am Strand, und abends führen Vreni und Nino uns aus.
»Ihr sollt auch ein bisschen echtes Italien kennen lernen«, meinte Nino, als er uns einlud.
Wir fahren ins Hinterland. Plötzlich kurven wir über grüne Hügel und passieren kleine, pittoreske Dörfer. In Santa Maria in Piano besuchen wir eine kleine Kirche.
»Er muss hier immer halten«, flüstert mir Vreni zu und verdreht ein wenig die Augen.
»Diese entzückende Basilika wurde 1280 erbaut«, erzählt Nino voller Stolz und Liebe.
Von außen macht die Kirche nicht so viel her. Dafür gibt es im

Innern riesige Fresken zu bestaunen. Da hat ein Maler seinen Traum vom Himmelreich umgesetzt. Um in den Himmel zu gelangen, muss man eine Brücke passieren, was leider kein Spaziergang ist, denn die Brücke ist nicht durchgehend. Die Guten werden von Engeln über die Brücke getragen, hinein in einen blühenden Garten mit dem Baum der Erkenntnis. Viele fallen aber bei dem Versuch, ins Himmelreich zu gelangen, in den Fluss. Das Bild heißt »Das jüngste Gericht«. Wir sind beeindruckt, und Nino ist zufrieden.
Wir zünden ein paar Kerzen an und werfen Geld in die Kasse. Einen Moment lang sitzen wir schweigend in den Bänken.
Ich schicke ein Stoßgebet zum Himmel und danke den höheren Mächten, dass Otto wieder bei mir ist. Vreni und Nino küssen sich und tuscheln.
»Sie haben hier geheiratet«, flüstert Otto mir zu und hält meine Hand.
Wie romantisch!
Dann fahren wir weiter. Nino schaut nervös auf die Uhr.
»Zum Sonnenuntergang müssen wir im ›Loreblick‹ sein«, erklärt Vreni. »Den muss man dort auf der Terrasse erleben.«
Loreblick?
Afrikanischer Markt. Deutsches Restaurant.
Meine Güte!
Ich weiß nicht, was ich erwarten soll. Wir fahren in den blumengeschmückten und mit hohen, alten Bäumen bestandenen Innenhof eines alten, stilvollen Gebäudes. Auf einer riesigen Terrasse ist ein Tisch für uns gedeckt, und Domenico begrüßt uns mit lautem Hallo. Es wird wieder italienisch umarmt und geküsst.
»Domenico hatte lange eine Pizzeria in Deutschland«, erklärt Vreni. Er sei erst vor ein paar Jahren wieder hierher zurückgekommen.

»Er ist ein Geheimtipp. Wir schicken ihm nur unsere besten Gäste. Schließlich wollen wir hier selber ab und zu ausspannen«, fügt sie hinzu.

Tatsächlich fühlt man sich hier sofort wohl. Von der Terrasse aus hat man einen herrlichen Blick auf einen dicht besiedelten Hügel, die Altstadt von Loreto Aprutino, auf dessen Spitze ein Schloss steht. Auch sieht man Olivenhaine und Weinberge. Weit hinten liegt das Meer.

»Wein von unseren Hügeln«, verkündet Domenico und schenkt uns ein. Dann verschwindet er in die Küche. Eine Speisekarte bekommen wir nicht.

»Wir lassen uns immer überraschen«, erklärt Nino. »Meist kocht seine Tochter. Hier gibt es einfache Gerichte, aber genial zubereitet.«

Wir sitzen gemütlich auf der Terrasse, trinken Wein und schauen dem Sonnenuntergang zu. Es ist richtig romantisch. Weit hinten sieht man, wie die Lichter der Touristenhochburgen angehen. Otto ist mir ganz nahe und gibt mir warm, als ein leiser Wind aufkommt.

Die Gerichte schmecken absolut italienisch und haben klangvolle Namen wie »Maccheroni alla chitarra con sugo di baccala«, Pasta mit einer Kabeljau-Sauce. Ja, auf Italienisch macht es viel mehr her. Ich mag den Klang dieser Sprache.

Ich liebe Italien.

Ich bin glücklich und ein ganz klein wenig beschwipst von dem tief dunkelroten Wein, der wie durch Zauberhand immer wieder nachgeschenkt wird und hier, wo er gekeltert wurde, sicher auch am besten schmeckt. Der Wein ist schwer, und er erdet mich.

Wir verbringen einen gemütlichen, harmonischen Abend. Und gerade als ich total entspannt, herrlich satt und zufrieden meinen Kopf an Ottos Schulter lege und denke, das Leben sei doch ein-

fach wunderbar, höre ich, wie Nino sagt: »Otto, die Idee mit Afrika ist vielleicht gar nicht so schlecht.«
Er bemerkt nicht, dass Otto ihn noch bremsen will, wahrscheinlich mit einem Tritt gegen das Schienbein. Zu spät!
Welche Idee?
Habe ich irgendwas verpasst?
Mit einem Ruck sitze ich kerzengerade. Mein Rotwein ergießt sich über das weiße Tischtuch, und ich bin wieder stocknüchtern, ja geradezu ernüchtert.
Afrika?
Alle Blicke ruhen auf mir. Man staunt über mein Erstaunen. Nino erklärt: »Otto hat mir erzählt, dass er vielleicht ein Jahr nach Afrika gehen möchte, um dort in einem Spital zu arbeiten. Denkst du, das ist eine schlechte Idee?«
Nino streut noch Sand in meine Wunden. Ich bin unermesslich wütend und enttäuscht. Otto verheimlicht mir schon wieder etwas, diesmal wichtige Pläne. Es geht auch um unsere Zukunft. Aber ich werde einfach umgangen. Er bespricht seine Ideen lieber mit Nino!
Kenne ich Otto eigentlich?
Was für Geheimnisse hat er sonst noch?
Afrika!
Ich verlasse den Tisch und gehe in den Innenhof, wo ich aufgewühlt unter den riesigen, alten Pinien umherwandere. Ich stampfe mit dem Fuß auf wie ein trotziges Kind. Tausend Gefühle scheinen sich gleichzeitig in mir auszutoben.
Wie kann Otto, der mir gestern noch versichert hat, in Zukunft alles mit mir zu teilen, auch seine Ängste und Sorgen, diesen guten Vorsatz heute schon wieder vergessen haben? War das nur Blabla zur Beruhigung seiner besorgten Freundin?
Ich würde viel dafür geben, jetzt zu Hause zu sein. Ich will heim!

Ich mag ihn nicht mehr sehen, nicht mehr hören. Ich brauche dringend eine Auszeit oder eine Tür, die ich zudonnern kann.
Meine Füße setzen sich wie von selbst in Bewegung. Ich habe keine Ahnung, wie ich allein nach Silvi Marina komme. Nur die ungefähre Richtung ist mir klar. Ich gehe einfach los. Es ist eine dumme Idee, das wird mir klar, als ich zu frieren beginne. Ich habe meine leichte Jacke und meine Handtasche auf der Terrasse liegen gelassen. Ich bin doof. Egal. Ich gehe weiter. Es wirkt irgendwie befreiend. Natürlich sind diese kleinen dunklen Straßen nicht sehr einladend für einsame Fußgänger. Dazu trage ich unbequeme Schuhe, die sich bloß durch Schönheit auszeichnen. Ein Grund mehr, sauer zu sein. Ich schimpfe vor mich hin und gehe einfach weiter, mit Tränen in den Augen.
»Bewegte Gedanken gibt es nur in einem bewegten Körper«, hat mal eine Mentaltrainerin in einem Interview zum Besten gegeben. Ich habs damals schon nicht geglaubt. Jetzt hoffe ich, es möge sich irgendein Gedanke bewegen, sich lösen aus dem traurigen Karussell von Wut und Enttäuschung. Aber meine Schritte führen mich nur weiter ins Dunkel und keineswegs zur Erleuchtung. Ganz im Gegenteil. Ich möchte hier und heute diese Beziehung beenden. Gern würde ich dabei noch ein wenig Geschirr zerschlagen, toben und schreien. Ich kann es selber fast nicht glauben, dass ich so fühle, dass es so weit gekommen ist. Aber hatte ich nicht vor den Ferien in unserer eigenen Zeitung gelesen, dass jede dritte Scheidung nach gemeinsamen Ferien eingereicht wird? Vielleicht weil man sich plötzlich zu gut kennen lernt? Weil sich Abgründe auftun?

Ich werde niemals zu Fuß im Hotel ankommen. Der Weg ist zu weit, die Schuhe zu unbequem. Aber ich will jetzt nicht reden, will keinen sehen.

»Madonna!«, rufe ich aus. Genau! Ich werde mich zur Madonna flüchten. Die Basilika erreiche ich nach einer gefühlten Ewigkeit, inzwischen humpelnd und frierend. Die Wut ist verraucht. Leider ist die Kirche verschlossen. Wen wunderts? Wenn man kein Glück hat, kommt sicher auch noch Pech dazu, sagt ein altes italienisches Sprichwort. Ich bin nur noch ein Häufchen Elend. Ich lasse mich vor die Kirchentür sinken und weine. Hier bleibe ich einfach bis zum Morgen. Vielleicht bin ich dann erfroren.
Egal.
Oder in meinen Tränen ertrunken.
Egal.
Ich setze mich auf den obersten Treppenabsatz, drücke mich an die Tür, mache mich so klein, wie es nur geht, und finde, dass das Leben mich gerade absolut nicht verwöhnt: Ich habe bald keinen Job mehr, einen Mann, der nur mit mir spielt, bin weit weg von daheim. Dazu kommen riesige Blasen an beiden Fersen und schmerzende Zehen. Oh, ich habe noch vergessen: Ich friere. Das Einzige, was ich in ausreichender Menge habe, ist Selbstmitleid. Jetzt muss ich lachen. Ja, so was kann ich. Im Extremfall kann ich auch über mich selber lachen. Laut. Und weinen dazu. Normal ist das vielleicht nicht, aber für mich ist es eine leichte Übung. Manchmal gelingt es mir, in kurzen, lichten Momenten, die Dinge von außen zu betrachten, und da sehe ich jetzt eine Frau heulend vor einer Kirchentür sitzen, bloß weil ihr Freund jemandem erzählt hat, dass er vielleicht nach Afrika gehen will.
»Anna?«
Nein, es ist nicht Otto. Ich bin froh und enttäuscht zugleich. Vreni streckt ihren Kopf aus dem Autofenster. Sie ist allein.
»Komm her!«, ruft sie mir in strengem Ton entgegen. Ich humple zu ihr hin. Wenn sie mich retten will, sage ich nicht Nein. Ich will in ein warmes Bett, egal, in welches.

»Steig ein!«
Ich steige ein. Vreni umarmt und drückt mich.
»Du siehst schlimm aus, Süße«, lacht sie mich dann aus. Ja, ja, verheult, verschmiert, zerzaust, verfroren, die Schuhe in den Händen…
Vreni zaubert eine warme Decke vom Rücksitz und legt sie mir liebevoll um die Schultern.
»Danke, Vreni!«
Sie schüttelt nur den Kopf und meint: »Du handelst ja schon recht italienisch. Dabei bist du erst ein paar Tage hier.«
Auf meinen fragenden Blick sagt sie lachend: »Großes Theater, große Aufregung, grandi emozioni.«
Sie tippt eine kurze SMS.
»Otto macht sich riesige Sorgen. Er rennt irgendwo durch die Gegend und sucht dich«, erklärt sie. »Keine Sorge. Domenico wird Otto und Nino heimfahren.«
Ach, ich habe mir eigentlich keine Sorgen um Otto gemacht. Aber schön, dass es ihm gut geht. Mir wird herrlich warm unter der Decke.
»Willst du reden?«, fragt Vreni.
Ich zucke nur mit den Schultern. Was soll ich sagen? Wie soll ich das alles erklären? Ich schäme mich ein wenig für mein Verhalten. Und doch: Otto ist unmöglich.
Vreni erklärt: »Otto ist einfach nur wie alle Männer: Er hat große Schwierigkeiten, über seine Probleme und seine Gefühle zu sprechen.«
»Er hat mir gestern noch versprochen, offen und ehrlich mit mir zu sein und alles mit mir zu teilen«, sage ich leise. »Aber ich weiß nichts von ihm. Noch nie hat er auch nur angedeutet, dass er nach Afrika gehen möchte. Mit Nino kann er offenbar über seine Geheimnisse sprechen. Nur mit mir nicht.«

»Aber ihr habt euch doch in einem Trommelworkshop kennen gelernt? Warum hatten ihm seine Kollegen eine Trommel geschenkt? Das riesige Afrika-Poster in seinem Zimmer hast du sicher auch gesehen. Und was für ein Buch liest er gerade?«
Ja, gut, Otto scheint schon länger eine besondere Begeisterung für Afrika zu haben. Wir haben nur nie darüber gesprochen.
»Er weiß doch, dass du im Moment selber Probleme hast und nicht weißt, wie es weitergehen soll. Wie konnte er da mit dir Pläne besprechen, die ihn möglicherweise so weit weg von dir führen? Er wollte dich nicht unnötig belasten. Es war ja nur ein Gedanke, eine Idee. Es gibt noch keine Pläne.«
Vreni könnte Ottos Anwalt sein. Sie ist gut. Ihre Worte gehen runter wie Honig. Sie beruhigen mich. Meine Wut war eh schon verraucht. Jetzt werde ich allmählich wieder normal. Ich atme langsam und tief durch.
»Können wir heimfahren? Kann ich dich ins Hotel bringen?«, will Vreni wissen.
»Ja.«
Wir fahren die kurvigen Straßen heimwärts. In Silvi Marina steht Otto schon vor dem Hotel. Ich verabschiede mich von Vreni und danke ihr noch einmal ganz herzlich. Kaum bin ich ausgestiegen, nimmt Otto mich in die Arme. Wir sagen gar nichts mehr, gehen in unser Zimmer und lieben uns mit zärtlicher Verzweiflung. Danach schlafen wir eng umschlungen ein.

11

Wie rohe Eier gehen wir miteinander um in den letzten Tagen in Italien. Wir spüren, dass wir uns auf gefährlichem Terrain bewegen. Unsere Liebe ist kostbar, und wir wollen sie retten. Ist schon zu viel Geschirr zerschlagen? Wir wissen es nicht.

Otto erzählt mir, dass er schon als Jugendlicher immer für Afrika geschwärmt habe. Er sah sich jeden Film über die Serengeti an, schaute Serien wie »Daktari«, verehrte Bernhard Grzimek, den Tierarzt und Verhaltensforscher. Helena habe ihm neulich erzählt, dass ihre Bekannte, die in Kenia ein Spital führt, immer Verstärkung aus der Schweiz brauchen könne. Da habe er sich überlegt, ob das die richtige Art Auszeit für ihn sein könnte: ein Jahr in Kenia.

Was soll ich dazu sagen?

Ich verstehe ihn.

Wahrscheinlich wäre es tatsächlich eine gute Idee. Für ihn, nicht für mich oder für uns. Ich sehe meine Zukunft definitiv nicht in Kenia. Ich bin Journalistin, lebe von und mit der Sprache. Zumindest deutschsprachig sollte mein Wohnort immer sein. Zu Afrika habe ich genauso wenig eine Beziehung wie zu Italien. Es zieht mich sowieso nicht weg aus der Schweiz.

Ein Jahr ist lang.

Soll ich ihm versprechen, auf ihn zu warten?

Wird er mir treu sein?

Können wir ein Jahr lang eine Fernbeziehung führen? Und das, obwohl wir uns noch gar nicht richtig kennen?

Wir reden nicht darüber.
Wir entwickeln uns zu Spezialisten im Nicht-Reden.
Trotzdem genießen wir die letzten Urlaubstage am Meer. Wir sind zärtlich und rücksichtsvoll zueinander. Das böse Wort AFRIKA steht immer in riesigen Buchstaben zwischen uns, hängt bedrohlich über unseren Köpfen, liegt mit uns im Bett. Vielleicht bemühen wir uns gerade deshalb, diese letzten Tage hier harmonisch zu verbringen. Wir tun einfach so, als wäre alles in Ordnung. Viele Ehepaare praktizieren dies über Jahrzehnte. Wir können das auch. Otto macht noch ein paar Radtouren mit Nino. Ich helfe Vreni ein wenig im Garten. Die Tage vergehen wie im Flug, und schon sitzen wir im Zug heimwärts und winken Vreni und Nino zum Abschied aus dem Fenster zu. Was für liebe Menschen! Diese Verwandtschaft würde ich sofort akzeptieren, ohne Wenn und Aber. Aber es gibt so viele andere Wenn und Aber.
Auf der Heimreise fällt es mir schwer, so zu tun, als würde es immer so weitergehen mit uns. Ich spüre, dass ich wirklich sehr leiden werde, wenn Otto weggeht. Trotzdem ist mir klar, dass ich ihn nicht aufhalten kann und darf. Dabei würde ich ihn in den nächsten Monaten so sehr an meiner Seite brauchen. Aber wenn ich nur an mich denke, dann verliere ich ihn vielleicht ganz. Und ich weiß, dass er Veränderung dringend nötig hat. Wäre ich einfach eine gute Freundin, ich würde ihm wohl raten, nach Kenia zu gehen.
Irgendwie habe ich schon die letzten Tage über ein wenig von ihm Abschied genommen.

12

Peng!
Ich habe meine Zimmertür zugeknallt, mein Gepäck fallen gelassen und mich auf mein Bett geworfen.
Endlich wieder zu Hause.
Was für ein Gefühl!
Ich habe mich so auf meine eigenen vier Wände gefreut!
Gut, dass meine Freundinnen ausgeflogen sind. Ich brauche dringend ein wenig Zeit für mich. Ich muss wieder Boden unter meine Füße bekommen. Sonne und Meer, das war ja alles wunderbar, aber die letzten Tage waren irgendwie jenseits von Gut und Böse. Wir haben uns etwas vorgemacht. Ja, wir lieben uns, keine Frage. Aber was diese Liebe alles aushalten kann, steht auf einem anderen Blatt.
Ich gehe unter die Dusche und ziehe meinen Schlafanzug an. Im Kühlschrank finde ich etwas Essbares: Käse, Salami, Brot. Ich hocke mich vor den Fernseher und mache es mir gemütlich. In meiner Abwesenheit hat Caro die Möbel umgestellt. Ich schaue mich befremdet um und wundere mich einmal mehr. Jetzt wird die Sonne tagsüber das Bild im Fernseher stören. Sehr praktisch! Dafür fließt wahrscheinlich viel positive Energie. Ich muss lächeln. Ich kann positive Energie sehr wohl gebrauchen. Jetzt ist es ohnehin schon fast Nacht. Ich zappe durch die Sender, ohne einem einzelnen Programm wirklich eine Chance zu geben.
Ich schicke Otto eine SMS und bekomme eine liebevolle Antwort.

Es ist ein ungewohntes Gefühl, wieder allein im Bett zu liegen. Trotzdem möchte ich ihn jetzt nicht hier haben. Ich breite mich aus in meinem Bett und genieße Platz und Raum, auch für meine Gedanken, die lange keine Ruhe finden, bis der Schlaf sie endlich erlöst.

Mitten in der Nacht wache ich auf.
Wo bin ich? Zu Hause.
Aber woher kommen dann diese Geräusche?
Zuerst erschrecke ich, dann muss ich lächeln. Wilde Liebesspiele in der Frauen-WG? Vielleicht geht auch nur meine Fantasie mit mir durch. Aber nein, irgendjemand ist da hemmungslos laut. Ich nehme an, dass man meine Anwesenheit noch nicht bemerkt hat. Das heiße Gestöhne kommt aus verschiedenen Räumen. Man scheint die ganze Wohnung in das Liebesspiel einzubeziehen: Küchentisch, Wohnzimmerteppich. Was soll ich tun? Es bleibt mir nichts anderes übrig, als mich ruhig zu verhalten. Ich müsste allerdings dringend aufs Klo. Aber wer weiß, in was ich da hineinplatze. Das wäre bestimmt für alle Beteiligten peinlich. Es gelingt mir nicht, mit meiner übervollen Blase wieder einzuschlafen. Soll ich an meine Zimmerpalme pinkeln? Während andere ihren Spaß haben, quäle ich mich herum. Nach einer halben Stunde wird es ruhiger, und Zimmertüren fallen ins Schloss. Ich husche aufs Klo, spüle nicht einmal, damit mich keiner bemerkt, und verziehe mich erleichtert wieder ins Bett.

Am nächsten Morgen stehe ich sehr laut auf. Ich lasse Musik aus meiner Anlage dröhnen. Jetzt muss jeder hören, dass ich wieder hier bin. Dann gehe ich duschen und singe fröhlich dazu. Daher ist dann keiner mehr überrascht, mich in der Küche anzutreffen. Heidi sitzt da mit einem attraktiven Mann.

Heidi, das stille Wasser!
»Rony, das ist Anna. Anna, das ist Rony.«
Händeschütteln und Lächeln.
Heidi wirkt reichlich verlegen, Rony eher weniger. Außerdem muss er sofort gehen und steht schon in Anzug und Krawatte bereit. Ein wirklich gut aussehender, gepflegter Mann, denke ich. Während ich mir mein Frühstück bereitstelle, bringt Heidi ihren Rony zur Tür.
»Es tut mir leid, Anna, ich wusste nicht, dass du hier bist.«
»Vergiss es! Ich freue mich ja, dass es bei dir so gut läuft.«
Heidi, die nie Herrenbesuch hat, feiert plötzlich rauschende Nächte? Ein wenig verwundert bin ich schon. Aber es scheint ihr gut zu bekommen, ihr neues Nachtleben. Ihr Gesicht hat wieder etwas Farbe, die Augen leuchten. Sie war sogar beim Friseur. Hoffentlich hat Heidi endlich mal einen Glücksgriff getan, und das Hoch hält an.
»Wo hast du ihn her?«, frage ich neugierig.
»Aus dem Internet«, erzählt Heidi. »In einer Kontaktbörse für Singles gab es ein Forum, wo sich schwierige Fälle austauschen. Verrückt, nicht? Schwierige Fälle! Da gehörte ich auf jeden Fall hin mit meiner Vergangenheit. Und da habe ich Rony getroffen. Wir sind seit ein paar Wochen in Kontakt.«
Schon das erste Rendez-vous sei ein Volltreffer gewesen. Beiden war klar: Das ist die große Liebe.
»Und das mit 41«, sagt Heidi erfreut.
»Und mit einem schlaffen Beckenboden«, necke ich sie. »Sex ist sicher ein gutes Training, gerade für den Beckenboden.« Ich freue mich für sie. In letzter Zeit war Heidi ein einziges Jammerbild. Wer immer dieser Rony auch sein mag, für Heidi ist er ein Segen, und er kommt zur rechten Zeit.
»Da bin ich einmal kurz weg, und schon geht hier die Post ab.

Gibt es noch mehr, das ich wissen müsste?«, frage ich und löffle genussvoll ein Mokkajoghurt.
Heidi muss nicht lange überlegen.
»Caro reitet auf einer riesigen Erfolgswelle. Sie muss aufpassen, dass sie von ihrem eigenen Erfolg nicht davongetragen wird.«
Aha.
Hoher Erfolgswellengang bei meinen Freundinnen also.
»Sie hat doch dieses Angebot im Programm: Webseiten nach Feng-Shui-Prinzipien gestalten. Das ist ein Hammer. Sie kann gar nicht alle Aufträge annehmen. Und nicht genug damit. Pass auf, jetzt kommt der Megahammer: ›Bildung Schwyz‹ will im neuen Jahr einen Kurs mit ihr ins Programm aufnehmen.«
Ich verschlucke mich am Kaffee und muss zuerst eine Runde husten.
Unglaublich!
Wir haben uns noch über das Kursprogramm lustig gemacht, und jetzt steht Caro selber drin mit ihrem Angebot.
»Nächste Woche kommt das Lokalfernsehen vorbei, und in einem Monat tritt sie bei Kurt Aeschbacher in der Talkshow auf.«
Das ist ja schon keine Erfolgswelle mehr, das ist ein Erfolgs-Tsunami!
Ich spüre einen winzigen Stich.
Neid?
Eifersucht?
Nein, nichts Böses. Es wird mir nur bewusst, dass bei mir alles den Bach runtergeht, während meine Freundinnen gerade ihre Glückssträhnen feiern und fröhlich durchstarten. Ich könnte hier und jetzt am Frühstückstisch in Tränen ausbrechen.
»Caro ist kaum noch zu Hause. Sie kommt fast nur noch zum Schlafen. Letzte Nacht blieb sie allerdings absichtlich weg, weil sie wusste, dass Rony kommt.«

Heidi lacht verlegen.
Oha. Und ich Trampel trample voll rein in das Liebesnest.
»Du siehst super aus, so braun gebrannt und erholt«, meint sie dann bewundernd.
»Danke, Italien ist schon herrlich«, antworte ich nur. Ich möchte wirklich gern reden. Aber nicht mit Heidi! Die ist grad frisch verliebt, endlich. Sie schwebt auf Wolke sieben. Ich würde doch gar nicht zu ihr durchdringen. Sie muss jetzt ohnehin zur Arbeit.
»Bald sind Schulferien. Ich freue mich riesig. Wir haben ganz viele Pläne«, plappert sie fröhlich, während sie den Tisch abräumt.
Keine Frage, ich freue mich für sie. Aber ehrlich: Glückliche Menschen können einem manchmal ganz schön auf den Keks gehen.
»Heute Abend komme ich erst spät nach Hause. Wir gehen essen und dann ins Kino. Anschließend fährt Rony heim. Er wohnt ja leider in Basel. Er hat da einen guten Job.«
Ja, ja, Mister Perfect. Ist doch klar.
»Ach ja, Caro ist auf irgendeinem Seminar in Davos. Muss mit Computern oder mit Feng-Shui zu tun haben.«
Wie soll ich Heidi klarmachen, dass mir eine sturmfreie Bude zurzeit gar nichts bedeutet?

Ich packe meine Sachen aus, stopfe die dreckigen Kleider in die Waschmaschine und lese im Internet unsere Zeitung nach. Ich beantworte ein paar E-Mails. Bei Facebook melde ich mich zurück, kommentiere da und dort ein paar Einträge, poste ein sonniges Italienfoto. Ich mache einen kleinen, eher unruhigen Mittagsschlaf.
Lustlos lungere ich später in der Wohnung herum. Ich meinem Kopf drehen sich die Gedanken, meine Gefühle fahren Karussell. Otto meldet sich nicht, dabei hat er heute auch noch frei.
Auch ich melde mich nicht.

Wars das?

Ich weiß es nicht.

Das Telefon klingelt. Meine Mutter!

»Ich habe grad auf Facebook gesehen, dass du wieder zu Hause bist.«

Jetzt bekommt sie die einmalige Chance, sich wieder als Mutter in mein Leben einzubringen. Denn als sie mich fragt, wie die Ferien waren, und ich immer nur vom schönen Italien erzähle, bohrt sie weiter.

»Na, dass Italien schön ist, wussten wir doch schon. Wie war es mit Otto? Man lernt sich doch kennen, wenn man erstmals gemeinsam Urlaub macht.«

Ich überlege nicht lange, ob ich mich meiner Mutter anvertrauen kann, soll oder will. Ich breche in Tränen aus, und am Ende erzähle ich ihr meine ganze persönliche Feriengeschichte. Ich muss jetzt einfach mit jemandem reden. Und Mama ist endlich mal zur richtigen Zeit am richtigen Ort. Sie hört zu, fragt nach, lässt mich erzählen. Es tut gut, alles loszuwerden, auch meine großen Zweifel und Fragen.

»Ach, Anna«, sagt meine Mutter »machst du es dir nicht wieder einmal viel zu schwer?«

Ich sei doch nicht verheiratet, hätte keine Kinder, sei überhaupt nicht an Otto gebunden.

»Du kannst die Beziehung sofort beenden, wenn du das Gefühl hast, der Mann lade dir nur seine Probleme auf. Du konntest am Anfang nicht wissen, wer er wirklich ist. Jetzt weißt du es. Du bist zu nichts verpflichtet. Mach einen sauberen Schlussstrich.«

Klingt einleuchtend. Sie hat total recht.

»Aber weißt du, vielleicht spürst du auch, dass er es wert ist, dass eure Liebe stark ist. Vielleicht bist du bereit, seine Probleme mitzutragen, weil sie nun mal ein Teil von Otto sind. Dann hör auf

zu jammern und versuch, ihm zu helfen, was immer das heißt.«
Mama hat gesprochen.
Mein Ohr ist richtig heiß geworden, so lange hat das Gespräch gedauert.
»Danke, Mama.«
»Schon gut. Du weißt ja, wo ich bin. Du hast immer noch eine Mutter, wenn alles schiefläuft. Ich umarme dich.«
Dann legt sie auf.
Ich habe eine Mutter. Stimmt. Gerade in diesem Moment hat sie mir sehr gutgetan. Sie hat vielleicht in meiner Kindheit versagt, aber ich muss ihr trotzdem noch eine Chance geben. Jedenfalls hat sie es auf den Punkt gebracht: Ich bin ein freier Mensch, aber ich muss mich entscheiden.
Ich setze mich vor den Fernseher und zappe wieder einmal durch die Sender. Auf einem Musikkanal bleibe ich hängen. Da läuft ein Mann durch eine menschenleere Welt, durch die Wüste, durchs Eis, durch eine ausgestorbene Stadt. Und er singt: Du bist das Pflaster für meine Seele …

Irgendwann kommt im Video über eine sonnige Blumenwiese eine Frau auf den Sänger zu.

Bevor du kamst, war ich ein Zombie,
gefangen in der Dunkelheit,
du holtest mich aus meinem Käfig,
dein heißes Herz hat mich befreit.

Das Lied geht mir unter die Haut. Natürlich will ich nicht nur ein Pflaster auf Ottos Seele sein. Das ist mir irgendwie zu wenig. Aber mir wird in diesem Moment klar, dass ich mich auch nicht vor seinen Problemen davonstehlen mag. Ich werde sie, verdammt

noch mal, mit ihm durchstehen. Und wenn es für sein Seelenheil gut ist, nach Afrika zu gehen, werde ich ihn dabei unterstützen. Mir ist leichter ums Herz, jetzt, wo ich weiß, was ich will. Otto ist ein herzlicher, zärtlicher Mann. Er hat ein paar Defizite, wie ich auch. Er hat ein paar Probleme, wie ich auch. Er ist aber auch fröhlich, humorvoll und aufmunternd. Er ist ein guter Mensch.
Ja, Mama, ich höre auf zu jammern und bin bereit, Ottos Probleme mitzutragen, obwohl ich, weiß Gott, genug eigene habe.
Ein Blick auf die Uhr sagt mir: Es ist erst vier. Der Tag ist noch jung. Ich atme zweimal tief durch und beschließe, zu Otto zu spazieren und mit ihm zu reden.
Leider regnet es in Strömen. Der Schirm hilft nicht. Ich bekomme nasse Füße. Italien war schon schön. Warum wird es hier immer gleich kalt, wenn es regnet? Meine euphorische Stimmung geht ein wenig den Bach runter. Wer sagt, dass Otto auf mich wartet? Dass er mich braucht? Er ist der Mann mit den großen Geheimnissen. Meine Schritte werden etwas langsamer.
Aber dann sehe ich ihn.
Es ist wie in einem schönen, romantischen Liebesfilm. Otto kommt mir entgegen. Oder will er gar nicht zu mir? Doch! Er lacht, als er mich sieht. Wir lachen beide. Wir lassen es regnen und unsere Regenschirme zu Boden fallen und umarmen und küssen uns voller Zärtlichkeit.
Liebe ist wundervoll. Kein Kinofilm könnte ein romantischeres Drehbuch haben. Diese Stelle aus dem Film unseres Lebens würde ich mir immer wieder anschauen.

»Wohin gehen wir? Zu mir oder zu dir?«, fragt Otto nach einer Weile. Inzwischen frieren wir beide, und wir sind nass.
»Wir können zu mir gehen, ich hab sturmfreie Bude fast bis Mitternacht«, biete ich an.

Wir rennen fast heimwärts, denn uns ist kalt, und wir wollen beide nur das eine: Wir ziehen unsere nassen Kleider aus und wärmen einander auf meiner Matratze. Wir sind zärtlich, wild, laut, voller Liebe und Leidenschaft.
Anna & Otto.
Zwei Palindrome.
Wir gehören zusammen.

»Wir müssen reden«, sagt Otto nach einer Weile gemeinsamen Kuschelns. Es ist bereits dunkel. Innerlich seufze ich so laut auf, dass ich selber darüber erschrecke. Aber ich will stark sein.
»Lass uns in die Küche gehen«, schlage ich vor. Ich habe sowieso Hunger. Zwar hätte ich unseren Traum gern noch ein wenig weitergeträumt, doch jetzt gilt es, sich der Realität zu stellen. Ich bin bereit.
Wir ziehen uns an und gehen in die Küche. Während ich uns ein paar Käsebrote mache, Tomaten zerschneide und ein Gurkenglas bereitstelle, erzählt Otto, dass er heute schon im Altersheim war. Ich schalte die Kaffeemaschine ein. Schade, dass sie nicht noch mehr Lärm macht. Ich weiß genau, dass ich nicht wirklich hören möchte, was jetzt kommt.
»Ich habe eine Stunde lang mit Helena und unserem Psychologen gesprochen. Es war ziemlich ernst.«
Na ja, das will ich hoffen.
»Ich war wirklich offen und habe auch von meinem Zusammenbruch in Italien erzählt.«
Hut ab! Mein Kompliment! Otto lernt dazu.
»Das hatte zur Folge, dass ich sofort krankgeschrieben wurde. Ich habe zwei Möglichkeiten: Entweder ich gehe wirklich nach Afrika, wo die Freundin von Helena mich gern anstellen würde. Oder ich muss in eine Klinik, die auf Burn-outs spezialisiert ist.«

Wir sitzen nebeneinander und essen unsere Brote. Den Geschmack nehme ich nicht wirklich wahr. Ich weiß, Otto wird nach Afrika gehen. Ob ihm das auch klar ist? Otto nimmt meine Hand.
»Anna, es zerreißt mir das Herz, dass ich mich zwischen Afrika und dir entscheiden muss.«
Ich weiß natürlich, was ich zu sagen habe. Mein Text ist sozusagen vorgegeben.
»Otto, ich liebe dich. Ich möchte nicht, dass du gehst. Aber ich sehe doch, dass du das möchtest und dass es dir wahrscheinlich guttun wird. Geh nach Afrika. Du musst dich nicht zwischen Afrika und mir entscheiden. Ich liebe dich.«
Gott, ich bin stolz auf mich, und ich schlucke den Kloß in meinem Hals tapfer runter.
»Helena will mich für ein Jahr beurlauben, mir also die Stelle freihalten. Falls es nötig ist, mache ich dann nach meiner Rückkehr eine Therapie.«
Ein Jahr ist lang.
Sehr lang.
365 Tage!
Was wird mit mir passieren in diesem Jahr?
Wer wird bei mir sein, wenn es mir schlecht geht?
Wenn ich keine Stelle finde?
»Erzähl mir von Helenas Freundin und ihrem Spital! Was würdest du dort tun?«
Ach, mein Otto. Er hat sich schon längst entschieden. Seine Augen leuchten, als er zu erzählen beginnt: »Sigi kommt aus Frankfurt. Sie ist Ärztin und führt ein kleines Spital in Kenia, das von einem privaten Hilfswerk finanziert wird. Dort werden die Ärmsten der Armen behandelt. Sie arbeitet mit einheimischem Personal und bildet auch Leute aus. Aber sie hat immer gern eine rechte Hand aus Europa bei sich. Im Moment ist sie grad allein.«

Kenia.
Ich weiß nicht einmal, wo das liegt. Sicher weit weg.
Und was, wenn Otto dort seine Berufung findet, sein großes Lebensglück? Ist es eigentlich gefährlich dort?
Ein bisschen weinen muss ich dann doch. Ich wollte tapfer sein, aber das alles ist einfach zu traurig,.
»Wann?«, frage ich ein bisschen verschnupft.
»Am zehnten Juli.«
Das ist schon in einer Woche! Jetzt kann ich nicht mehr aufhören zu weinen. Otto wiegt mich in seinen Armen.
»Es ist okay, Otto. Ich bin nur traurig. Aber es ist gut. Geh nach Afrika. Das ist dein Traum. Es wird dir guttun«, sage ich unter Tränen.
Wir sitzen zusammen am Küchentisch. Was für ein trauriges Bild. Ich wollte doch stark sein!
Irgendwann verabschiedet sich Otto. Er ist unruhig. Jetzt, wo er meinen Segen hat, merkt er selber: Eine Woche ist kurz. Er hat noch viel zu tun.
»Anna, ich habe noch eine Frage. Ich muss mein Zimmer räumen. Könnte ich eventuell…«
»Ja, ja, du kannst deine Sachen bei uns im Keller einlagern. Wir haben da noch viel Platz. Und die letzten Nächte kannst du bei mir schlafen.«
Er umarmt mich dankbar und hält mich ein paar Minuten lang ganz fest.
»Du bist großartig, ein großzügiger, großherziger Mensch. Du hast ganz schön viel gut bei mir«, sagt Otto.
Sehe ich da ein paar Tränen auch in seinen Augen?
Ich weine mich in den Schlaf. Otto wird weggehen, und es wird nicht einmal eine Fernbeziehung sein, sondern eine Extremfernbeziehung. Extrem. Extrem fern.

13

Am nächsten Morgen muss ich wieder arbeiten. Beim Aufstehen sehe ich im Spiegel eine Frau mit einem verheulten, verquollenen Gesicht. Ich sehe aus, als hätte ich einen Horrorurlaub hinter mir. Ich wasche mich kalt und heiß, male mir Farbe ins Gesicht und wische sie wieder weg. Ein tiefschwarzer Kaffee tut mir gut.
Im Büro bin ich die Erste. Das ist mir recht. Ich lese mich ein wenig durch die Zeitungen, unsere und die der Konkurrenz. In allen Blättern registriere ich Bagatellen, die zu Geschichten aufgeblasen wurden. Es ist nicht so, als hätte ich besonders viel verpasst. Komisch, die Saure-Gurken-Zeit beginnt doch erst noch, wundere ich mich.
Einmal mehr stolpere ich über den merkwürdigen Begriff, dessen Herkunft ich mir nicht erklären kann, und recherchiere ein wenig im Internet: »Mit Saure-Gurken-Zeit wurde ursprünglich eine Zeit bezeichnet, in der es zu wenig Lebensmittel gab. Heute wird unter Journalisten die ereignis- und nachrichtenarme Zeit des Hochsommers so genannt, in der wegen der Ferien wenig los ist und deshalb die Zeitungen häufiger als sonst mit nebensächlichen Meldungen gefüllt werden (Sommerloch).«
Aha.
»Was recherchierst du da?«
Aurelia erschreckt mich und hängt schon über meiner Schulter, um zu sehen, was ich lese. Sie gibt mir einen flüchtigen Kuss auf die Wange.

»Wie geht es dir, Anna?«
»Gut, danke.«
Aurelia schaut mich an und weiß Bescheid.
»Der Urlaub war ein Desaster!«, mutmaßt sie.
»Nein, wirklich nicht. Italien war sehr erholsam und sonnig«, erkläre ich tapfer.
»Erholsam und sonnig. Aha.«
Aurelia schüttelt den Kopf und fragt aufsässig: »Warum siehst du dann so unglücklich aus? Willst du mich verarschen?«
Nein, sie ist nicht wirklich zurückhaltend. Eine Prise Otto würde ihr guttun. Über diesen Gedanken muss ich selber lächeln.
»Ach, das ist eine lange Geschichte«, seufze ich.
Aurelia lässt sich auf meiner Schreibtischkante nieder und schaut mich auffordernd an: »Ich höre.«
Da platze ich mit meiner Neuigkeit heraus: »Otto geht nach Afrika.«
Jetzt bleibt selbst Aurelia die Luft weg. Aber nur kurz.
»Warum gehst du nicht mit?«, fragt sie, als wäre dies das Natürlichste der Welt. Sie wäre wahrscheinlich sofort dabei und würde bereits packen.
»Was soll ich in Afrika? Otto wird in einem Spital arbeiten. Und was will ich dort?«
»Sonnenuntergänge in der Savanne bestaunen oder Giraffen, Gnus und Zebras, die an dir vorüberziehen und von einem hungrigen Löwen gejagt werden, in einem warmen Ozean schwimmen, fremde Kulturen entdecken… Du hast hier bald keinen Job mehr. Ein bisschen Abenteuerlust würde dir guttun.«
Ich habe aber keine Lust auf Abenteuer. Ich muss einen neuen Job finden, einen, der mehr ist als nur eine Möglichkeit, Geld zu verdienen.
Nein, Afrika steht wirklich nicht zur Diskussion.

14

Die letzte Woche, die Otto noch hier verbringt, vergeht wie im Flug. Ich habe zwei Abendeinsätze und muss über eine große Talentshow in Schwyz berichten, die Donnerstag- und Freitagabend stattfindet. Die Idee ist wirklich gut. Einheimische Künstler tun sich oft schwer damit, gute Auftrittsmöglichkeiten zu bekommen. Die Gemeinde Schwyz hat ihnen in einem ehemaligen Materiallager der Armee eine professionelle Bühne eingerichtet und Werbung gemacht. Wie gesagt, eine gute Idee, nur ein denkbar schlechter Zeitpunkt. Irgendwie habe ich das Gefühl, es sei Otto ganz recht, dass ich kurz vor seiner Abreise so beschäftigt bin. Ihm ist nicht wohl in seiner Haut, wenn er mit mir zusammen ist. Inzwischen freut er sich nämlich sehr auf Afrika, aber er traut sich kaum, seine Aufregung und Vorfreude mit mir zu teilen, weil er mich nicht verletzen will. Das ist doppelt traurig, denn es entfernt ihn jetzt schon von mir.
Ach, die Entfernung!
Rund sechstausend Kilometer werden Otto von mir trennen, eine Distanz, die im Moment noch vollkommen abstrakt ist. Der Nordpol wäre näher, habe ich inzwischen über das Internet herausgefunden.

Am zweitletzten Abend richtet Otto auf seinem und meinem Laptop noch Skype ein. So können wir uns ab und zu sehen und billig telefonieren. Wenn es denn klappt über diese Entfernung.

Immerhin können wir lachen, als wir die Verbindung testen, von Zimmer zu Zimmer.

Otto hat seine Habseligkeiten in unserem Keller deponiert. Für Afrika hat er einen riesigen Koffer gepackt, wird aber noch einen zweiten voller Medikamente für das Spital mitnehmen, die Helena organisiert hat. Er war mehrmals beim Arzt und hat stundenlang im Internet recherchiert. Er ist bereit für seine große Reise.

Am letzten Abend laden uns Ottos Arbeitskollegen in den Keller des Altersheims zu einer Abschiedsparty ein. Das ist mir ganz recht. Ich habe Angst vor den letzten gemeinsamen Stunden, vor dem wirklichen Abschiednehmen.

In dem riesigen Keller, voll mit alten Möbeln von Verstorbenen und mit Gepäckstücken noch lebender Patienten, hat man eine Ecke freigeräumt und dort eine Bar eingerichtet. Zuerst gruselt es mich ein wenig. Wie viele Geister und arme Seelen feiern hier heute wohl mit? Aber die Herzlichkeit von Ottos Arbeitskollegen macht alles wett. Wir hören Musik, plaudern, singen sogar. Helena kommt auch vorbei. Bei einer kurzen Begegnung im Waschraum der Toilette sagt sie zu mir: »Ich weiß nicht, ob Otto es Ihnen gesagt hat: Ich wollte nicht, dass er nach Afrika geht. Er rennt vor seinen Problemen davon. Das geht nie gut. Was er braucht, ist eine Therapie. Aber notfalls kann er ja wiederkommen. Hier stehen ihm die Türen immer offen.«

Ich muss ein paarmal leer schlucken.

»Aber Sie haben ihm doch diese Stelle vermittelt?«, frage ich überrascht.

»Nein, nein«, wehrt sie heftig ab. »Ich habe lediglich vor Monaten im Personalraum einen Zettel ausgehängt, weil meine Freundin in Afrika Unterstützung brauchen könnte. An Otto habe ich da nie im Leben gedacht.«

Das schockiert mich jetzt doch ein wenig. In meinen Ohren hat es immer so geklungen, als käme die Idee von Helena. Daher machte ich mir auch keine Sorgen.
Hat es Otto bewusst so dargestellt? Mit meinem jetzigen Wissen hätte ich seine Pläne vielleicht nicht unterstützt. Ist das wieder so eine typische Otto-Geschichte?
Ich versuche, meine Gedanken zu sammeln und ruhig zu bleiben. Tatsache ist, er hat nie gesagt, dass Helena sein Afrikaabenteuer gut findet. Und ich habe nie wirklich danach gefragt.

Um Mitternacht wird das Fest von Helena beendet. Die Hausordnung im Heim ist sehr streng. Otto wird gedrückt und geküsst und mit vielen guten Wünschen bedacht. Ich freue mich, zu sehen, wie beliebt er ist.
Auf dem Heimweg in meinem Smart sind wir beide still und nachdenklich. Auch in der letzten gemeinsamen Nacht fehlen uns die Worte. Wir lieben uns und halten einander fest. Wir versuchen, wach zu bleiben in den letzten gemeinsamen Stunden und unsere Nähe auszukosten.
Otto lacht mich aus, weil ich immer sage, dass er jetzt bald hinter dem Nordpol verschwinden werde. Natürlich weiß ich inzwischen, wo Kenia liegt. Er hat mir einen dicken Reiseführer geschenkt, den er sich auch selber gekauft hat. Dort hat er genau markiert, wo er leben wird. Außerdem hat er mir seine Adresse und alle möglichen Kontaktdaten hineingeschrieben.

Am Morgen holt Helena Otto mit ihrem Wagen ab, um ihn zum Flughafen zu bringen. Otto hat zu viel Gepäck für meinen Smart. Ich habe so getan, als müsste ich am Tag seiner Abreise dringend arbeiten und hätte einen unaufschiebbaren Termin für ein Exklusivinterview mit einer wichtigen Persönlichkeit. Ich hasse Ab-

schiede auf Flughäfen und Bahnhöfen und diesen Abschied ganz besonders.
So umarmen wir uns zum letzten Mal kurz und heftig, nachdem Otto sein Gepäck in Helenas Wagen geladen hat. Und plötzlich ist Helena mit Otto davongefahren. Ich stehe da, die Hand noch am Winken. Der Schmerz ist groß, und er überfällt mich mit unerwarteter Wucht.
Ab sofort bin ich allein.
Otto lebt hinter dem Nordpol.
Und ich bin immer noch hier.

Ich arbeite den ganzen Tag und lege mich so richtig ins Zeug. Ich mache ein Interview mit einem Sportler, schreibe ein Porträt über eine Politikerin, die jetzt neunzig Jahre alt wird, und tippe nebenbei Nachrichten und Kurzmeldungen über bevorstehende Anlässe in der Region.
Irgendwann ist Feierabend, und ich gehe heim in meine Wohnung und fürchte mich vor der Einsamkeit, vor der Zeit, die kommt, davor, dass ich jetzt anfangen muss, mich um mich selber zu kümmern.
Heute sind Caro und Heidi zu Hause, und das ist sicher kein Zufall.
»Ich koche«, ruft Heidi aus der Küche, als sie mich heimkommen hört. »Essen ist um sieben!«
Ein Lächeln huscht über mein Gesicht. Ein kleines nur, aber immerhin.
Das sind eben Freundinnen!
Caro umarmt mich.
»Wie geht es dir?«
»Schlecht«, sage ich leise.
Beim Essen erzählt Heidi von ihrem Rony und ihren Ferienplänen für den Sommer.

»Wir werden für eine Woche nach Rhodos fliegen, in ein ganz luxuriöses Wellnesshotel am Meer«, schwärmt sie. Irgendwie führt auch sie eine Fernbeziehung. Ihr Rony lebt in Basel, und er scheint sehr viel zu arbeiten. Manchmal sehen sich die beiden tagelang nicht.

»Rony arbeitet bei einer Versicherung. Er überlegt, ob er sich nicht in unserer Gegend niederlassen könnte. Er wollte sich schon immer selbständig machen. Allerdings fehlt ihm das Kapital. Ich hätte es. Wir werden sehen.«

Caro und ich schauen uns wie auf Kommando an, und da sehe ich: Auch in Caros Kopf ging bei dem, was Heidi gerade gesagt hat, offenbar ein Alarmlämpchen an. Es leuchtet nur kurz, aber heftig. Leider nicht bei Heidi.

»Bitte sei vorsichtig«, sagt Caro. »Ihr kennt euch doch noch nicht so lange.«

»Ja, ja«, lacht Heidi. »Ich bin doch alt genug, auch, um zu wissen, dass mir so eine Liebe nicht gleich wieder passieren wird. Dafür würde ich schon etwas investieren.«

Ich schüttle innerlich den Kopf. Wir müssen diesem Rony auf die Finger schauen.

Caro erzählt von ihrer Firma und dass alles rundläuft bei ihr zurzeit: »Du könntest mal über mich schreiben, Anna. Ich bekomme nächste Woche den Innovationspreis des Schwyzer Wirtschaftsvereins.«

Da hat sie allerdings recht. Ich werde das gleich morgen in der Redaktionskonferenz anbieten. Ich frage verwundert: »Wie kannst du bloß mit Feng-Shui Geld verdienen, wo du doch etwa so viel darüber weißt wie ich übers Trommeln?«

»Na ja, das brauchst du nicht unbedingt zu schreiben. Inzwischen habe ich natürlich Unmengen von Büchern über Feng-Shui verschlungen. Dazu habe ich alles im Internet studiert, was ich zum

Thema gefunden habe. In letzter Zeit treffe ich mich oft mit Adrian, meinem Kursleiter, der auch mein Büro nach Feng-Shui eingerichtet hat. Er ist mir nicht böse, dass ich im Feng-Shui-Strom mitschwimme und sogar Vorträge halte. Er findet es irgendwie spannend, und er unterstützt mich mit seinem Fachwissen.«
Sie habe ihm dafür seine Homepage umgestaltet.
»Ich habe ihm als Kunden-Feedback schriftlich bestätigt, dass sich mein Leben hundertfach verbessert hat, seit ich seinen Kurs besucht habe. So helfen wir uns gegenseitig, und jeder ist Werbeträger für den anderen«, erklärt Caro noch.
Adrian?
Diesen Namen höre ich zum ersten Mal.
Ich muss ihn mir merken.
Wir essen ein würziges Poulet-Curry. Mein Lieblingsgericht. Als wir fertig sind, umarme ich die beiden.
»Danke, Heidi! Danke, Caro! Ihr seid echte Freundinnen. Ich hatte Angst vor heute Abend. Und ihr wusstet das und habt mich aufgefangen.«
Was ich denn jetzt vorhätte, fragen meine Freundinnen, und ob ich mich schon nach einem neuen Job umgesehen hätte.
»Nein. Ich habe keine Idee, was mit mir passieren wird. Aber ich fange jetzt an, mich darum zu kümmern«, gestehe ich ihnen.
»Du, wir könnten für dich eine total geile Internet-Präsentation entwerfen. Da könnten potenzielle Arbeitgeber zum Beispiel über einen Link sehen und hören, wie du dich kurz vorstellst. Sie wären hin und weg von dir, deinen Qualifikationen, deinen Textproben und davon, wie toll du mit neuen Medien umgehen kannst«, schwärmt Caro mir vor.
»Das klingt gut«, sage ich, »aber dafür ist es für mich noch zu früh. Darf ich dich darauf ansprechen, wenn ich so weit bin?«
»Klar. Du hast ja Zeit.«

Habe ich Zeit?
Ende September läuft mein Vertrag aus. Dann habe ich noch einen Fünfzig-Prozent-Job bis Ende Jahr. Und danach wird es schwierig.
Es ist bereits Mitte Juli!

Die erste SMS aus Kenia erreicht mich noch am späten Abend.
»*Übernachte bei einer französischen arztfamilie in einem luxusviertel von nairobi hinter dicken mauern. Bin übermüdet, aufgedreht, eingeschüchtert von den ersten eindrücken. Ich umarme dich.*«
Keine Frage: Ich freue mich über Ottos Lebenszeichen. Es geht ihm gut. Er hat die Reise überlebt.
Aber ist das jetzt unsere Beziehung?
Ein paar tägliche Zeilen?
Natürlich antworte ich Otto umgehend.

Vor dem Einschlafen versuche ich, im Internet etwas über Heidis Rony herauszubekommen. Sicher ist sicher. Er ist tatsächlich in Basel gemeldet und arbeitet bei einer Versicherung. Sein Foto ist auf der Homepage der Firma zu sehen. Das ist doch schon was. Der Kerl scheint echt zu sein.
Ich lösche das Licht und schlafe erschöpft ein.

Am nächsten Tag bekomme ich den Auftrag, ein Porträt über Caro zu schreiben. Das macht Spaß. Ich besuche sie nach langer Zeit mal wieder in ihrem Büro in Brunnen, das großartig aussieht: modern, poppig, bunt. Die frechen Farben und die grünen Pflanzen harmonieren perfekt. Man fühlt sich erstaunlich wohl in Caros außergewöhnlich gestalteten Räumen. Dies versuche ich auch im Bild einzufangen. Dann überlegen wir, ob ich schreiben

soll, wie sie zu Feng-Shui gekommen ist. Für meine Story wäre das ein wirklich origineller Anfang. Caro ist da völlig offen.
»Ja, ja, schreib doch ruhig von der Schnapsidee, von der blinden Wahl unserer Kurse. Du kannst auch schreiben, dass ich als total kopflastige Frau nur mit Widerwillen in diesen Kurs gegangen bin. Das macht mich doch eigentlich nur noch glaubwürdiger.«
Da hat sie recht. Wir führen ein nettes, ausführliches Gespräch. Obwohl ich Caro schon lange kenne, erfahre ich während der professionellen Befragung Dinge, die ich noch nicht wusste. Dass sie beispielsweise schon als Teenager bei »Schweizer Jugend forscht« einen Preis für ein selbst entwickeltes Computerprogramm bekommen hat. Sie hatte ein Mathematik-Lernprogramm für ihre Altersstufe programmiert. Unglaublich!
Diese grazile Blondine, noch nicht einmal dreißig Jahre alt, die aussieht, als wäre sie zwanzig, hat es wirklich weit gebracht. Ihr eigenes Geschäft blüht, und sie tut genau das, was ihr am meisten Freude macht.
Wie ich.
Bis jetzt.

Abends erhalte ich wieder eine SMS von Otto.
»Sitze schon im nachtbus nach isiolo. fahrzeit 6–7 std für rund 300 km. Da kann man sich die straßen vorstellen! Zwei koffer auf dem dach festgebunden. Bus voller menschen. Neben mir mann mit ziege zwischen den beinen. Ich liebe dich.«

In Isiolo befindet sich das Spital, in dem Otto arbeiten wird. Bis jetzt weiß ich nur, dass der Ort eher im Norden Kenias liegt. Ich schlage den Reiseführer auf und will mehr wissen.
»Isiolo liegt an der wirtschaftlichen, kulturellen, ethnischen und religiösen Schnittstelle zwischen Zentral- und Nordkenia und

wird von einer Mischung verschiedenster Völker bewohnt: Borana, Meru, Kikuyu, Samburu und vor allem Somali, obwohl deren Stammland weit entfernt liegt. Isiolo ist wichtiger Umschlagplatz für Lebensmittel aus dem Hochland, Konsumgüter aus Nairobi und Mombasa sowie für somalische Waffen und Miraa aus Meru.«
Miraa aus Meru? Was wird das wohl sein?
Oha. Das Internet gibt Auskunft: »Miraa wird auch Kath genannt und ist ein legales Rauschmittel, eine Droge, die gekaut wird. Die grünen Blätter wachsen im Norden Kenias und haben eine anregende Wirkung.«
Na großartig! Wir schicken Otto in eine Gegend, wo Drogen an den Bäumen wachsen.
Die Bilder von Isiolo, die ich google, zeigen nicht das Afrika mit dem Sonnenuntergang in der Savanne, den Zebraherden und dem bunten Drink am Strand. Trocken und arm sieht es da aus, überlaufen und dreckig.
Ich mache mir Sorgen um meinen Otto.

15

Bei uns hat der Sommer Einzug gehalten, ohne dass ich es wirklich bemerkt hätte.
Saure-Gurken-Zeit?
Von wegen!
Im Altersheim, Ottos ehemaliger Arbeitsstelle, bricht der Norovirus aus. Die Hälfte der Patienten und des Personals seien krank, teilt die Gemeinde mit. Besorgte Angehörige rufen an und finden,

wir müssten da recherchieren. Sicher seien schlechte hygienische Zustände am Ausbruch des Virus schuld. Drei alte Leute sind innerhalb von einer Woche schon gestorben. Ein Skandal? Wir wissen es nicht. Der Norovirus verursacht einen hässlichen Brechdurchfall und macht sich ab und zu in Heimen, Schulen oder Spitälern breit. Das Altersheim hat da wohl wenig bis gar keine Schuld. Aber auch unsere Zentrale in Zug will, dass wir an der Geschichte dranbleiben. Nur wie? Man kommt auch als Besucher nicht mehr rein. Außerdem hat von uns sowieso keiner große Lust dazu.

Einmal gelingt es mir, Helena ans Telefon zu bekommen.

»Wir sind nur noch am Putzen und Desinfizieren. Wir arbeiten teilweise mit Schutzkleidung. Es ist ein Horror. Unglaublich, dass man uns jetzt auch noch mit Beschuldigungen überhäuft«, schimpft sie.

Wir bleiben dran.

Ein Mann verschwindet auf dem Vierwaldstättersee. Er wollte fischen gehen. Sein Boot kam ohne ihn an Land zurück, mit laufendem Motor. Sofort ist ein Polizeiboot ausgerückt. Taucher wurden angefordert. Wilde Gerüchte machen die Runde. War er herzkrank? Depressiv? Muss man von einem Verbrechen ausgehen?

Wir bleiben dran.

In den Bergen ereignen sich wesentlich mehr Unfälle als in den Vorjahren. Sind die Wege in schlechterem Zustand? Gibt es einfach viel mehr Wanderer? Wir teilen unseren Lesern mit, für welchen Weg welche Ausrüstung erforderlich ist, und erklären wieder einmal den Unterschied zwischen Wanderweg, Bergwanderweg und Alpinwanderweg.

Wir bleiben dran.

In der Baubehörde gibt es einen dicken Skandal. Da hat die Leiterin ihrem Bruder ein Baugesuch bewilligt, das sie nie im Leben

hätte bewilligen dürfen. Jetzt wird untersucht, ob sie schon öfter gemauschelt hat.
Wir bleiben dran.

Auf einer Zeitungsredaktion geht es abwechslungsreich und spannend zu. Der Anteil an Routinearbeiten ist gering. Kein Tag ist wie der andere. Einer der Gründe, warum ich so gern bei der Zeitung arbeite. Im Juli sind gleich drei von unseren Redaktoren im Urlaub, und das bei einem saisonunüblichen Überschuss an lokalen Ereignissen. Daher sind wir anderen umso mehr gefordert. Ich bin froh und dankbar, dass viel los ist. Ich bin die Erste, die sich meldet, wenn Abendeinsätze anstehen. Eigentlich müsste ich mich ja nicht mehr so ins Zeug legen. Meine Tage sind sowieso gezählt, und daran wird auch meine Hyperaktivität nichts ändern. Aber Freizeit bekommt mir im Moment nicht so gut.

Otto schreibt jeden Abend eine kurze SMS. Richtig begeistert klingt er nicht. Es sei heiß, staubig und stickig. Wenn es einmal regne, dann habe man das Gefühl, im Schlamm richtiggehend zu versinken. Er fühle sich gesundheitlich nicht wohl, habe Schwindelgefühle.
Manchmal gelingt es ihm auch, eine E-Mail zu schreiben, dann wird er ausführlicher.
»Ich assistiere Sigi bei ihrer Arbeit. Aber was eigentlich mein Hauptjob werden soll: Ich muss für sie Kontrollfunktionen übernehmen, wenn sie mal abwesend ist. Und sie müsste dringend mal ein paar Tage weg, weil eine wichtige Lieferung in Mombasa am Hafen festhängt, und auch, weil sie ziemlich kaputt ist und ein paar freie Tage brauchte.«
Otto als Aufseher? Was gibt es denn da zu kontrollieren?, wundere ich mich und lese weiter.

»Sigi hat viel einheimisches Personal. Das sind alles sehr liebenswerte Menschen, und ich verstehe mich gut mit ihnen. Aber sie kommen aus sehr armen Verhältnissen und sehen natürlich, was es hier im Spital alles gibt. So verschwinden zum Beispiel plötzlich ein paar Seifen oder das Toilettenpapier. Und neulich musste ich wirklich lachen: Sigi war für einen halben Tag weg, und schon haben die Frauen von zu Hause ihre Wäsche mitgebracht und in der Spitalwäscherei gewaschen. Die haben in ihren Häusern kein fließendes Wasser und müssen es teilweise von sehr weit herbeitragen. Auch Strom haben die wenigsten. Eine Waschmaschine bleibt für sie ein Traum. Als Sigi abends wiederkam, hing fremde Wäsche an den Leinen, und sie ist ausgerastet.«

Er verstehe natürlich, dass Sigi das nicht durchgehen lassen könne. Sie sei ja schließlich für das Geld verantwortlich, das sie von dem Hilfswerk bekomme. Otto erklärt mir seine schwierige Position in diesem Kontext.

»... ich hasse es sehr, den Aufseher zu spielen bei diesen Leuten, die ich so sehr mag. Es geht ja immer um Kleinigkeiten. Toilettenpapier und Seifen, das sind doch winzige Beträge! Oder ein paar Arbeiten werden nachlässiger erledigt, wenn Sigi nicht da ist.«

Dann beschreibt er seine Unterkunft. Das Personalhaus sei lang, einstöckig und in viele Zimmerchen unterteilt und habe den Charme eines Containers.

»Toilette und Dusche gibt es in der Nähe. Immerhin haben wir Strom, wenn auch mit Unterbrüchen. Das Essen ist sehr, sehr einfach. Meist essen wir einen Bohneneintopf mit Maisbrei und trinken Tee dazu. Abends sitzen wir oft im Freien zusammen. Das ist das Schönste an der Zeit hier. Es gibt nicht viel Unterhaltung, und so sitzt man abends zusammen und redet und lacht.«

Ich lese seine E-Mails voller Spannung und fühle mit ihm. Ich hänge an jedem Buchstaben, den er schreibt.

»Ich liebe Dich, Anna. Es vergeht keine Stunde, ohne dass ich an Dich denke. Jedes Erlebnis hier, sei es auch noch so schön, wäre mehr wert, wenn ich es mit Dir teilen könnte.«

Manchmal empfinde ich diese Trennung wie einen körperlichen Schmerz. Ich lese Ottos Zeilen immer wieder und fühle mich ihm sehr nahe und gleichzeitig fern. Es kommt mir einerseits so vor, als müsste er gleich zur Tür reinkommen. Andererseits fühle ich mich einfach nur einsam und allein.

Wirklich allein bin ich natürlich nicht. Heidi und Caro geben sich sichtlich Mühe, öfter zu Hause zu sein. Sie kümmern sich liebevoll um mich, sogar mehr, als ich möchte. Beim Sonntagsessen sind jetzt manchmal auch Rony, Adrian oder gleich beide dabei. Adrian, Caros Feng-Shui-Mann, gefällt mir außerordentlich gut. Er ist etwa zwanzig Jahre älter als Caro, aber es knistert gewaltig zwischen den beiden. Manchmal fürchte ich den Funkenflug und denke, ich müsste auf Distanz gehen. Der Mann ist recht zurückhaltend in seiner Art, eher leise und still, aber ich beobachte viel Respekt und Bewunderung in seinem Umgang mit Caro. Er trägt sie buchstäblich auf Händen. Und Caro? Erstmals erlebe ich sie nicht mehr so cool und unerschrocken. Im Beisein von Adrian zeigt sie eine andere Seite von sich, eine, die mir sehr gut gefällt. Adrian hier, Adrian da. Sie umsorgt ihn liebevoll. Aber beide begegnen sich auf Augenhöhe.
Das ist es, was mir vielleicht bei Heidi und Rony fehlt. Rony ist ein sehr umgänglicher, geselliger Typ. Er kann unterhalten und Geschichten erzählen ohne Ende. Bestimmt ist er eine Bereicherung für jede Gesellschaft. Heidi himmelt ihn an und sitzt dankbar neben ihrem Lover, als wüsste sie gar nicht, wie sie diesen großartigen Mann verdient hat.

Warum kommt er nur bei mir nicht richtig an? Klar, er ist Versicherungsvertreter. Vielleicht habe ich deshalb den Eindruck, er müsse dauernd etwas verkaufen, nämlich sich, und ich müsse auf der Hut sein, weil er mich sonst übervorteilt.
Aber das sind nur meine bescheidenen Beobachtungen, vielleicht ein wenig vergiftet von meiner Einsamkeit. Sicher sehe ich zurzeit nicht alles richtig.
Ich freue mich, dass Caro und Heidi glücklich sind.

16

Ich bekomme eine Einladung von der Personalabteilung und fahre nach Zug in unsere Zentrale. Die Personalchefin empfängt mich persönlich in ihrem Büro. Hier wäre wohl etwas Feng-Shui angebracht! Ich möchte nicht wissen, wie viele negative Gefühle sich in diesen Wänden festgesetzt haben. Die Personalchefin, eine elegante Frau, macht einen leicht gequälten Eindruck hinter ihrem Schreibtisch. Kündigungen durchzusetzen, ist wahrscheinlich nicht jedermanns Sache. Vielleicht hat sie auch nur Rückenschmerzen. Oder einen Kater, weil sie gestern mit ihrem Vorgesetzten die vielen erfolgreich ausgesprochenen Kündigungen gefeiert hat.
»Setzen Sie sich, Frau Hunziker!«, lädt sie mich höflich ein. Frau Meier ist nett und ein wenig nervös. Sie streicht ihr langes blondiertes Haar wieder und wieder aus dem Gesicht. Sicher musste sie schon manchen Wutausbruch über sich ergehen lassen, von hysterischen Weinkrämpfen gar nicht erst zu reden.

Ich bekomme einen Kaffee aus einer knallrot gestylten Maschine. Er schmeckt, als wäre er ebenfalls knallrot.
»Sie haben Ihre Kündigung ja bereits erhalten. Ich habe jetzt ein sehr, sehr gutes Arbeitszeugnis für Sie. Dann können Sie auf die Suche nach einem neuen Arbeitsplatz gehen.«
Sie legt mir einen Umschlag neben die Kaffeetasse.
Soll ich mich jetzt bedanken? Den Umschlag vor ihr öffnen wie ein Weihnachtsgeschenk?
Nein. Ich sitze einfach da und trinke den rot schmeckenden Kaffee.
»Haben Sie mit der Suche nach einem neuen Job schon begonnen? Hatten Sie bereits Erfolg?«
Frau Meier poliert ihre blau bemalten Fingernägel an ihrer ebenfalls blauen Kostümjacke. Dann schaut sie mich fragend und prüfend an, weil ich bisher noch nichts gesagt habe.
»Ich habe bisher erst mal Zeit gebraucht, die Kündigung überhaupt zu verdauen, denn ich verliere meinen Traumjob, für den ich mich seit Jahren mit Freuden ins Zeug lege. Aber ich werde jetzt anfangen, eine neue Stelle zu suchen. Sie wissen ja wohl selber, wie schwer das derzeit in unserer Branche ist.«
Fast ist die Frau ein wenig erschrocken, weil so viele Worte auf einmal aus meinem bisher wie zugeknöpften Mund kommen.
»Ja, ja, das verstehe ich.«
Nichts versteht sie. Wie sollte sie auch. Sie wird noch viele Leute entlassen, bevor eventuell auch ihr eigener Sessel in Gefahr gerät. Und ihrer ist schön, aus Leder. Chefetage halt.
»Ich habe hier auch noch den Übergangsvertrag, den wir Ihnen anbieten, damit es nicht so hart wird für Sie«, fährt sie fort und hält mir die entsprechenden Papiere vor die Nase.
»Es ist ein Vertrag für drei Monate mit einem Pensum von fünfzig Prozent.«

Sie legt mir den Kugelschreiber hin.

»Sie können jederzeit daraus aussteigen, sobald Sie einen Job haben. Das ist doch ein gutes, faires Angebot, nicht wahr?«

Sie lächelt und lässt ihre Wimpern klimpern.

Ich unterschreibe.

Dann legt sie mir noch ein die Pensionskasse betreffendes Schreiben vor, einen Wisch wegen der Unfallversicherung und ein Blatt bezüglich meines Handy-Vertrages, der bisher übers Geschäft lief. Alles wird sich ändern. Brav unterschreibe ich alles.

Einen zweiten roten Kaffee lehne ich ab. Ich fahre lieber wieder heim.

Auf dem Weg ins Parkhaus beschließe ich, mir noch einen kleinen Imbiss zu gönnen. Ich steuere einfach das nächste Restaurant an. Es ist fast leer, aber an einem der Tische sitzt eine Frau, die mir sofort wild zuwinkt und ein paar Schritte entgegenkommt. Was für eine aufgedonnerte Person. Ich weiß einen Moment lang nicht, woher ich sie kenne.

»Anna! Du bist es doch, oder?«

Sie umarmt mich kurz und ohne dass es mir dabei warm ums Herz wird.

Jetzt erinnere ich mich. Dora! Sie war das umschwärmteste Mädchen an unserer Schule. Sie schminkte sich schon, als wir anderen insgeheim noch mit Puppen spielten. Sie trug bereits schräge Outfits, als wir noch gar nicht wussten, was die Mode gerade diktierte. Sie hatte schon einen Freund, als wir anderen Mädchen erst anfingen, kichernd nach dem anderen Geschlecht zu schauen. Irgendwann habe ich sie aus den Augen verloren, weil sie die Erste war, die bei uns auf dem Dorf von der Schule verwiesen wurde. Da war irgendwas mit Kiffen und Fummeln im Geräteraum der Turnhalle.

»Dora! Schön, dich zu sehen«, sage ich artig.

Sie zuckt zurück und blickt nervös um sich.
»Bitte nenn mich nicht Dora. Alle sagen heute Doreen zu mir.«
Aha. Sie ist anscheinend noch immer, wie sie war: überspannt, egozentrisch und schwierig. Dora – Doreen – nippt an einer Cola Zero. Ich gönne mir ein Salamisandwich und einen Schwarztee.
»KK«, lacht Doreen und zeigt auf mein Brot. Auf meinen fragenden Blick erklärt sie: »Kalorien *und* Kohlenhydrate.«
BK, denke ich. Blöde Kuh. Ich kann es mir leisten. Ich bin schlank genug. Sie jedoch ist richtig dünn.
»Lebst du jetzt auch in Zug?«, fragt Doreen.
»Nein, ich bin noch immer in Schwyz zu Hause.«
»Wie hältst du das bloß aus? Diese Enge, diese Spießer.«
Was soll ich darauf antworten? Es gibt sie überall, die Leute mit beschränktem Horizont. Man kennt sich halt besser auf dem Land und weiß vielleicht zu viel voneinander. Das mag manchmal ein Gefühl der Enge auslösen. Aber sonst zieht es mich nicht in die Stadt. Ich mag unsere Berge, die Umgebung, die noch grün ist, die Luft, die den Lungen guttut. Und wenn ich die Stadt brauche, ist sie ja nahe genug.
Doreen weiß erstaunlich viel von mir. Sie liest meine Texte, vor allem, wenn ich in unserer Sonntagsausgabe in der Frauenbeilage Kolumnen und Artikel schreibe.
Was arbeitet sie wohl? So wie sie aussieht, könnte sie glatt als Prostituierte durchgehen. Aber nein. Sie würde eher andere für sich arbeiten lassen und ein Edelbordell führen.
»Du weißt das nicht?«, entgegnet sie mir, fast schon ein bisschen beleidigt, als ich sie nach ihrem Job frage. »Ich bin Chefredaktorin vom Frauenmagazin ›Swiss Women‹. Kennst du das nicht?«
Ups. Jetzt muss ich husten. Ich habe mich an meinem Salamibrot verschluckt. Chefredaktorin! Natürlich kenne ich das Magazin. Da ich mich nicht so sehr für Nagellack und Lippenstift interes-

siere, lese ich lieber Zeitungen. Das Heft ist allerdings nicht schlecht. Es hat auch Lesenswertes zu bieten. Für mich enthält es jedoch zu viele bunte Bilder von Schönen und Reichen und zu wenig Text für den hohen Preis. Es passt zu Doreen, keine Frage. Trotzdem bin ich einen Moment lang sprachlos.
Die Schulabbrecherin hat Karriere gemacht.
Schulbildung wird also doch überbewertet?
Ich habe immerhin eine Matura und eine Journalistenausbildung, bin aber bald arbeitslos. So ist das Leben: hart, aber ungerecht.
»Ach, du wunderst dich, weil man mich damals von der Schule geworfen hat? Nun, meine Eltern haben mich anschließend in ein Internat gesteckt. Die Klosterschule in Lausanne war knallhart. Es wurde dann doch noch etwas aus mir.«
Na ja, in Gesichtern lesen kann meine ehemalige Klassenkameradin jedenfalls.
So kann man sich täuschen.
Wir reden eine Weile, und ich erzähle, warum ich gerade in Zug bin. Doreen hört mit Anteilnahme zu.
»Ich musste auch Leute entlassen. Aber inzwischen könnte ich schon wieder welche einstellen, getraue mich aber nicht. Somit habe ich immer wieder Aufträge für eine freie Mitarbeiterin zu vergeben. Ich weiß, dass du witzige Kolumnen schreiben kannst. So was fehlt uns. Wir sollten in Kontakt bleiben.«
Ich versuche, durch ihr Make-up hindurchzublicken. Meint sie das ernst? Es klingt fast so.
Wir tauschen unsere Kontaktdaten aus und verabschieden uns. Wir müssen beide weiter.

Mir geht das Gespräch mit Doreen noch während der ganzen Heimfahrt durch den Kopf. Bei einer Frauenzeitschrift könnte ich wirklich nicht arbeiten. Ich fühle mich wohl in Jeans und

Turnschuhen. Lippenstift gibt es bei mir höchstens sonntags. Friseur bei Bedarf. Wenn ich mich stundenlang mit den neuen Lippenstiftfarben auseinandersetzen und über Rottöne debattieren müsste, würde ich verrückt.
Terrakotta liegt voll im Trend, während Tizian Fraise etwas den Rang abgelaufen hat. Brombeere ist im Kommen, Zartrosa dagegen völlig out. Matt ist das neue Glänzend.
Dasselbe mit den Haarfarben.
Braun ist das neue Blond. Aber aufgepasst: Mahagoni kann nicht jede Frau tragen. Kastanie ist zurzeit besonders beliebt. Die Trendfarben für den Winter sind jedoch Nougat und Terra.

Ich witzele vor mich hin, während ich in meinem Smart heimwärtsbrause. Braun ist das neue Blond! Ich habe einfach nur so normalbraune Haare. Teddybärbraun hat Caro das mal genannt. Meine Frisur kann man nicht wirklich Frisur nennen. Ich habe schwer zu bändigende Naturwellen und lasse sie immer dann zurückschneiden, wenn sie anfangen, mein Gesicht zu überwuchern. Ich war noch nie bei einer Kosmetikerin, in einem Nagelstudio oder sonst einem Wellnesstempel. Doreen lebt in einer Welt, die mir völlig fremd ist, und das habe ich ihr auch gesagt.
Ihr allerdings ab und zu eine Kolumne zu verkaufen, erscheint mir durchaus lukrativ und interessant.

17

Vier lange Tage höre ich gar nichts von Otto. Ich bin ein wenig enttäuscht. Hat er mich vergessen? Oder ist etwas passiert? Wahrscheinlich nicht. Es ist eher der normale Lauf der Dinge in einer Fernbeziehung. Dann kommt endlich wieder eine E-Mail.
»*Ich war krank. Hatte Malaria. Lag im Spital am Tropf. Durchfall, Erbrechen. Dazu Fieber in einer Art, wie ich es bisher nicht kannte. Ich hatte Halluzinationen, sah Menschen und Tiere an meinem Bett stehen. Es war völlig verrückt. Jetzt bin ich noch sehr schwach, aber es wird langsam wieder.*
Zweifle nie an meiner Liebe, wenn du mal eine Weile nichts von mir hörst. Ich bin im Herzen immer bei Dir.«
Jetzt habe ich natürlich ein schlechtes Gewissen. Krank im eigenen Spital, der arme Kerl. So hatte sich Sigi die Zusammenarbeit sicher nicht vorgestellt. Statt eines Helfers bekommt sie einen zusätzlichen Patienten. Sofort google ich Malaria.
Es graut mir vor dem, was ich da lese.
900 000 Menschen sterben pro Jahr an Malaria. Neunzig Prozent aller an Malaria sterbenden Menschen kommen aus Afrika. Laut WHO sterben in Kenia täglich 93 Kinder an den Folgen der Krankheit. Mehr als zwei Drittel aller Kenianer leben in Malariagebieten, und laut der Weltgesundheitsorganisation fehlt es an Moskitonetzen und wirksamen Medikamenten.
Schlimm.
Aber natürlich muss man nicht an Malaria sterben. Otto schon

gar nicht, denn der ist ja in guten Händen und außerdem auf dem Weg zur Besserung.
In dieser Nacht schlafe ich trotzdem schlecht. Afrika ist weit, und Gefahren gibt es dort viele. Ich spüre den spontanen Wunsch, hinzufahren, um meinen Otto zu beschützen, und widerspreche mir innerlich sofort. Das ist doch lächerlich. Otto ist erwachsen, und er ist nicht allein. Ich sollte mich besser um meine eigenen Probleme kümmern.

Das versuche ich dann auch. Jeden Tag lese ich Zeitungsinserate und durchforste das Internet nach Stellenangeboten. Ich habe Newsletters von diversen Jobvermittlungen abonniert, erfahre also sofort, wo Stellen frei werden. Aber noch bin ich nicht so weit, dass ich Kioskfrau in Teilzeit, Telefonverkäuferin für Weine oder Raumpflegerin werden möchte. Ich könnte auch in unserem Seebad als Aushilfe an der Kasse arbeiten, aber nur bei gutem Wetter. Für viele Jobs bin ich eindeutig überqualifiziert.
Aber auch das Umgekehrte ist natürlich der Fall: Da sucht tatsächlich eine Zeitung nach einer Journalistin. Sie soll schreiben und fotografieren können und Videofilme fürs Internetportal drehen. Wahnsinn. Die wollen heute tatsächlich die eierlegende Wollmilchsau. Videofilme drehen! Warum suchen sie nicht gleich eine Journalistin, die die Zeitung abends druckt und am frühen Morgen persönlich austrägt?
Es gibt ein paar wenige Bürojobs, die mir gefallen könnten. Aber das sind natürlich solche, die viel Kontakt mit Menschen beinhalten. Für die Arbeit an einer Hotelrezeption müssten meine Sprachkenntnisse besser sein. Am Empfang unserer Klinik für Alternativmedizin werden nur Leute eingestellt, die medizinische Vorkenntnisse haben.

Es gibt Momente, da packt mich die nackte Angst. Kurz und heftig. Was, wenn ich keinen Job finde? Keine Arbeit, die mir Freude macht? Man verbringt extrem viel Lebenszeit am Arbeitsplatz. Es muss die Hölle sein, wenn man seinen Job nicht mag. Ein Tag hat dann viel zu viele Stunden, ein Jahr viel zu wenige Ferientage. Ich möchte nicht, wie so viele, ein Jahr danach beurteilen, ob die Feiertage gut oder schlecht liegen, das heißt, ob sich durch Wochenenden und Feiertage möglichst viele zusammenhängende Ferientage von selbst ergeben, oder ständig darüber nachdenken, wie man um die Feiertage herum die besten Brücken baut. So etwas liegt mir fern.
Zwischendurch erfüllt mich die unerklärliche Gewissheit, dass ich einen guten Arbeitsplatz finden werde. Nur hätte ich ihn lieber schon heute als erst übermorgen. Die innere Unruhe setzt mir zu.

Auf der Redaktion lege ich mich weiterhin richtig ins Zeug. Das Sommerloch, das nun doch gekommen ist, helfe ich mit guten Ideen für interessante Geschichten zu überbrücken. Gerade haben in unserer Gegend verschiedene Arztpraxen geschlossen. Daraus lässt sich etwas machen. Wie geht es weiter mit den Landärzten? Wie sieht die Zukunft dieses Berufsstandes aus, wenn niemand mehr Hausarzt will werden? Ich porträtiere einen Deutschen, der jetzt eine Praxis in Schwyz übernommen hat, und frage, warum offenbar nur Schweizer finden, ein Hausarzt müsse viel zu viel arbeiten für zu wenig Lohn.
Dann frage ich bei unseren Bergbahnen nach. Gerade haben zwei kleine Seilbahnen dichtgemacht. Sie hätten saniert werden müssen, und das Geld war nicht da. Wie sieht es aus bei den kleinen und großen Bahnen unserer Region? Wo stehen demnächst Sanierungen an? Was bedeutet das für den Tourismus, wenn so eine

Bahn einfach wegfällt? Gibt es Erfolgsrezepte für die Rentabilität einer Bergbahn, wenn ja, welche? Muss man die Berge dafür zum Rummelplatz machen?

Unsere Kantonsbibliothek kann in diesem Jahr keine Bücher mehr kaufen, weil das Budget gekürzt worden ist. Dabei haben wir erst Juli! Ich rede mit Lesern und mit dem leidgeprüften Bibliothekar.

Ich beginne eine Serie, in der ich Wanderer porträtiere, die auf der Durchreise sind. Sie folgen dem Jakobsweg und wandern von Einsiedeln über die Ibergeregg hier durch Schwyz nach Brunnen. Wer wandert den Jakobsweg? Mit welcher Motivation? Die Jakobswanderer geben sich oft durch eine Muschel am Rucksack zu erkennen. Die meisten sind gern bereit, mit mir zu reden, auch wenn ich sie spontan anspreche. Außerdem habe ich in den wichtigsten Herbergen ein paar Informanten und erfahre auf diese Weise, wann es sich lohnt vorbeizukommen. Die Gespräche sind interessant. Einige Wanderer sind tatsächlich auf der Suche nach Erleuchtung. Andere suchen einfach nach einem interessanten Wanderweg, und dieser hier sei, so sagt man mir, optimal ausgeschildert und beschrieben. Ein Mann ist schon seit dem Frühling unterwegs und ist von Norddeutschland in die Schweiz gewandert. Er will noch bis nach Spanien weiterziehen.

»Den Jakobsweg zu wandern, ist mein Lebenstraum. Jetzt bin ich schon 66, und es wird Zeit, dafür zu sorgen, dass sich mein Traum noch erfüllt«, erzählt mir der Mann. Als ich ihn frage, ob er nun enttäuscht sei oder ob sich der Traum wirklich so erfülle, wie er ihn geträumt habe, antwortet er mir: »Wenn man so lange einen Traum vor sich her trägt, ist man wohl automatisch ein wenig enttäuscht oder ernüchtert, wenn es dann so weit ist. Ich habe beispielsweise extrem viele Probleme mit Blasen an den Füssen. Diese kamen in meinen Vorstellungen nie vor. Wenn man Schmerzen hat beim Gehen, dann schwindet die Bereitschaft für geistige Höhenflüge.«

Lebensträume ... Auch Otto hat anscheinend ganz schön an seinem zu beißen. Immer wieder höre ich ein paar Tage lang gar nichts von ihm, um dann von neuen persönlichen Katastrophen zu erfahren.

»Man hat mein Zimmer aufgebrochen und meinen Laptop geklaut. Ich bin so sauer. Immerhin ist mein Pass noch da, und meine Kreditkarte war gut versteckt. Ich glaube, die Diebe wurden gestört. Ich fühle mich ganz persönlich verletzt. Dabei habe ich doch viele Freunde hier. Jetzt misstraue ich wieder jedem.«

Skype hat sowieso nie funktioniert, und jetzt muss er jedes Mal ins Internetcafé gehen, um mir zu schreiben. Meist tippt er daher nur eine SMS. So auch zwei Tage nachdem er mir den Verlust seines Laptops mitgeteilt hatte. Jetzt hat er leider wieder gesundheitliche Probleme. Otto wurde von einem wilden Tier angefallen.

»Wurde von ameise gebissen. Sagt sigi. War es nicht doch ein skorpion? Fuß stark geschwollen. Schmerzen. Ich mache mir sorgen.«

Mein Held wurde von einer ganz und gar bösartigen Ameise gebissen! An dieser Stelle erlaube ich mir ein mildes Lächeln. Er arbeitet in einem afrikanischen Krankenhaus. Da vertraue ich voll auf Sigis Diagnose.

In einer E-Mail schreibt mir Otto später, dass man ihn jetzt Dudu nenne. Weil er seither so hysterisch auf alle Insekten und kleinen Viecher, Dudus eben, reagiere. Man lache über ihn, schreibt er leicht gekränkt.

Mein Dudu!

Wahrscheinlich ist das nur ein liebevoll gemeinter Kosename.

Otto allein in Afrika.

Langsam frage ich mich, ob mein allerliebster Dudu wirklich afrikatauglich ist. Immer wieder beklagt er sich. Das Spital entspricht nicht seinen Vorstellungen. Die Hygiene sei nicht ausreichend, es fehle an allem, man müsse immer wieder improvisieren. Sein Privatvorrat an Imodium sei längst aufgebraucht, da er so oft Durchfall habe. Sigi sage dann nur, er trinke vielleicht zu wenig. Das stimme aber nicht. Vielmehr müsse es am Krankenhausessen liegen. Sigi ist ihm zu dominant. Allerdings bemängelt er auch die Arbeitsdisziplin seiner afrikanischen Kollegen.
Manchmal bin ich enttäuscht. Wir sind getrennt. Ich bin allein hier und weine mich in den Schlaf vor Sehnsucht. Und wozu? Er genießt es nicht einmal, dass er endlich in seinem Afrika sein kann. Er zeigt so wenig Begeisterung. Was für einen Sinn hat der Trennungsschmerz, wenn er sein Glück dort nicht findet? Oder getraut er sich gar nicht zu schwärmen, weil er mir nicht wehtun will? Nein, ich befürchte, Otto ist tatsächlich enttäuscht von seinem großen Traum. Was hat er denn erwartet? Zu viel auf jeden Fall! Wahrscheinlich wusste er zu wenig über Afrika und hat nur seine exotischen Sehnsüchte gehegt und gepflegt.

Aber ich beschäftige mich nicht nur mit Ottos Problemen. Da gibt es ja noch immer meine eigenen. Ich werde zu meinem ersten Vorstellungsgespräch eingeladen. Aber bei dieser Zeitung in Küssnacht sucht man eine Leiterin für das Sportressort, was im Inserat leider nicht klar kommuniziert wurde. Eine Sportreporterin bin ich nicht. Der Chef findet mich sympathisch und notiert sich meinen Namen, falls es zufällig eine Stelle für mich gebe. Ach, gäbe es sie doch! Bald!
Noch habe ich ja einen Job. Aber immer mehr finde ich es beunruhigend und beklemmend, dass ich nicht weiß, wie es mit mir weitergeht.

Meine Mutter ruft jede Woche an, total hartnäckig, auch wenn ich manchmal sehr einsilbig bin. Sie überschüttet mich mit ihrem Optimismus und hofft, er färbe auf mich ab. Sie lacht über meine Sorgen und findet, ich sei so jung und begabt, dass ich auf jeden Fall wieder eine spannende Aufgabe finde. Als Mutter darf sie natürlich so denken und mich und meine Talente überschätzen. Ich bin einfach nur gut und engagiert. Ich glaube, solche wie mich gibt es im Moment zu viele auf dem Markt.

»Anna, bist du da?«, ruft Caro vor meiner Zimmertür.
»Komm rein«, antworte ich ihr.
Sorgfältig schließt sie die Tür hinter sich.
»Ich mache mir Sorgen um Heidi«, beginnt Caro.
Heidi? Sie hat einen Job. Sie hat einen Mann. Dieser hat auch einen Job. Hallo? Wo liegt das Problem?
»Gestern habe ich gesehen, wie sie mit ihrem Rony vor einem Stapel Papieren gesessen hat. Sie will ihm wirklich viel Geld überschreiben, damit er sich hier in der Nähe niederlassen kann. Angeblich will er sich selbständig machen.«
»Ich würde meinem Otto auch viel Geld überschreiben, wenn er dafür wieder in meine Nähe käme, das heißt, wenn ich es hätte«, entgegne ich Caro.
»Komm, sei mal ernst, Anna. Für so einen Schritt kennen sich die beiden doch noch gar nicht lange genug. So was macht man einfach nicht, und das gilt für beide Seiten. Er bindet sich ja auch an sie. Wieso nimmt er das Geld an? Ist der sauber?«
Caro ärgert sich, weil ich mich nicht ärgere, und regt sich auf, weil ich so ruhig bleibe. Ich versuche, sie zu besänftigen: »Ich habe Rony gegoogelt, und er ist zumindest der Mann, für den er sich ausgibt. Ich konnte nichts Nachteiliges über ihn erfahren.«
»Trotzdem!«

Caro ist nicht zufrieden.
Aber was können wir tun?
»Einer verliebten Frau ist nicht zu helfen«, sage ich. »Heidi ist über vierzig. Sie wird sich unsere Ratschläge verbitten. Sie muss wissen, was sie tut.«

Natürlich weiß ich, dass die Liebe jede Frau in jedem Alter verblenden und verblöden kann. Ich bin vielleicht selber ein wenig blind, denn ich habe mein Herz an einen Mann gehängt, der mit sich selber nicht im Reinen ist und der nicht weiß, wohin seine Reise geht.
Ein unfertiger Typ.
Ein Problemhaufen.
Ein Dudu.

18

Der Sommer zeigt sich von seiner besten Seite. Ich verbringe viele Abende draußen auf dem Balkon und lese. Manchmal kommen meine Freundinnen dazu, und wir trinken ein Glas Wein. Ich liebe den Sommer. Der Feng-Shui-Meister Adrian bleibt nun ab und zu auch über Nacht. Er passt wunderbar in unsere WG. Ich mag seine intelligente, humorvolle und sehr rücksichtsvolle Art. Rony kommt meist nur auf einen Sprung vorbei.
An unserem Bundesfeiertag, am 1. August, feiern wir alle gemeinsam auf dem Balkon. Massimo, unser italienischer Nachbar, kommt zu Besuch. Er kümmert sich liebevoll um mich, weil ich mich doch

recht allein fühle zwischen den beiden verliebten Pärchen. Massimo kennt das. Er kann hier in der konservativen Innerschweiz seine Homosexualität nicht ausleben, in seiner italienischen Familie schon gar nicht, ganz zu schweigen von seinen Bodybuilder-Freunden.

Wir bewundern das Feuerwerk unserer Nachbarn, essen und trinken zu viel, lachen und feiern. Wir haben es gut in der Schweiz, haben Grund zum Feiern. Das denke ich jedes Jahr und bin dankbar. Wenn Otto mir vom Elend in Afrika erzählt, wird mir das noch bewusster. Der Abend ist gemütlich. Schon lange war ich nicht mehr so entspannt. Doch dann klingelt mein Handy. Ein Feuerwerkskörper hat in unser kantonales Verwaltungsgebäude eingeschlagen und dort einen Brand verursacht.

Ich hole die Kamera und renne los. Viele Steuersünder werden hoffen, ihre Unterlagen würden für immer verbrennen. Aber so ist es nicht. Der Brand lässt sich schnell löschen. Ich schaffe es gerade noch, ein paar Bilder zu machen, dann ist der Spuk vorüber. Was bleibt, ist eine riesige Sauerei, die das Wasser und der Löschschaum angerichtet haben. Das gibt sicher noch eine Nachfolgegeschichte am nächsten Tag. Jetzt muss ich mich aber sputen, denn gleich ist Mitternacht, und dann ist Deadline: Die Druckmaschinen fangen an zu rotieren. Mein Puls rast, ich bin völlig gestresst, und doch: Das ist mein Leben, mein Job, meine Berufung, meine Freude.

Der August bringt etwas Hoffnung für mich. Aurelia war an einer Pressekonferenz im Tierpark Goldau. Ein neues Gehege für Baummarder wurde eingeweiht, und sie kommt ganz aufgeregt auf die Redaktion zurück. Muss ja ein besonderes Erlebnis gewesen sein. Die Begegnung mit Baummardern hat sie ziemlich aus dem Gleichgewicht gebracht.

»Anna, ich muss dir was erzählen.«
Aha.
»Du weißt, ich kenne die Pressefrau des Tierparks, Klara Kaufmann, recht gut. Wir waren mal gemeinsam in einem Linedance-Kurs.«
»Du hast Linedance gemacht?«, frage ich erstaunt.
»Lenk jetzt nicht ab!«, sagt Aurelia streng. »Es geht um dein Leben.«
Fehlt nur noch, dass sie sagt, es gehe um Leben und Tod.
»Klara wird kündigen. Ende August. Sie geht mit ihrem Freund ins Ausland. Er wird in der Karibik eine Tauchschule eröffnen oder etwas ähnlich Verrücktes. Die Stelle ist also noch nicht ausgeschrieben. Irgendwie denke ich, das könnte etwas für dich sein.«
PR-Tante im Tierpark Goldau? Nun, ich springe nicht gerade im Kreis vor Freude. Natürlich wandern viele Journalisten in die Werbung ab oder werden Medienvertreter für irgendwelche Firmen. Dabei kann man sogar oft mehr Geld verdienen als bei einer Zeitung und hat dazu noch anständige Arbeitszeiten. Das weiß ich alles. Bisher war das nur einfach nicht in meinem Blickfeld. Allerdings wäre es schon etwas anderes, für den Tierpark Goldau zu arbeiten als für irgendeine Firma, die man vielleicht ständig wieder ins rechte Licht rücken muss, weil sie da und dort Dreck am Stecken hat. Mit dem Tierpark könnte ich mich durchaus identifizieren. Allerdings habe ich zu Tieren keine besondere Beziehung, liebe sie vor allem aus der Distanz.
»Was ist?«, fordert Aurelia eine Antwort. »Du könntest dich als Erste bewerben und hättest damit alle Vorteile der Welt. Die Stelle würde vielleicht nicht einmal ausgeschrieben, wenn du die Leute mit einer super Bewerbung vom Hocker reißt. Deine Chance!«
Klara habe ihre Stelle geliebt und gehe nur ungern weg. Sie sei

sogar bereit, sich mit mir zu treffen und mir Tipps für die Bewerbung zu geben.
»Sie kennt dich ja auch von diversen Presseterminen. Und sie würde ganz gern selber ein wenig Einfluss auf die Wahl ihrer Nachfolgerin nehmen. Gerade eben, weil der Job ihr so viel bedeutet.«
»Das klingt ja alles ganz gut. Pressearbeit für den Tierpark zu machen, könnte ich mir schon vorstellen. Nur wird das Stellenprofil sicher noch anderes beinhalten. Sobald jemand nach meinem Wissen über Tiere fragt, habe ich keine Chance«, gebe ich zu bedenken.
»Aber so was kann man doch lernen. Wozu gibt es das Internet? Du recherchierst doch gern. Also recherchiere und lerne! Bei der Bewerbung schummelst du, stellst dich als Freundin des Tierparks vor und lässt dir von Caro eine geile Präsentation machen. Am besten, ich mache ein paar coole Fotos von dir im Tierpark.«
Ihre Begeisterung wirkt ansteckend. Ich spüre ein zartes Kribbeln unter der Haut. Goldau liegt ganz in der Nähe. Ich mag Natur, ich mag Tiere – theoretisch und von weitem –, und ich könnte mir durchaus vorstellen, für den Tierpark Goldau tätig zu sein. Eher als für Doreens Tussi-Magazin. Der Tierpark ist immerhin ein Stück Heimat. Allerdings war ich schon lange nicht mehr dort, und wenn, dann nur beruflich, um irgendeine Neuerung zu bestaunen, ein paar Fotos zu machen, und schon war ich wieder weg.
»Klara kündigt Ende August. Also schau, dass du ihr deine Bewerbung vorher zukommen lässt. Sie wird sie dann zusammen mit ihrer Kündigung dem Chef übergeben.«
Die Idee ist gut. Ich hätte endlich mal Vorsprung. Beziehungen. Vitamin B.
Warum eigentlich nicht?

Am Abend vertiefe ich mich in die Homepage des Tierparks Goldau, höre erstmals von Vögeln wie Erlenzeisig und Zwerg-Welsumer, als Massimo bei mir anklopft.
»Ich brauche deine Hilfe«, sagt er.
»Aber immer«, antworte ich spontan. Er hat schon so viel für unsere WG getan. Gut, wenn ich mich einmal revanchieren kann.
»Meine Eltern kommen zu Besuch.«
Schön.
»Sie bleiben nur eine Nacht, weil sie auf der Durchreise sind, zu einer großen Hochzeit in München.«
Aha.
»Sie bestehen darauf, meine Freundin kennen zu lernen.«
Freundin? Welche?
Er schaut mich an. Langsam dämmerts bei mir.
Nein!
»Anna, meine Eltern haben mich in letzter Zeit dermaßen bedrängt von wegen Familie, es sei höchste Zeit für mich, und warum ich denn immer noch allein sei. Irgendwann habe ich dann gesagt, ich hätte jetzt jemanden. Damals hatte ich tatsächlich jemanden, nur war es ein Mann. Ich sagte meiner Mutter, wir wollen es langsam angehen, eher so altmodisch. Einfach, damit ich meine Ruhe hatte.«
»Aha, und jetzt soll ich einen Abend lang deine Freundin spielen?«, frage ich noch mal nach.
»Ach, da mache ich auch mit«, ruft Heidi aus ihrem Zimmer, und auch Caro hat mitgehört und sagt: »Wir sind dabei. Alle. Ist doch klar.«
Ich werde gar nicht mehr gefragt. Aber gut, natürlich kann ich jetzt nicht Nein sagen. Wohl ist mir nicht bei dem Gedanken, vor Massimos Eltern Theater zu spielen. Kenne ich Massimo gut genug? Wir werden uns absprechen müssen. Wo haben wir uns ken-

nen gelernt? Seit wann sind wir zusammen? Wann wollen wir heiraten?

Caro schlägt vor, dass wir die Eltern bei uns zum Essen einladen. »Dann seid ihr nicht allein. Wir machen eine große Sause, ein Spaghettifest auf dem Balkon. Wir laden auch Rony und Adrian dazu ein. Was meinst du?«

»Großartig!« Massimo ist begeistert.

»Wann soll das Theater aufgeführt werden?«, frage ich, mit etwas weniger Enthusiasmus.

»Diesen Samstag.«

Jetzt sind alle einen Moment lang still. In zwei Tagen?

»Sie werden gegen Abend ankommen. Ich quartiere sie bei mir ein. Wir kommen zum Abendessen rüber, sitzen ein wenig zusammen, und schon ist alles überstanden. Am Morgen fahren meine Eltern weiter.«

Caro und Heidi verschwinden wieder in ihren Zimmern, und ich sitze noch eine Weile mit Massimo in meinem, während draußen ein schlimmer Wolkenbruch niedergeht. Ich schaue immer mal wieder auf mein Handy. Es regnet so heftig, als müssten wir alle bald Noahs Arche besteigen. Ob ich nicht plötzlich losrennen muss, weil ein See über die Ufer tritt oder Keller volllaufen? Nein, das Handy bleibt still. Dafür ist Massimo gesprächig und schüttet mir sein Herz aus. Natürlich ist es auch für ihn furchtbar, seine Eltern anlügen zu müssen.

»Sie sind so religiös, die katholische Kirche steht über allem. Sie würden es niemals akzeptieren, dass ich schwul bin.«

Das stimmt mich nachdenklich. Was ist eigentlich mit »Liebe deinen Nächsten wie dich selbst« und »Wer unter euch ohne Sünde ist, werfe den ersten Stein...«? Wo bleiben Toleranz und Menschlichkeit? Ich frage mich immer wieder, warum ich dieser Kirche noch angehöre. Das Schlimme ist: Massimo fühlt sich hin- und hergerissen. Er ist streng religiös erzogen worden und weiß, dass aus Sicht der Kirche sein Leben eine einzige Sünde ist. Deshalb hadert er manchmal selber mit sich.

»Da, wo dein Otto jetzt ist, in Kenia«, erklärt mir Massimo, »hat neulich noch ein Politiker verkündet, Homosexualität sei nur eine schlechte Angewohnheit, ein schlechtes Benehmen und sollte genauso wenig akzeptiert werden wie Alkoholmissbrauch. In Kenia könnte ich von einem aufgebrachten Mob verprügelt werden und sogar ins Gefängnis kommen. Da geht es mir hier doch gut.« Dagegen sei ein kleines Theaterspiel für den Seelenfrieden doch harmlos.

Stimmt. Außerdem muss ich zugeben, dass ich schon immer mal gern ein bisschen Theater gespielt hätte. Jetzt bekomme ich sogar eine Hauptrolle mit sehr viel Text. Ob ich das schaffe? Was für ein Stück wird es eigentlich? Eine Liebesschnulze? Eine Verwechslungskomödie? Drama, Krimi, oder Thriller? Auf jeden Fall Improvisationstheater!

Später liege ich lange wach und denke über meine neue Jobperspektive nach. Ich weiß *nichts* über Tiere, das wurde mir heute in meinem Gespräch mit Aurelia bewusst. Vielleicht ist es höchste Zeit, dass ich mir die Welt der Tiere erschließe. Auf jeden Fall gibt es viel zu tun.

Um endlich einschlafen zu können, versuche ich, zu jedem Buchstaben des Alphabets ein Tier zu finden.

Amsel

Bär

Chamäleon

Dachs

Eber

Fisch

Gämse
Hirsch
Igel
Jaguar
Bei K muss ich eingeschlafen sein.

19

Am Samstag, dem Tag meiner Theaterpremiere, bin ich nervös. Aber das macht nichts. Ich wäre auch nervös, wenn ich tatsächlich erstmals meine Schwiegereltern zu Gast hätte. Das Kochen übernehmen Heidi und Caro. Ich decke den Tisch. Das Wetter spielt mit. Es könnte ein netter Abend auf dem Balkon werden. Ich habe mir sogar in meinem schönsten Italienisch ein paar Sätze zurechtgelegt, um die Gäste herzlich willkommen zu heißen. Ich ziehe ein bunt geblümtes Sommerkleid an, das einzige, das ich habe, weil ich glaube, dass italienische Schwiegereltern so etwas mögen. Die Wohnung ist aufgeräumt, die Freundinnen mit ihren Partnern auf das Ereignis eingeschworen.
Als ich meinen vermeintlichen Schwiegereltern in spe gegenüberstehe, gerate ich allerdings ziemlich durcheinander. Was hatte ich mir bloß für ein Bild von ihnen gemacht? Ich stellte sie mir klein, alt und rund vor. Dabei sind sie erstaunlich jung und sehen umwerfend gut aus. Die Mama hat stahlblaue Augen und einen Röntgenblick. Niemals werden wir mit unserem Theater bei ihr durchkommen, durchfährt es mich sofort. Der Papa wirkt ein wenig vergeistigt, leicht abwesend, irgendwie superintellektuell.

Er ist müde von der langen Autofahrt, was mir entgegenkommt. Allerdings erwacht er wieder im Gespräch mit Caro. Sie unterhalten sich auf Englisch angeregt über Computer, während la Mama mir auf Schritt und Tritt folgt. Offenbar möchte sie jede Minute nutzen, um mich kennen zu lernen. Endlich hat ihr einziger Sohn eine Freundin. Klar, dass das ein wichtiges Ereignis für sie ist.

Ich habe meine Aufgabe eindeutig unterschätzt. Ich dachte, mit Spaghetti und ein paar geselligen Stunden wäre alles gelaufen. Es scheint jedoch, als möchte la Mama während ihres kurzen Aufenthaltes hier unsere Zukunft regeln. Sie fragt eindeutig zu viel. Und wenn sie nicht fragt, ist es fast noch unangenehmer, weil sie uns dann beobachtet, mit ihren wachen Augen, die mir den Anschein erwecken, als hätten sie unser laienhaftes Spiel eh längst durchschaut.

Massimos Eltern sind mir sehr sympathisch, und mein schlechtes Gewissen meldet sich zu Wort, laut und klar. Dann wieder denke ich, dass wir dieses Theater ja nicht zum Spaß aufführen, sondern damit Massimo in Ruhe so leben kann, wie er will. Wir nehmen seinen Eltern damit allerdings die Chance, über sich hinauszuwachsen und eine Toleranz zu entwickeln, die Massimo ihnen derzeit nicht zutraut.

Eine saublöde Situation.

Wir tun unser Bestes, trotzdem weist unser Spiel die eine oder andere Schwachstelle auf. Als ich beispielsweise gefragt werde, ob ich schon einmal in Italien war, eine Frage, auf die ich hätte vorbereitet sein müssen, verplappere ich mich doch tatsächlich und erzähle, dass ich im Juni mit Otto in Silvi Marina war.

Otto?

Unsere Antwort auf diese Frage kommt zeitgleich und ist reinstes Volkstheater.

»Mein Bruder«, erkläre ich.

»Ihr Cousin«, sagt Massimo.
Uff, das ging daneben. Ich bekomme einen spontanen Schweißausbruch und beginne hektisch zu erzählen, wie gut es mir in Italien gefallen hat.
Aber weshalb ich nicht mit Massimo gefahren sei, fragt die Mama weiter. Schließlich sei er zur selben Zeit in Italien gewesen, zu Besuch bei seinen Eltern.
Wenigstens darauf sind wir vorbereitet.
»Wir wollen es langsam angehen. Gemeinsame Ferien oder zusammen wohnen, dafür kennen wir uns noch zu wenig.«
Haha! Für wie blöd halten wir seine Eltern eigentlich? Ich bin meinen Freundinnen und ihren Partnern dankbar, dass sie manchmal ein wenig von mir ablenken. Zwischendurch nimmt mich Massimo kurz in den Arm, und ich lehne mich dankbar an ihn, erschöpft und gestresst. Wir ziehen die Posse durch bis kurz vor Mitternacht, als sich die Eltern endlich zurückziehen wollen.
Bei der Verabschiedung drückt mich Massimos Mutter herzlich und flüstert mir dabei in ihrem gebrochenem Deutsch ins Ohr: »Danke für das Theater.« Es sei schön, dass Massimo so gute Freunde habe. Wir sollten weiterhin gut auf ihn aufpassen. Dann legt sie den Finger auf die Lippen, als möchte sie nicht weiter darüber reden und als wäre Massimos Geheimnis bei ihr gut aufgehoben. Da umarme ich sie gleich noch einmal. Was für eine sympathische Frau!
Mama weiß also längst Bescheid. Ist also nur der Papa das Problem? Das wundert mich nicht. Männer haben meist viel mehr Schwierigkeiten mit der Akzeptanz von Homosexuellen. Aber heute mag ich nicht mehr darüber nachdenken. Die lange Show hat mich ausgelaugt, und ich will nur noch schlafen. Massimo gibt mir einen Kuss zum Abschied, und dieser fühlt sich gut an. Wir räumen die Wohnung auf, machen die Küche sauber. Alle

sind fröhlich und ausgelassen wie nach einem gelungenen Streich. Ich aber kann noch nicht aufhören zu grübeln und wälze mich trotz Müdigkeit rastlos im Bett hin und her. Es war nicht richtig, Massimos Eltern heile Welt vorzuspielen, denke ich jetzt. Im Grunde haben wir niemandem damit einen Gefallen getan. Und doch schien die Mama nicht böse zu sein, eher dankbar sogar. Warum bloß ist die Welt immer so kompliziert?
Affe
Bison
C – Was für Tiere gibt es mit C?
Auch die Tierwelt hilft mir heute nicht beim Einschlafen.

20

Ich steige in mein neues Thema ein. Ein Igel hat achttausend Stacheln, und sein Hauptfeind ist der Straßenverkehr. Mit diesem Wissen werde ich den Job im Tierpark zwar noch nicht bekommen, aber ich lerne. Auf der Homepage lese ich mich durch die Liste der im Tierpark Goldau gehaltenen Arten, und die beginnt mit dem Igel, warum auch immer.
Caro ist begeistert von ihrem Auftrag, mir eine umwerfende Bewerbung für diesen Job zu kreieren. Aber sie fordert auch. Sie will alles, vom Lebenslauf über PDFs meiner besten Zeitungsreportagen, möglichst zum Thema Tiere und Natur, bis zur Schriftprobe. Und natürlich einen überzeugenden Motivationsbrief. Warum will ich genau diesen Job? Weil ich keinen anderen finde? Nein, das stimmt nicht. Ich könnte mich für diese Arbeit sehr wohl

begeistern. Und ich brauche dringend einen Job, für den ich mich begeistern kann. Ich werde also so schreiben, als wäre meine Begeisterung bereits eine Tatsache. Das ist wie mit einer Vernunftehe. Die Liebe kommt dann schon noch. Irgendwann. Am wichtigsten sind die Fotos, die wir am nächsten Sonnentag im Tierpark machen wollen.

Vollkommen unerwartet kommt ein Anruf von Chefredaktorin Doreen.
»Ich habe mir Gedanken über dich gemacht«, erklärt sie mir.
Schön.
»Ich werde dir gleich ein Angebot für eine Kolumnenserie mailen. Du wirst begeistert sein. Und wir zahlen gut. Also los, wirf deinen Computer an!«
Ich hatte ihre Bemerkung von neulich als Small Talk abgetan und bin erstaunt, dass sie sich tatsächlich gemeldet hat. Eine Kolumnenserie, das klingt verlockend. Daran hätte ich sicher Spaß, und für den vor mir liegenden Bewerbungsmarathon wäre es von Vorteil. Sofort rufe ich meine E-Mails ab. Mein Herz klopft.
Als ich ihre Nachricht lese, wird mir vor Ärger und Enttäuschung ganz flau im Magen. Ich hätte es mir denken sollen. Von dieser überspannten Zicke kann gar keine brauchbare Idee kommen.
»Wir nennen Deine Serie ›Landei‹. Wir holen Dich regelmäßig in die Stadt, und Du schreibst über Deine ersten Erfahrungen im Nagelstudio, bei der Kosmetikerin, beim Starfriseur, bei der Styling-Beratung, bei der Fußpflegerin usw. Du hast mir doch erzählt, dass das alles Neuland sei für Dich. Du könntest also spannende Erfahrungen auf unsere Kosten machen.«
Landei!
Die hat sie doch nicht alle!
»Nach Deinen bisherigen Kolumnen zu urteilen, wirst Du das

sicher witzig und ironisch rüberbringen. Das wird ein Hit! Die Serie könnte Dein Einstieg bei uns werden.«
Landei!
Bin ich zu empfindlich?
Kann ich mir diese Empfindlichkeit überhaupt leisten? Vielleicht verknüpfe ich ja mit dem Begriff auch völlig falsche Vorstellungen. Im Internet suche ich nach der Bedeutung des Wortes.
»Mensch, der auf dem Land lebt und für unerfahren und naiv gehalten wird. Abwertend.«
Ha! Bin ich unerfahren und naiv?
Auch bei naiv will ich es nun ganz genau wissen: »Kindlich, einfältig, harmlos, töricht, leichtgläubig, leicht verführbar.«
Sie hält mich wirklich für den Inbegriff eines Bauerntölpels oder will mich auf jeden Fall als solchen ihren Tussi-Lesern vorführen.
Aasgeier
Blutegel
Clownfisch
Dromedar
Eintagsfliege
Diesmal suche ich Tiernamen für jeden Buchstaben des Alphabets nicht um einzuschlafen, sondern um mich zu beruhigen. Mein Chef sagt immer, man dürfe solche E-Mails nicht spontan beantworten.
Faultier
Gemeine Feuerwanze
Hyäne
Sonst würde man bestimmt Dinge schreiben, die einem nachher leidtäten.
Insekt
Judasfisch
Hm, das ist ein bisschen geschummelt. Aber warte!

Junikäfer
Klapperschlange
Lemming
Es juckt mich extrem in den Fingern. Nein, ich mag nicht mehr bis Zwergziege warten. Meine Antwort fließt von selber in die Tasten.
»Dein Angebot ehrt mich, liebe Dora. Aber ich habe keine Lust, den Bauerntölpel für Dich zu spielen und damit die Lachnummer für Deine werte Leserschaft zu sein.«
Die Dora konnte ich mir nicht verkneifen. Aber ich füge noch ein paar nette Floskeln an. Sicher ist sicher. Vielleicht bin ich irgendwann so verzweifelt, dass ich bei ihr ankriechen muss.

Gut, dass ich Freundinnen habe. Sie lachen Tränen über die Landei-Geschichte, und das heitert auch mich wieder auf.
»Als Landei habe ich dich eigentlich nie gesehen«, meint Caro.
»Aber nur, weil du selber eines bist«, antwortet Heidi.
Unsere coole, erfolgreiche Karriere-Caro ein Landei? Wir lachen wieder drauflos.
»Mag sein, dass wir alle Landeier sind, auf die eine oder andere Art. Und das ist gut so«, erklärt Caro daraufhin.
Es ist richtig Sommer geworden, nicht nur dem Kalender nach. Wir stoßen darauf an. Ja, wir feiern sie geradezu, diese lauen Abende auf dem Balkon. Sie verpflichten einfach zum Draußensitzen. Sie sind in der Innerschweiz viel zu selten, um einen davon zu verpassen. Aurelia hat mir ein Tierquiz geschenkt, um mein Fachwissen zu fördern. Das spielen wir jetzt und lachen uns schlapp. Ob es im Tierpark Goldau wirklich Grottenolme oder Schwanzlurche gibt? Und wie werde ich beim Bewerbungsgespräch unauffällig mein neu erworbenes Wissen über Waldameisen und Wendehälse einbringen?

Hin und wieder kommt auch Massimo vorbei und leistet uns bei unseren Balkonabenden Gesellschaft. Er hatte nach unserem großen Theater eine längere telefonische Aussprache mit seiner Mama. Sie wusste offenbar seit langem über Massimos Neigungen Bescheid. Aber sie ist dankbar, dass sie weiterhin so tun kann, als wisse sie von nichts. Papa würde das nie im Leben tolerieren können, habe sie gesagt. Was für ein Familienleben. Nur immer schön die Augen verschließen vor Dingen, die wir nicht gleich auf Anhieb verstehen. Lieber verurteilen oder vertuschen, als sich mit etwas auseinandersetzen zu müssen, das nicht ins eigene Weltbild passt. Mich erstaunt, dass Massimo damit so gut umgehen kann.

»Du weißt schon, wo du die nächsten Ferien, das nächste Weihnachtsfest und so weiter verbringen wirst?«, zieht er mich auf. »Vielleicht musst du mich auch heiraten und ein, zwei Kinder bekommen. Wer A sagt, muss auch B sagen.«

Nein! Diesen Spruch fand ich schon immer blöd. Wer A sagt, kann sich überlegen, ob er noch B sagen will. B wäre in diesem Fall eindeutig zu viel für mich. Aber das weiß Massimo. Irgendwie muss er selber einen Weg finden, mit seiner Familie klarzukommen. Ich lese inzwischen die Biografie von Bernhard Grzimek.

21

Mein tierisches Wissen wächst. Ich lerne, dass das Alpenmurmeltier mit dem Eichhörnchen verwandt ist. Und dass Zwergziegen aus Afrika kommen, wie wir Menschen auch. Am Ende sind wir noch verwandt.

Alle wollen mir helfen. Heidi hat mir diverse Tierbücher aus der Schulbibliothek mitgebracht. Sogar ein Soundbuch, mit dem ich Tiere an ihren Rufen erkennen kann. Ich kann kaum noch irgendwo in Ruhe sitzen. Sobald ich mich zu Hause gemütlich niederlasse, erklingt irgendein Laut eines Tieres, und ich muss ihn erraten. Nun, das wird mir beim Einstellungsgespräch auch nicht helfen, aber wir haben alle Spaß daran.

Als ich eines Nachmittags im Dorf Helena über den Weg laufe, lädt sie mich zu einem Kaffee ein. Ich habe gerade zehn Minuten Zeit, und wir setzen uns beim Hauptplatz an die Sonne. Ottos ehemalige Chefin fragt mich, was ich denn von ihm hören würde und ob er sich regelmäßig melde.
»Ich bin enttäuscht, wie wenig begeistert er ist«, gebe ich unumwunden zu. »Die Trennung fällt mir wirklich schwer. Ich hätte mir gewünscht, dass er dafür wenigstens glücklich ist. Aber das ist er nicht. Er ist viel zu oft krank. Wahrscheinlich hatte er ziemlich falsche Vorstellungen vom Leben in Afrika. Es fällt ihm schwer, sich den völlig anderen Verhältnissen anzupassen.«
Ich erzähle Helena ein paar Beispiele. Schließlich schüttelt sie den Kopf und meint bedauernd: »Schade, schade, schade. Da wäre er doch besser bei uns geblieben. Ich könnte ihn noch immer gut gebrauchen. Soll er doch heimkommen. Sein Zimmer wäre sogar noch frei.«
Von Aufgeben hat Otto allerdings noch nie gesprochen.
Otto.
Mein Dudu.
Neulich hat er geschrieben, dass Isiolo eine grauenvolle Stadt sei. Immer wieder würden zwischen einzelnen Stämmen Kämpfe ausbrechen. Dann dürften sie manchmal sogar tagsüber das Spitalgelände nicht verlassen. Und dafür müssten sie später Verletzte

versorgen, die man ihnen zum Teil einfach vor die Tür lege. Erstmals habe er mit Schussverletzungen oder Wunden von Messerstechereien zu tun.

»Was für eine Verschwendung von Energie, Zeit und Material. Wir haben doch genug zu tun mit den gängigen Krankheiten wie Malaria, Typhus oder Aids. Dann kommen Kinder mit schweren Verbrennungen, wegen der vielen offenen Feuerstellen. Manchmal auch misshandelte Frauen. Das Schönste sind noch die Geburten. Sigi setzt sich sehr für die Frauen ein. Viele kommen erst zur Vorsorge, dann zur Geburt. Später bringen sie die Kinder zu den Impftagen vorbei. So bleibt man immer in Kontakt, kann aufklären, Gesundheitsvorsorge betreiben.«

Ich mag es, wenn er mir von seinem Alltag berichtet, von einzelnen Fällen, von besonderen Erlebnissen. So bin ich ein wenig mit dabei und sehe, dass ich nicht ganz umsonst leide. Manchmal leide ich wirklich, vor allem abends. Dann weine ich mich in den Schlaf vor Sehnsucht und voller Selbstmitleid. Ich sorge mich um meine Zukunft. Tief in meinem Inneren bin ich sehr, sehr schweizerisch und möchte mein Leben organisiert, meine Zukunft gesichert sehen. Ich müsste diesen Lebensabschnitt als Abenteuer betrachten können: Es ist alles möglich, alles offen. Ich aber bin keine Abenteurerin, dann vielleicht doch eher ein Landei. Am liebsten möchte ich meinen Job behalten und meinen Otto zurückhaben. Fertig. Ich brauche weder die große, weite Welt noch Freiheit und Abenteuer.

Natürlich versuche ich zu sehen, dass Veränderungen auch Chancen in sich bergen. Vielleicht habe ich nur noch nicht gemerkt, dass ich viel mehr aus meinem Leben machen könnte, und jetzt bietet sich die Möglichkeit, dies zu tun. Nur wirklich daran glauben kann ich derzeit nicht.

Ich versuche, mir vorzustellen, dass alles im Leben einen Sinn hat,

dass ich vielleicht lange genug Journalistin war und dass das Leben noch andere Aufgaben für mich bereithält, die mehr Sinn, größeren Wert haben.
Aber wo, wie, was?

Auch ich brauche dringend ein Pflaster für meine Seele! Es scheint allerdings, als müsse ich mich selber verarzten.
Das ist traurig.
Doppelt traurig, weil ich fühle, dass auch Otto jemanden an seiner Seite braucht.

Traurig ist auch der Beginn der Schulferien für Heidi. Eines Abends komme ich spät von einer langweiligen politischen Versammlung heim und finde sie im Wohnzimmer, mehr liegend als sitzend, völlig betrunken.
»Ich bin immer noch nicht schlauer geworden. Immer noch nicht. Voll blöd bin ich. Blöd. Es ist eine Schande.«
Sie lallt schon ein bisschen. Die Haare hängen ihr ins Gesicht. Einige Strähnen baden zwischendurch im Rotwein, wenn sie wieder trinkt.
»Weißt du, wie alt ich bin? Weißt du das? Einundvierzig! Einundvierzig!! Wusstest du das?«
Ich setze mich neben sie und ahne Schlimmes. Heidi lässt sich normalerweise nicht so gehen. Und sie trinkt nur in Gesellschaft. Jetzt stehen da zwei Weinflaschen auf dem Tisch, von denen eine schon leer ist.
»Ich schäme mich so sehr«, sagt sie dann und wirft sich mir in die Arme. Sie schluchzt und weint. So kann sie wenigstens nicht weitertrinken. Allerdings weiß ich nach wie vor nicht, was tatsächlich passiert ist.
»Willst du mir nicht erzählen, was los ist?«, frage ich vorsichtig.

Sofort setzt Heidi sich ruckartig auf.
»Rony ist ein Schwein!«
Oha.
»Aber weißt du, was das Gute daran ist? Mein Geld hat er noch nicht. Das wird er auch nie bekommen.«
Sie stochert mit dem Finger in meine Richtung, verliert fast die Balance im Sitzen. Ich glaube nicht, dass ich heute noch klare Informationen von ihr bekomme. Das ist aber auch gar nicht nötig.
»Heidi, was hältst du davon: Ich bringe dich ins Bett, und dort erzählst du mir alles ganz genau? Du hast ja sicher genug getrunken.«
Sie schaut mich eine Weile intensiv an, als müsste sie überlegen, wer ich bin und ob man mir trauen könne. Dann nickt sie. Ich stütze sie, und gemeinsam schaffen wir es bis in ihr Zimmer. Mit Details wie Ausziehen halten wir uns nicht auf. Ich stecke Heidi einfach unter die Decke und lege mich zu ihr.
»Es ist einfach nicht recht. Ich habe immer Pech. Ich bin zu blöd für diese Welt«, schimpft sie noch ein wenig vor sich hin. Dann richtet sie sich plötzlich wieder auf und fuchtelt mit dem Finger herum: »Anna, du – weißt du – hörst du: Er hat mein Geld *nicht* bekommen.«
»Das ist sehr gut«, sage ich und meine es auch so, da ich mir inzwischen annähernd zusammenreimen kann, worum es geht. Heidi hat sich auf die Seite gedreht. Ich streichle ihr beruhigend über den Rücken, und meine Strategie geht auf: Sie schläft ein.
Erschöpft schleiche ich mich nach einer Weile in mein Zimmer, lasse aber ihre und meine Tür offen. Ich liege auf dem Bett und starre an die Decke. Dieses Schwein! Hat der wirklich nur versucht, an ihr Geld zu kommen? Hätte ich nicht gedacht. Caro hatte den besseren Riecher. Habe ich denn gar keine Menschen-

kenntnis? Immerhin war ich ja nicht in ihn verliebt und habe somit keine Entschuldigung. Ich schlafe ein, tief und fest, dabei wollte ich eigentlich wach bleiben und auf Heidi aufpassen.

Ich wache erst am späten Morgen auf und brauche einen Moment, um wieder klar denken zu können und mich zu erinnern.

Heidi!

Ich gehe rüber in ihr Zimmer. Sie ist weg! Meine Güte, sie muss doch noch voller Restalkohol sein! Besorgt gehe ich durch die Wohnung. In der Küche liegt ein Zettel.

»Bin in Basel. Rache ist süß. Mach dir keine Sorgen.«

Jetzt mache ich mir erst recht welche.

Sie ist zu ihm gefahren, um sich zu rächen?

Unfassbar.

Was will sie? Ihn umbringen?

Mit ihrer Alkoholfahne braucht sie ihn wahrscheinlich nur anzuhauchen.

Soll ich hinterher? Sie anrufen? Ihn anrufen?

Ich sehe schon Blutlachen und Blaulicht. Und Heidi vor Gericht.

Ich rufe Caro an. Diese scheint im Auto zu sitzen.

»Ich bin mit Heidi unterwegs nach Basel«, erklärt Caro locker.

»Seid ihr verrückt? Macht bloß keinen Quatsch!«, schreie ich in den Hörer. »Was habt ihr vor?«

Heidi übernimmt das Handy.

»Keine Sorge. Wir machen nichts Schlimmes. Nur ein paar kleine Gemeinheiten.«

»Und am Ende kann ich euch auf der Polizeistation abholen oder wie?« Ich rege mich wirklich auf.

»Nein, nein. Wir sind am Abend zurück und erzählen dir alles.«

Ich verbringe den Tag in höchster Beunruhigung.

Rache ist süß?

Und Selbstjustiz?
Wo fängt das eine an, und wo hört das andere auf?
Leider habe ich heute frei und wenig Ablenkung. Diese Aktion in Basel macht mich nervös. Ich ziehe meine Turnschuhe an und gehe eine Runde. Ich marschiere über die Felder, atme tief durch, höre zu, wie mein Herz schlägt und wie die Vögel singen. Trotzdem kann ich nicht abschalten. Das ist doch Kindergartenzeug! Erwachsene Frauen rächen sich nicht. Wenn ich Liebeskummer hatte, habe ich mich still verkrochen und vor mich hin gelitten. Aber vielleicht ist Heidis Art, mit Trauer und Wut umzugehen, besser.

Heidi und Caro kommen tatsächlich erst am Abend heim. Sie haben noch drei Frauen mitgebracht: Sabine, Alex und Martha. Alle wirken reichlich aufgedreht. Sie haben leckere Sachen für ein Abendessen eingekauft. Jetzt wird die Küche belagert. Die Frauen kichern und plaudern. Töpfe klappern, und Gläser klingen. Ich bin ein einziges Fragezeichen. Heidi sieht aus wie eine wandelnde Leiche.
»Komm!«, sagt sie und zieht mich in ihr Zimmer.
»Danke, dass du gestern auf mich aufgepasst hast.«
Na ja, viel habe ich nicht gerade bewirkt, denke ich.
Heidi schlüpft unter die Decke.
»Setz dich zu mir!«
Ich gehorche.
»Du musst dir keine Sorgen machen. Wir haben uns am Riemen gerissen. Aber glaube mir, Caro musste schon auf uns aufpassen.«
Ich verstehe noch immer nicht.
»Rony ist für drei Tage auf ein Seminar nach Deutschland gefahren. Da habe ich beschlossen, mich mit drei Frauen aus dem Forum zu treffen, über das ich auch Rony kennen gelernt habe. Ich hatte dir doch von diesem Unterforum für schwer zu verkup-

pelnde Singles erzählt. Wir hatten uns alle dort gefunden und längst beschlossen, uns einmal kennen zu lernen.«
Ah, mir geht ein kleines Licht auf.
»Stell dir vor, Rony hat sich mit allen drei Frauen getroffen und unter irgendeinem Vorwand versucht, an Geld zu kommen.«
Jetzt kann Heidi erzählen, ohne dabei zu weinen.
»Von Martha hat er schon tausend Franken bekommen. Bei uns anderen war er nahe dran, richtig hohe Summen zu kassieren. Was sind wir doch für blöde Weiber!«
Ich stelle mir grad vor, dass es wie eine Bombe eingeschlagen haben muss, als die drei sich ihrer gemeinsamen Lage bewusst geworden sind.
»Martha war schon mehrmals bei Rony zu Hause. Und sie wusste von einem versteckten Ersatzschlüssel für die Putzfrau. Darum sind wir heute mal zu Besuch gegangen.«
Ich verdrehe die Augen und weiß gar nicht, ob ich weiter zuhören will.
»Nein, nein, wir haben nichts Schlimmes gemacht. Aber wir haben uns ein wenig abreagiert. Es geht uns jetzt besser.« Sie kichert.
Diese verrückten Frauen! Sie haben kleine Stücke stinkenden Limburgerkäse in den hintersten Ecken seines Kleiderschranks versteckt, genau dort, wo Rony all seine wertvollen Outfits aufbewahrt. Caro hat das Computerpasswort geknackt, und daraufhin haben die Frauen noch dies und das bestellt. In den nächsten Wochen und Monaten wird Rony noch Wunder erleben.
»Wir haben Rony eine schöne, große Wohnwand bestellt. Eine Maßanfertigung. Dazu haben wir ihm eine Sexsklavin organisiert, die immer montags vorbeikommen wird. Ach, man hätte noch so nette Sachen anstellen können, aber Caro war immer die Spielverderberin. Stell dir vor: Wir hätten in seinem Namen Kinderpornografie abonnieren und ihn dann damit anzeigen können!«

Oh, Gott! Gut, dass Caro dabei war.

»Wir haben in seiner Tageszeitung eine Annonce aufgegeben, dass er ein Klavier gratis abzugeben hat, mit voller Telefonnummer.«

Ein Klavier habe er tatsächlich, und sie hätten es übrigens nicht angefasst, obwohl das teure Spielzeug sie schon gereizt hätte.

»Per Telefon haben wir noch diverse Pizzen bestellt, ein paar Zahnarzttermine vereinbart und seine Putzfrau entlassen. Nächsten Samstagmorgen bekommt er außerdem etwa fünfzig Umzugskartons vor die Wohnungstür geliefert. Dafür haben wir seine Lieblingszeitung abbestellt.«

Bei den Kurzwahltasten des Telefons haben die erbosten Frauen Nummern und Namen vertauscht.

Ich schüttle den Kopf und wundere mich nur noch. Allerdings finde ich, dass er diese Streiche sehr wohl verdient hat. Und langsam, aber sicher fange auch ich an, darüber zu lachen.

»Wir haben so vieles *nicht* gemacht, glaub mir, Anna. Wir hätten auch Badeöl in sein Aquarium kippen können. Doch da taten uns dann die Fische leid. Oder wir hätten seine teuren Anzüge, die ihm so viel bedeuten, wirklich versauen können. Ach, wir hatten Ideen ohne Ende.«

Aber sie seien vorsichtig gewesen, und Caro hätte sie immer zurückgehalten. Danke, Caro! denke ich.

»Wir haben auch Bargeld gefunden und genau tausend Franken mitgenommen. Für Martha. Wir haben nichts geklaut und nichts kaputt gemacht.«

Heidi schließt die Augen.

»Ach, das hat so gut getan«, murmelt sie und schläft einfach ein. Sie muss fix und fertig sein. Ich verlasse das Zimmer und schließe leise ihre Tür. Heidi, die große Rächerin. Der Katzenjammer wird wohl erst noch kommen. Aber Wut hilft natürlich in der ersten Zeit, wenn man Liebeskummer hat. Und Freundinnen sowieso.

In der Küche findet ein fröhliches Spaghettifest statt. Draußen regnet es, aber drinnen tut das der Stimmung keinen Abbruch. Da hat Heidi tatsächlich lustige Freundinnen gefunden. Wir verbringen die halbe Nacht zusammen. Natürlich werden wir zwischendurch auch ernst. Alle sind sich einig, dass der Mann bei dem Forum angezeigt werden muss, damit er nicht noch mehr Frauen an der Nase herumführen kann.
»Er war schon ein unterhaltsamer, geselliger, gemütlicher Typ«, meint irgendwann Sabine bedauernd.
»Und im Bett ...«, wirft Alex ein, verdreht die Augen und verstummt dann. Alle lachen.
»Auf Rony«, lacht Martha wieder, und wir stoßen auf ihn an.
Es ist Mitternacht, als die drei Frauen gehen. Caro und ich sitzen im Wohnzimmer auf dem Sofa, irgendwie völlig geplättet von den Erlebnissen, der Situation, dem Tag.
»Danke, Caro, dass du auf die drei aufgepasst hast.«
Caro seufzt.
»Du hast keine Vorstellung, wie schwierig das war. Dabei hatten wir abgemacht: Wir klauen nichts, und wir machen nichts kaputt. Ich musste meine Augen überall haben«, erzählt sie. »Ich glaube nicht, dass wir Ärger bekommen. Außer vielleicht mit Rony.« Wir lachen.
Rony, der Blender. Das wars also.
In nächster Zeit werden wir ein Auge auf Heidi haben müssen.

Doch genau da täusche ich mich gewaltig: Heidi braucht weder besondere Fürsorge noch Trost und Anteilnahme. Sie hat zwar einen Liebhaber verloren, dafür aber drei neue Freundinnen gefunden, richtige Seelenverwandte, wie es scheint. Heidi ist in der nächsten Zeit ständig unterwegs, macht Wanderungen, Städtereisen, Ausflüge aller Art. Sie wirkt fröhlich, lebenslustig, ist voller

Tatendrang. Ich bin erleichtert und fast ein wenig eifersüchtig. Rony hat die Frauen einander nahegebracht. Der gemeinsame Herzschmerz hat sie verschwestert.

Und wer tröstet mich?
Ich arbeite viel und sitze abends immer öfter allein in der Wohnung und schaue mir Tierfilme im Fernsehen an.
Oft bin ich einfach traurig.
Otto fehlt mir.

Caro und ich haben mehrere Stunden über meiner Online-Präsentation gesessen. Ich habe jetzt eine wirklich erstklassige Bewerbung. Es sieht aus, als wäre ich wesentlich mehr, als ich bin. Jetzt fehlen nur noch gute Fotos mit Tieren. Natürlich stelle ich mit dem Ausdruck aller Dokumente auch noch eine Präsentationsmappe zusammen, die ich dann im Bewerbungsgespräch jemandem in die Hand drücken kann.
Ich habe mich in den letzten Tagen so viel mit Tieren befasst, dass ich mich manchmal wie von ihnen begleitet fühle. Und wenn das auch nur Freundschaften sind, die ich im Kopf geknüpft habe, tun sie mir irgendwie gut.

22

In der Redaktionssitzung heute schimpft unser Chef: »Schon wieder eine Einladung zu einem Pressetermin im Tierpark Goldau. Die übertreiben es langsam. Gerade noch mussten wir den neuen

Schildkrötenweiher bejubeln. Wir sind doch nicht deren PR-Büro. Bärengeburtstag! Lächerlich!«
Aurelia und ich schauen uns an. Diese Gelegenheit lassen wir uns nicht entgehen. Morgen wird ein Braunbär dreißig Jahre alt. Er wird damit der älteste Syrische Braunbär in Zoohaltung weltweit. Ich greife mir die Einladung.
»Das ist extrem spannend«, sage ich sofort mit Begeisterung. »Da gehe ich gern hin.«
»Oh, da komme ich mit, für die Fotos«, erklärt Aurelia bestimmt, und obwohl es absolut unüblich ist, dass zwei Journalisten gemeinsam einen solchen Termin wahrnehmen, schluckt unser Chef nur kurz und nickt. Aber er mustert uns kritisch und spürt sicher, dass wir etwas im Schilde führen.
Wir bekommen den Auftrag und beschließen, dabei gleich die Fotos für meine Bewerbung zu machen und einen Kaffee mit der PR-Frau zu trinken.

Am nächsten Tag um neun sind wie die Ersten an der Kasse. Wir zücken unsere Presseausweise, kaufen eine Packung Futterwürfel und machen uns auf den Weg. Schon als wir das Innentor zum Freilaufgehege passieren, hat Aurelia ihre Kamera im Anschlag. Die nächsten Minuten werden turbulent und hätten eigentlich gefilmt werden müssen. Nur, ob ich damit beim Tierpark als geeignete Mitarbeiterin punkten könnte? Kaum! Wir betreten das Freilaufgehege, und die Tiere scheinen meine Futterwürfel, die nur aus zerkleinertem Heu bestehen, schon von weitem zu riechen. Sie kommen über das steinige Gelände herbeigerannt und bedrängen uns. Was für Tiere sind das eigentlich? Hirsche? Rehe? Alle möglichen Viecher, kleine und große, gefährlich gehörnte, rennen mich fast um und stehen mir auf den Füßen. Eines tritt mich sogar, weil ich nicht schnell genug meine Würfel herausrücke.

»Bleib locker. Die tun dir nichts. Die wollen nur spielen«, lacht Aurelia mich aus. Sie dirigiert mich da- und dorthin, und ich werde von den vielen Vierbeinern verfolgt. »Leg die Futterwürfel auf deine flache Hand. Lächle! Tu so, als hättest du eine riesige Freude an den Tieren!«, ruft Aurelia.
Am liebsten würde ich die Futterschachtel weit von mir werfen. Die Tiere sind mir unheimlich. Doch es hat auch wirklich niedliche Bambis dabei, die mich mit großen Augen vorwurfsvoll anschauen, als würde ich sie mit meiner Angst persönlich beleidigen.
»Mufflons und Sikahirsche sind das«, verkündet Aurelia plötzlich. Sie muss das auf einem Schild gelesen haben. »Mufflons sind die mit den gewundenen Hörnern.« Die machen wirklich Eindruck. »Ist nur eine Art Wildschaf«, beruhigt mich Aurelia. Ich werde immer mutiger, und so entstehen ein paar durchaus brauchbare Fotos.
Anna und ihre Tierwelt. Ich erinnere mich gut, dass ich mich schon als Kind hier immer gefürchtet habe. Und ich erinnere mich auch an meinen Vater: Hier hatte es ihm immer Spaß gemacht, die Rolle des Drachentöters und Beschützers zu spielen.

»Was macht ihr denn schon hier?«, ruft lachend eine Frauenstimme hinter uns. Es ist Klara Kaufmann, die PR-Frau, und ich hoffe, sie hat uns noch nicht allzu lange beobachtet. Sonst kann sie wirklich nicht glauben, ich sei tierparktauglich. Wir begrüßen uns, und Klara findet die Idee mit der Foto für die Bewerbung sehr gut.
»Ihr legt euch ja richtig ins Zeug. Aber gell: Von meiner bevorstehenden Kündigung weiß hier noch keiner. Ich zähle auf euer Schweigen heute«, bittet sie uns. Dafür macht sie uns ein Angebot. »Ich verschaffe euch ein total gutes Foto. Ich muss nur telefonieren.«

Sie spricht kurz in ihr Handy, und kurz darauf holt uns eine Tierpflegerin ab. Sie heißt Petra und trägt einen Schlapphut. Klara verabschiedet sich. Wir folgen Petra kreuz und quer durch den Park, und als wir vor dem Fuchsgehege stehen, erklärt sie: »Die Fotografin steht am besten dort.« Petra deutet in eine Ecke und wendet sich dann an mich: »Du nimmst das Futter in die flache Hand und setzt dich dort auf den Boden.« Sie zeigt mitten ins Fuchsgehege hinein. »Ich hoffe, es ekelt dich nicht.« Spricht es und legt mir drei kleine tote Mäuse in die Hand. Ja, es ekelt mich sehr. Und wieso soll ich freiwillig in ein Gehege hineingehen, in dem fleischfressende Tiere hausen? Was, wenn sie mal Lust auf etwas Größeres als Mäuse haben? Auf Lebendfleisch? Auf einen knackigen Ringfinger? Aber irgendwie werde ich einfach nicht gefragt und bin wohl gleichermaßen fasziniert wie schockiert über das Vorhaben. Petra beruhigt mich: »Die Tiere sind von Hand aufgezogen. Also lächle einfach, lass alles geschehen, und du wirst herrliche Fotos haben. Mein Chef liebt diese Füchse. Du kannst sie auch streicheln.«

Aha. Kann ich? Ich fasse die sicher nicht an!

»Ich bin immer in der Nähe«, beruhigt mich die Tierpflegerin.

Nein!

Ich will nicht!

Doch dann wird diese Begegnung für mich zu einem richtigen Schlüsselerlebnis. Mein Herz klopft, als wir durch zwei Gittertüren in das Gehege treten. Zwei wunderschöne Fuchsdamen, die sogar einen Namen haben, Speedy und Lucky, kommen langsam auf uns zu und beäugen mich misstrauisch. Ich setze mich auf den Boden, strecke die Hand aus und biete ihnen meine toten Mäuse an. Die beiden kommen und fressen, lassen sich anfassen und streicheln. Ich bin sprachlos. Im gleichen Moment, wo meine Hand vorsichtig ihr Fell berührt, erinnere ich mich daran, dass

man Füchse umbringt und quält, um Pelzmäntel herzustellen. Dann denke ich aber nichts mehr und himmle nur diese Tiere an, ihren schönen Kopf, die Zeichnung im Gesicht, die Augen. Und schon ist dieser zauberhafte Moment vorbei.
Nur ich bin irgendwie nicht mehr dieselbe wie vorher. Über Tiere zu lesen und Filme anzuschauen, ist nicht mit wirklichen Begegnungen mit Tieren zu vergleichen.
»Danke«, sage ich zu Petra, die mich verständnisvoll anlächelt. Aurelia ist begeistert. Wir sind alle zufrieden, als wir zur Pressekonferenz zum Gehege der Bären spazieren.
»Warum habt ihr hier überhaupt Bären? Ihr wolltet doch eigentlich nur einheimische Tiere zeigen, oder?«, frage ich Petra.
»Oh, der Bär kommt doch immer wieder in unsere Nähe. Wurde nicht neulich einer im Kanton Graubünden gesichtet? Das Geburtstagskind hier ist allerdings aus dem Berner Bärengraben, ein Syrischer Braunbär«, erklärt Petra. Bei der Pressekonferenz erfahren wir dann natürlich alles und mehr über Fränzi, die heute dreißig Jahre alt wird. Sie ist schon seit 1984 hier in Goldau und präsentiert sich uns und den Fotografen wie ein Star. Die Torte aus Früchten und Nüssen zermanscht sie mit ihren riesigen Pfoten zuerst ein wenig, um sie dann genüsslich aufzufressen. Sind da etwa auch tote Mäuse daruntergemischt?

Beim anschließenden Kaffeetrinken mit Klara Kaufmann vereinbaren wir den genauen Zeitpunkt der Übergabe meiner Bewerbungsunterlagen. »Das wird gut. Der Chef ist gewiss froh, wenn er nicht teure Inserate schalten und so viel Zeit mit Vorstellungsgesprächen verplempern muss«, meint sie zu mir und seufzt. »Du bekommst einen schönen Job, hier bei den Tieren. Aber vor allem wirst du mit netten Menschen arbeiten. Ich gehe nicht gern weg.«
Aber sie geht.

Mein Glück?
Vielleicht.
Je mehr sie jedenfalls von ihrem Job erzählt, desto mehr denke ich, dass ich mich hier wirklich wohlfühlen könnte. Werbetexte für die Homepage schreiben, einen Tierparkblog führen, eine Monatszeitung herausgeben, einen unregelmäßig erscheinenden Newsletter zusammenstellen, die sozialen Netzwerke betreuen…
»Du bist immer nahe dran, egal, was im Park passiert. Jedes Jungtier wird von dir öffentlich bejubelt. Jede noch so kleine Veränderung im Park wird medienwirksam verkündet.«
Das sei nicht nur Arbeit. Das fessle einen mehr und mehr.
»Es ist wie ein Sog, und du wirst Tag für Tag tiefer hineingezogen in das Tierparkgeschehen«, erklärt Klara.
Klingt spannend. Klaras Begeisterung jedenfalls ist echt, und sie steckt an.

23

Natürlich setze ich nicht alles auf die Tierpark-Karte und bewerbe mich hier und dort. Ich melde mich sogar auf Chiffre-Inserate für Stellen im PR-Bereich, von denen ich nicht einmal weiß, wofür ich werben müsste und wo mein Arbeitsplatz wäre. Ich stelle mich bei einer Online-Zeitung vor, die noch auf sehr wackeligen Beinen steht und wo ich befürchte, dass die nächste Kündigung in greifbarer Nähe sein könnte. Ich fahre auf den Stoos und schaue einen völligen Aussteigerjob an: Ich könnte die Seilbahn Morschach-Stoos bedienen. Ich versuche, für alles offen zu sein.

Meine Gefühlslage ist schwankend. Manchmal bin ich erfüllt von der Gewissheit, dass ich bestimmt einen guten Job finden werde, den Job für mich. Dann wieder zermürbt mich die Tatsache, dass dies vielleicht noch Monate dauern wird. Meine innere Unruhe wächst.

»Schau mal!« Aurelia hält mir ein Inserat hin, das sie mit Leuchtstift markiert hat. »Die suchen eine Journalistin«, sagt sie und grinst übers ganze Gesicht, irgendwie hinterhältig. Wo also ist wohl der Haken? Ich nehme ihr die Zeitung aus der Hand. Oh, schnell gefunden! Ein Magazin für Lesben und Schwule. »Wir suchen eine stolze, lesbische Frau«, steht da als wichtigste Anforderung. Ich schüttle den Kopf und will mich wieder meiner Arbeit zuwenden. Aber Aurelia lässt noch nicht locker. »Das ist doch der Stoff, aus dem Romane sind. Du gibst dich als Lesbe aus, weil du dringend eine Stelle suchst. Dort triffst du auf deinen Traummann, der sich als Schwuler ausgegeben hat, weil er einen Job braucht. Es gäbe ein Hin und Her, bis ihr endlich begreifen würdet, dass ihr zusammenpasst. Aber das Happy End würde auch bedeuten, dass ihr beide wieder arbeitslos seid.«
Aurelias Fantasie ist jetzt nicht mehr zu bremsen. Soll sie doch den Roman schreiben. »Du lachst jetzt, aber ich würde ihn wirklich gern schreiben«, erklärt meine Arbeitskollegin und geht verträumt an ihren Schreibtisch. So viele Journalisten würden gern Bücher schreiben. Aber wer ist schon so verrückt und setzt sich nach einem Arbeitstag voller Texte daheim noch an den Computer und schreibt weiter?
»Die Geschichte würde sich gut fürs Muotathaler Theater eignen, es wäre eine überzeichnete Komödie«, rufe ich Aurelia hinterher. »Spinnst du«, antwortet sie empört. »Im Muotatal würden die sicher kein Stück über Schwule und Lesben aufführen.« Stimmt.

Wir können wieder lachen, auch über meine Situation. Die Atmosphäre auf der Redaktion hat sich entspannt. Alle fiebern mit, und die am häufigsten gestellte Frage am Morgen ist: »Hast du schon einen Job?« Sie ärgert mich nicht mehr. Ich weiß, man fühlt und leidet mit mir, und ein normales Arbeiten, ein unverkrampfter Umgang sind wieder möglich. Dafür bin ich dankbar.

24

Am letzten Tag im August übergibt Klara ihrem Chef die Kündigung. Warum sie das nicht vorher tun konnte, ist mir zwar ein Rätsel, aber geht mich wohl nichts an. Gleichzeitig mit der Kündigung überreicht sie ihm meine Bewerbungsmappe. Ab sofort sitze ich wie auf glühenden Kohlen.
Ich kenne den Tierparkdirektor nur flüchtig. Es ist ein kleiner, dicker Mann mit einem erstaunlichen Doppelkinn und Glatze. Er trägt einen Schnurrbart, an dem er ständig herumfummelt, wenn er nicht gerade Pfeife raucht.
Für den zweiten September bestellt er mich zum Vorstellungsgespräch. Ich habe alles über den Tierpark gelesen, was ich im Internet finden konnte. Natürlich wusste ich längst, dass er auf dem Gestein entstanden ist, das 1806 als riesiger Bergsturz vom Rossberg auf Goldau heruntergefallen ist. Mindestens vierzig Millionen Kubikmeter Gestein donnerten damals zu Tal. 457 Goldauer starben. Eine Tragödie. Auf diesem Schuttkegel steht nun der Tierpark Goldau. Auch die Welt-Zoo-Naturschutzstrategie habe ich mir eingeprägt. Ihre Ziele sind: Tieren artgerechte Lebens-

räume bieten, Besuchern aktive Erlebnisse mit Tieren vermitteln, neues Wissen schaffen und veröffentlichen, bedrohte Arten und ihre Lebensräume schützen.
Mein Kopf ist voll. Ich komme mir vor, als würde ich zu einem Examen gehen, in einem Fach, von dem ich verdammt wenig Ahnung habe. Lauter schnell angelerntes Halbwissen. Andererseits weiß der Direktor auch, dass ich Journalistin bin, und er sucht keine Veterinärmedizinerin, sondern eine PR-Frau.

Der Tierparkdirektor mustert mich aufmerksam. Ich sitze vor seinem Schreibtisch, und er durchbohrt mich förmlich mit seinem Blick. Zwischendurch schaut er in meine Unterlagen, als würde er sie nicht längst kennen. Hier nennt man ihn nur Professor, aber er heißt Samuel Suter.
»Na, dann erzählen Sie mir mal, warum Sie gerade im Tierpark Goldau arbeiten wollen«, sagt er und lehnt sich zurück. Sein Blick bohrt weiter.
Ich kann ihm ja schlecht erzählen, dass ich meinen Arbeitsplatz freiwillig nie verlassen hätte. Aber ich bin vorbereitet.
»Der Tierpark gehört zu unserer Region, gehört zu meiner Kindheit, meinem Leben. Er ist eine sinnvolle Institution, die Familien den direkten Kontakt zu Tieren ermöglicht. Das wiederum löst Gefühle und Verbundenheit aus, und nur so können Tiere langfristig geschützt werden. Ich möchte für eine Firma arbeiten, hinter der ich voll stehen kann. Das ist mir wichtig. Und ich sehe hier interessante, vielseitige Arbeitsfelder.«
Ha! Bin ich gut oder bin ich gut?
Der Professor bohrt weiter. Ob er merkt, dass ich meine Antworten geübt habe? Er kann mich nicht aus dem Konzept bringen. Ich weiß, was ich sagen soll, wenn er nach Stärken und Schwächen fragt, könnte ihm sogar ein Tier nennen, das ich gern wäre, wäre

ich denn ein Tier, und dies begründen. Ich bin vorbereitet. Ich bin gut.

»Erzählen Sie mir mal von Ihren Haustieren.«

Ups. Jetzt ist es passiert. Jetzt hat er mich kalt erwischt.

Ich habe keines, hatte nur mal einen Hamster, der nicht lange lebte, und meine Mutter besaß einen Wellensittich, ein einsames Vogelwesen in einem viel zu kleinen Käfig. Einen Moment lang spiele ich mit dem Gedanken, dem Professor spontan eine ganze Batterie von tierischen WG-Bewohnern zu beschreiben. Aber dann wird mir sofort klar, dass dieser Schuss schnell nach hinten losgehen könnte. Zu viele Ideen, zu wenig Tierwissen.

»Ich verzichte seit Jahren bewusst auf Haustiere«, erkläre ich ihm, »da ich ihnen als Journalistin einfach nicht gerecht werden könnte. Aber es fällt mir schwer.«

Ha, ich erinnere mich gerade daran, wie wir uns gestritten haben, als Heidi einmal unbedingt eine Katze haben wollte oder als sie während der Sommerferien irgendwelche Tiere aus der Schule heimbrachte, selber aber verreiste und wir dann für sie sorgen mussten. Die Stabheuschrecken! Die Wühlmäuse! Ich habe das Viehzeug in unserer Wohnung gehasst. Und jetzt lüge ich vor dem alten Herrn das Blaue vom Himmel herunter. Heiligt der Zweck wirklich die Mittel?

»Im Krieg und in der Liebe ist alles erlaubt«, soll Napoleon einst gesagt haben. Über die Stellensuche hat er sich nicht geäußert.

Wir reden noch eine Weile über dies und das, auch über meine Gehaltsvorstellungen und mögliche Anstellungsbedingungen. Ich bin mit allem einverstanden. Er scheint auch angetan zu sein von mir und meiner Bewerbung.

»Wären Sie bereit, Mitte Monat anzufangen und zunächst ein Praktikum auf den verschiedensten Positionen im Tierpark zu machen? Von der Tierpflege bis zur Kioskfrau?«

Ich muss ein paarmal leer schlucken. Wie kommt er bloß darauf? Soll das ein Test sein?

»Ich möchte, dass Sie gleich von Anfang an mittendrin sind, sich im Park wirklich auskennen, wissen, worüber Sie schreiben und mit wem Sie es zu tun haben. Ich möchte, dass Sie sofort vernetzt sind mit allen Angestellten, denn das ist enorm wichtig. Wären Sie bereit?«

Neiiiiin!!!!!

»Aber sicher, Herr Suter, wenn Sie glauben, dass das wichtig ist«, antworte ich brav. Da reicht er mir die Hand und erklärt: »Sie haben den Job. Den Vertrag schicke ich Ihnen morgen zu.«

Ich habe einen Job!

Ich habe einen Job!

Ich habe einen Job!

Wir schütteln uns noch einmal die Hände, und der Professor begleitet mich aus seinem Büro. Im Empfangsbereich, wo mehrere Personen arbeiten, ruft er laut: »Das ist unsere neue PR-Frau, Anna Hunziker.« Die Leute mustern mich neugierig und gratulieren.

Und dann stehe ich vor dem Bürogebäude auf der Straße, und mir laufen die Tränen übers Gesicht. Ich empfinde große Erleichterung und Freude, gleichzeitig auch ein wenig Trauer und Angst: Das wars nun mit meiner Zeit als Journalistin. Jetzt fängt ein anderes Leben an.

Mein nächster Gedanke gilt Otto.

Jetzt brauchte ich ihn hier. Dringend. Ich rufe ihn an, koste es, was es wolle! Schnell tippe ich seine Nummer ein, und ausnahmsweise habe ich ihn sofort in der Leitung.

»Schön, dass du gerade jetzt anrufst«, ruft Otto erfreut in sein Handy. »Stell dir vor, ich bin im Samburu-Nationalpark. Wir sind gerade an einer Elefantenherde vorbeigefahren. Ich habe noch nie so viele Tiere gesehen, Giraffen, Gazellen, Hyänen, Krokodile. Wir konnten sogar einen Leoparden auf der Jagd nach einem Dikdik beobachten!«

Otto ist so begeistert, dass er sich gar nicht über meinen Anruf wundert, sondern einfach nur redet und redet. Endlich erlebt er das Afrika, von dem er wohl immer geträumt hat. »Es ist, als würden wir durch ein riesiges Bilderbuch fahren. Am liebsten bliebe ich hier.«

Ich will gerade von meiner neuen Stelle erzählen, als die Verbindung abbricht.

Eine Fernbeziehung ist wirklich das Letzte. Wir entfernen uns doch immer mehr voneinander, wenn wir beide so Wichtiges erleben und es nicht miteinander teilen können.

Am Abend steigt bei uns auf der Terrasse eine kleine Party. Auch ein paar Arbeitskollegen sind gekommen. Nur Otto ist weit weg, denkt wohl auch gerade an Tiere, nur halt an andere.

25

Meine letzten Wochen bei der »Zeitung Zentralschweiz« verfliegen im Nu. Ich arbeite mit vollem Einsatz. Manchmal träume ich, es könnte sich doch noch im letzten Moment etwas ändern und meine Kündigung würde zurückgenommen. Manchmal denke ich, die müssten doch realisieren, dass es ohne mich gar nicht geht. Aber nein, es wird ohne mich gehen. Und zwar schon bald.

Caro ist mit Adrian auf die Malediven geflogen. Heidi ist oft mit ihren Freundinnen unterwegs. Ich selber tue mir ab und zu einfach nur furchtbar leid.

Inzwischen haben Otto und ich uns mehrere E-Mails geschrieben. Sein Glücksrausch dauerte nicht lange. Nach seinem Ausflug ins Tierparadies hatte ihn der kenianische Alltag schnell wieder. Über meinen neuen Job hat er sich sehr gewundert.

»*Anna bei den Tieren!*«, konstatierte er in einer Mail und malte ein großes Lächeln daneben. »*Du machst mir Mut. Du wagst es, dich beruflich total zu verändern. Ich sollte das auch tun.*«

Er überlege sich ernsthaft, bald heimzukommen und sich um einen völlig anderen Job zu bemühen.

Otto kommt heim?

Mein Herz hüpft vor Begeisterung. Was für eine wunderbare Idee! Für alle Beteiligten! Ich könnte mir durchaus vorstellen, dass nicht einmal Sigi darüber traurig sein wird. Sie suchte eine Hilfskraft und hatte in Otto doch oft nur einen zusätzlichen Patienten.

Otto kommt heim.

Hoffentlich finden wir dann wieder zusammen. Richtig. Nicht nur räumlich.

Klara Kaufmann trifft sich mit mir im Tierparkcafé, als ich den unterschriebenen Vertrag zurückbringe. Es ist sonnig und warm. Wir sitzen draußen unter den Bäumen und trinken Kaffee.

»Das werde ich vermissen«, sagt sie und seufzt. In diesem Moment schrecke ich mit einem lauten Schrei hoch und gieße ein wenig Kaffee über mich. Gott, wie peinlich! Hoffentlich hat das keiner gesehen! Ein Huhn ist unter dem Tisch auf meine nackten Zehen getreten, und ich bin darüber so erschrocken, wie es sich für eine Tierparkangestellte nun wirklich nicht gehört. Klara lacht sich halb krank.

Ich schaue sie etwas gekränkt an.
»Ich frage mich gerade, wie du das Praktikum überstehen willst, wenn dir schon Hühner einen solchen Schrecken einjagen«, sagt sie japsend und lacht weiter. Das frage ich mich schon lange.
Klara wird schon Mitte Oktober im Tierpark aufhören, weil sie noch so viele Ferientage abbauen muss.

26

Mein erster Arbeitstag im Tierpark. Ich bin vorschriftsmäßig angezogen, trage also feste Wanderschuhe und habe Regenkleidung dabei. Morgens um sieben melde ich mich im Büro des Tierarztes und werde sehr herzlich begrüßt. Thomas ist ein schöner Mann, ein braun gebrannter Naturmensch, der sicher nicht nur mit Tieren gut umgehen kann. Wir finden sofort einen Draht zueinander. Über einen Seiteneingang betreten wir den Tierpark, der zu dieser Zeit noch frei von Besuchern ist. Ich wundere mich, dass wir in der Freilaufzone nicht von den hungrigen Tieren überrannt werden.
»Nein, nein, die kennen unsere roten Jacken und wissen, dass sie von uns nichts bekommen. Wir sind für sie eher die Bösen, die sie untersuchen und festhalten«, beruhigt mich Thomas und mustert mich von der Seite ein wenig belustigt. Aha, denke ich, so eine rote Tierparkjacke schützt also vor den Gehörnten. Gut zu wissen.
Im Wirtschaftsgebäude werde ich den Tierpflegern und Revierleitern vorgestellt. Viele Gesichter, viele Namen. »Du wirst heute in der Futterküche anfangen«, erklärt ein Revierleiter und teilt mich Petra zu.

Futterküche?
Ich bin erleichtert. Ich muss mich vor keinem Tier fürchten, nur ein wenig kochen oder so. Allerdings werde ich eines Besseren belehrt. Was dachte ich denn? Dass die Tiere hier mit Sonnenblumenkernen oder Pralinen gefüttert werden? Wir holen einige Kisten aus dem Kühlhaus, und als wir sie öffnen, wird mir ein wenig übel. Gefrorene Küken! Gefrorene Ratten! Gefrorene Hasen! Es gibt auch Gemüse und Früchte, aber ich starre immer nur auf die toten Tiere. »Die müssen wir jetzt zerkleinern«, erklärt Petra unbeeindruckt.
Sie schaut mich an und sieht mein Entsetzen. Ich schüttle mich einen Moment, und dann fällt mir ein, dass ich hier schließlich kein Lehrling bin und auch mal Nein sagen kann.
»Die Tiere sind deine Sache. Du bist der Profi«, erkläre ich deshalb. »Ich werde mich um das Gemüse und die Früchte kümmern.« Petra ist einverstanden.
Es gibt Verzeichnisse: Wer frisst was, wie oft und wie viel davon. Alles wird sorgsam abgewogen. Ich hacke und raffle und schneide und schäle. Auf großen Rollwagen werden für jedes Tier oder jedes Gehege Futterschalen vorbereitet, die dann von den Tierpflegern abgeholt werden. Für den Luchs gibt es natürlich riesige Fleischstücke. Wir sind fast den ganzen Morgen über beschäftigt. Es müssen endlos viele Töpfe und Gefäße ausgewaschen und desinfiziert werden. Dazu hören wir Radio und singen ab und zu mit. Petra ist eine richtige Frohnatur. Sie liebt ihren Job hier, auch wenn sie manchmal stundenlang Tiere zerlegen muss. Daheim habe sie ein Pferd, erzählt sie mir. Manchmal fehle ihr einfach die Zeit zum Reiten. Heute werde sie dann mittags reiten gehen, statt zu essen. Ich dagegen lege mich am Mittag auf eine Bank vor dem Wirtschaftsgebäude und schlafe ein. Am Nachmittag, als ich Mario zugeteilt werde, bin ich ganz entspannt. Ich habe etwas von

Enten gehört. Mit denen nehme ich es doch locker auf. Enten füttern konnte ich schon als Kind. Das ist einfach. Doch Mario führt mich zu einem Gehege mit riesigen, finsteren Tieren. Wisent! Mehrzahl: Wisente! Von wegen Enten! Mario schließt ein Gehege auf und bittet mich, ihm zu folgen.

»Wir gehen hier einfach rein?«, sage ich fassungslos.

»Hier drin sind keine Tiere«, lacht er mich aus. Wir stehen dann aber vor einem schweren Eisengitter, und sofort kommen die Tiere heran. Eines davon stößt mit seinen gefährlich nach außen gerichteten Hörnern böse an den Zaun.

»Das ist Indra, sie bekommt ein Junges. Daher ist sie ein wenig unwirsch.« Mario redet freundlich auf die riesigen Tiere ein, nennt sie beim Namen. Einige lassen sich von ihm sogar streicheln. Mario scheint einen guten Draht zu den Wisenten zu haben. Er nimmt sich Zeit für eine liebevolle Begrüßung. Dann dreht er sich zu mir um und erklärt: »Wir öffnen jetzt das Tor. Du bleibst einfach hinter mir, dann passiert dir nichts. Wir rennen ganz schnell durch die Herde hindurch und nützen den Überraschungseffekt aus. Sie können sonst ziemlich böse werden, wenn man ihnen Zeit gibt, nachzudenken.«

Die können denken? Ich werde blass.

In mir sträubt sich alles.

Nein, ich will nicht da rein!

Mario, der mich nicht aus den Augen gelassen hat, lacht jetzt laut. Er hat einen Witz gemacht.

»Sorry, aber du bist wirklich süß«, gluckst er und erklärt, nachdem er sich erholt hat: »Wir räumen jetzt hier auf, dann lassen wir die Tiere das Gehege wechseln und putzen das andere. Niemals betreten wir das Wisentgehege, während die Tiere drin sind. Niemals, nie!« So ein Wisent könne bis zu 800 Kilo schwer werden und sei trotzdem erstaunlich flink und manchmal sogar böse. Er liebe sie wirklich, diese großen Viecher, aber er habe Respekt vor ihnen. So räumen wir also auf, putzen, entfernen alte Äste und schaufeln riesige Dunghaufen weg. Neues Grünzeug wird ins Gehege gelegt, eine Futterstelle mit Heu aufgefüllt. Dann wechseln die Wisente das Gehege, und die gleiche Arbeit beginnt auf der anderen Seite. Mario überprüft ganz genau, ob alle Tore gut verschlossen sind. Mir tut schon der Rücken weh. Aber da muss ich durch. Anschließend gehen wir in einen Anbau des Wisentgebäudes. Darin steht eine Maschine, die Heuballen auflockert. Wir öffnen mit einem Messer die Schnüre der Heuballen, schmeißen die Ballen in die Maschine und türmen später das lockere Heu zu einem hohen Berg auf.

»So können wir eventuelle Fremdgegenstände entfernen«, erklärt Mario. »Ich habe da schon alles Mögliche aussortiert, das gefährlich ist, bis hin zur Messerklinge.«

Wir tragen Atemschutzmasken, weil wir mitten im Heustaub stehen, wie Mario erklärt, der unter Heuschnupfen leidet.

Dann soll ich das Kühlhaus putzen. Keine schlechte Tätigkeit, wo es doch heute so warm ist. Allerdings muss ich ganz schön viele tote Tiere herumschieben, damit ich Boden und Wände reinigen und desinfizieren kann.

»Hygiene ist bei uns sehr wichtig«, erklärt Mario und geht eine rauchen. Er freut sich, dass er einmal nicht alle Arbeiten selber erledigen muss. Verständlich. Nachdem das Kühlhaus gereinigt ist, geht es nämlich gleich weiter. Im Büro hätte ich längst zwei bis drei Kaffee getrunken. Wir putzen den Käfig der Waldrappe. Es ist sehr gewöhnungsbedürftig, die zwanzig großen Vögel mit den überlangen, spitzen Schnäbeln immer im Nacken zu wissen, während man gerade wischt und die Wasserbehälter auffüllt. Ich beeile mich. Damit alle Futter bekommen, wird dieses im ganzen Käfig verteilt. Einiges bewegt sich sogar noch. Frische Würmer?

»Ja, ja, frische Mehlwürmer«, erklärt Mario. »Das lieben die Tiere.«

Wäh! Augen zu und durch, denke ich.

Mario amüsiert sich sichtlich über mich. Er ist sonst ein eher ruhiger Mann und redet wenig. Erst am Ende des Nachmittags, als es dann doch noch eine Kaffeepause gibt, erzählt er mir von sich. Es erstaunt mich, dass er daheim eine riesige Voliere hat, dazu einen Hund, eine Katze und ein Aquarium. Diese Tierpfleger beschäftigen sich den ganzen Tag über mit Tieren, gehen dann heim und machen mit ihrer Arbeit weiter. Das nenne ich Idealismus. Ich bin davon beeindruckt. »Fast jeder Tierpfleger hat auch daheim Tiere«, sagt Mario nur. Und gerade als ich befürchte, er würde mich nach meinen Haustieren fragen, brechen wir wieder auf.

Hallo?

Ich bin müde.

Ich bin eine Schreibtischtäterin!

Und jetzt bin ich seit sieben auf den Beinen, ständig in Bewegung, immerzu unterwegs!

Holt mich hier raus!

»Wir gehen noch kurz um den Teich«, erklärt Mario. Der Blauweiher ist groß, und wir nehmen Futter mit. Futter für Enten und andere Wasservögel und was mich wirklich erstaunt: für die Karpfen. Der ganze Teich ist voller Karpfen. Als Mario das Futter hineinwirft, bietet sich ein unglaubliches Schauspiel: Tausend Mäuler ragen aus dem Wasser und schnappen danach. Die ganze Wasseroberfläche besteht nur noch aus Mäulern und Schlünden! Ein schauerliches Bild, aber auch faszinierend.

»Mit denen könnte man ja ganz Goldau ernähren«, denke ich laut.

Mario verneint: »Die schmecken nicht. Dafür sind sie wohl schon zu lange in dieser Brühe drin. Das haben wir schon ausprobiert.«

Auf dem Weg zurück zur Futterküche besuchen wir noch schnell die Landkröten und begießen sie in ihrem Terrarium mit etwas Wasser. Dann stehe ich einen Moment lang in einem Gehege, ohne zu wissen, wer darin wohnt. Husch, rennt ein Tier mir fast über die Füße und wieder davon, und husch, kommt es noch einmal aus einer anderen Richtung und zischt ganz nahe an mir vorbei. Mein Herz steht fast still.

»Das ist Geni, der Iltis«, erklärt Mario. »Er macht sich einen Spaß daraus, uns zu erschrecken.«

Wir füllen die Futterstellen des marderähnlichen Wesens auf, und dann habe ich Feierabend.

Ich fahre heimwärts und bin todmüde. Zu Hause angekommen, wollen Caro und Heidi alles über meinen ersten Tag im Tierpark wissen, aber ich bin ziemlich kurz angebunden. Mein Rücken tut weh, und ein Handgelenk schmerzt. Ich will nur noch unter die Dusche und ins Bett. Dort liege ich dann und sehe noch beim Einschlafen lauter schnappende Karpfen vor mir.

27

Am nächsten Morgen wache ich auf und fühle mich ziemlich gerädert, und das schon nach einem einzigen Arbeitstag. Mein Handgelenk schmerzt, und der Rücken tut weh wie am Tag zuvor. Dabei habe ich gar nicht die gleiche Arbeit gemacht wie die Profis. Meist war ich nur Mitläuferin. Ich habe großen Respekt vor der Arbeit der Tierpfleger. Falls der Professor das erreichen wollte, dann ist es ihm gelungen!

»Heute fangen wir die Kolkraben und die Schwarzspechte ein. Sie bekommen eine Wurmkur und werden gewogen«, erklärt Barbara, der ich an meinem zweiten Tag zugeteilt werde. Ein ganzes Team kommt dafür mit in die Volieren, und es gibt eine wilde Fangerei. Man könnte ein Computerspiel daraus machen, denke ich, bis ein Tier beinahe mitten in mein Gesicht hineinfliegt und mir sämtliche Gedanken vertreibt. Thomas, der Tierarzt, gibt den Vögeln ihre Medizin, danach wird jeder in einem Sack gewogen, und bald schon fliegen sie wieder, wettern aber noch eine Weile aufgeregt vor sich hin. Danach muss ich jede Voliere mit dem Rechen säubern. So viele Vögel. Bald werde ich jeden persönlich kennen.
Als Nächstes darf ich die Zuchtstation der Mehlwürmer, Grillen und Heimchen besuchen. Hässliches Getier! Wäh! Darauf hätte ich verzichten können. Die Würmer fressen gern Mohrrüben und Fischfutter. Irgendwie juckt es mich schon überall. Aber es kommt noch besser: Mit den Eulen, durch deren Gehege die Besucher normalerweise spazieren können, während die Tiere frei herumfliegen, gibt es ein Problem. Einzelne Tiere verhalten sich seit kurzem erstaunlich aggressiv, und es gab Drohflüge gegen Besucher. Sie sind ganz nahe über deren Köpfe hinweggeflattert und haben Angst und Schrecken verbreitet. Das sei sehr untypisch. Man musste das Gehege schließen.

»Jetzt wissen wir aber, was los ist. Die Eulen sind von einer Flohfliege befallen. Diese Viecher setzen sich unter den Flügeln fest und jucken ganz hässlich. Da würden wir auch verrückt werden«, erklärt Barbara.

Man drückt mir eine Kamera in die Hand. Ich soll die Aktion fotografieren. Die Volieren sind riesengroß. Ein paar gestandene Männer sind damit beschäftigt, die Eulen aufzuscheuchen und einzufangen. Dann werden die Tiere mit einem Insektenschutzmittel eingesprüht, die Männer auch. Die Parasiten gehen also auch auf Menschen!? Jetzt juckt es mich noch mehr. Eine Stunde verbringen wir bei diesen Federviechern. Es sind eindrückliche Tiere mit riesigen Augen, wunderschön gezeichnet und mit enormer Flügelspannweite. Wenn sie sich aufplustern, könnte man Angst bekommen. Ich fotografiere und versuche dabei, den Eulen nicht zu nahe zu kommen. Nein, ich bin keine Heldin. Ich will keine Flohfliegen!

Gut, dass es auch harmlosere Aufgaben gibt. Ich muss ein Pferd von einer Koppel holen und auf eine andere Wiese bringen. Nur führt der Weg durch den ganzen Park, und dieser ist heute gut besucht. Viele Schulklassen sind hier, und es geht laut und wild zu und her. Meinem Pferd gefällt das gar nicht, und ich rede beruhigend auf das Tier ein, was streckenweise sogar funktioniert. Später entfernen wir Brennnesseln im Gehege der Schneehasen. Keine schwierige, nur eine schweißtreibende Beschäftigung. Auch im Fischottergehege krieche ich herum, verteile Futter und putze die Sichtfenster. Das Tier versteckt sich so lange vor uns. Ich habe nichts dagegen. In der riesigen Voliere der Bartgeier, die hier für die Auswilderung gezüchtet werden, lehrt man mich wieder das Fürchten. Die Tiere sind extrem groß und beobachten argwöhnisch alle unsere Schritte.

»Sie fressen nur tote Tiere, vor allem Knochen«, beruhigt mich Barbara, während sie Futter verteilt und die Vögel dabei genau anschaut. Sie erklärt: »Füttern und Putzen ist eine Sache. Wir behalten die Tiere dabei immer genau im Auge, schauen, ob sie sich normal verhalten, und melden jede Veränderung sofort dem Tierarzt. Und wir zählen natürlich, ob alle da sind.«

Bei den Bartgeiern rennen auch ein paar Hasen durch die Voliere und scheinen sich vor den Greifvögeln nicht zu fürchten. Barbara berichtet: »Bereits zwölf Bartgeier aus dieser Voliere leben inzwischen irgendwo frei in den Bergen. Das ist unser größter Stolz.

Unsere Bartgeier sind eines der erfolgreichsten Auswilderungsprojekte weltweit!«

Es ist unglaublich heiß, die Septembersonne gibt alles, und am Abend bin ich wieder völlig erledigt. Ich habe Schmerzen.
Wo?
Wo nicht?
Erstmals wird mir klar: Ich werde das niemals einen Monat lang aushalten! Aber ich muss. Ich werde mich darauf konzentrieren, einen Tag nach dem anderen anzugehen. Immerhin fühle ich mich tatsächlich schon sehr integriert. Ich habe viele Menschen kennen gelernt und gern mit ihnen gearbeitet. Sie haben mir alle meine Fragen beantwortet, geduldig und ausführlich, ja, sie schienen sich über mein Interesse geradezu zu freuen. Die Stimmung im Tierpark Goldau ist prima, also kann es kein schlechter Arbeitsplatz sein. Und die Idee mit dem Praktikum ist gut, keine Frage. Doch wenn ich einen Monat so weiterarbeite, werde ich krank. Oder aber ich wachse über mich hinaus, baue Muskeln auf und entwickle Fähigkeiten, wie ich sie nie für möglich gehalten hätte. Ein Experiment, ein Selbstversuch, ein Überlebenstraining?

Vom sonnigen, warmen Abend bekomme ich jedenfalls auch heute nichts mit. Zu Hause lege ich mich sofort in die Badewanne und hoffe, so alles zu ertränken, was sich an lebendigen Kleinwesen an meinem Körper eingenistet haben könnte. Außerdem tut das heiße Bad dem geschundenen Rücken gut.
Otto ruft an, und das ist die beste Medizin. Wir können natürlich nur ganz kurz reden, denn sonst kostet es zu viel. Aber ich spüre, dass er dabei ist, sich von Kenia zu lösen. Ich bedränge ihn nicht, aber ich bin überzeugt davon, dass er heimkommen sollte. Sein afrikanischer Traum ist doch längst zum Albtraum geworden.

Meist ist er krank oder verletzt, klingt traurig und enttäuscht. Nein, mein Dudu ist einfach nicht afrikatauglich. Und es ist besser, er begräbt seinen Traum, bevor er ernsthaft krank wird.

»Caro und Heidi lassen dir ausrichten, dass du schon eine Weile bei uns wohnen kannst, wenn du heimkommst«, darf ich ihm noch sagen, bevor die Leitung mal wieder abbricht, ohne jegliche Vorwarnung, einfach so. Jedes Mal tut das weh, und ich bleibe leer zurück und frage mich: Wozu das alles? Wie lange noch? Hält unsere Liebe das aus? Aber vielleicht kommt er ja bald heim. Ein tröstlicher Gedanke.

28

Heute beginnt mein dritter Arbeitstag, und ich mache mir Sorgen. Mein Rücken hat sich über Nacht erholt und tut nicht mehr weh. Dafür schmerzt mein linkes Handgelenk noch immer heftig, der Schmerz klopft richtig darin. Ich hatte schon einmal vom vielen Tippen eine leichte Sehnenscheidenentzündung, und ich weiß, ich müsste jetzt eigentlich die Notbremse ziehen. Aber das kann ich mir nicht erlauben. Also beiße ich die Zähne zusammen und ziehe wieder los in Richtung Goldau zu meinen Tieren.

Bei den Steinböcken muss ich gleich ran. Mit einem groben Reisigbesen kehre ich haufenweise Tierkot zusammen. Da ich mit dem altmodischen Besen nicht so gut zurechtkomme, fliegt der kugelförmige Mist anfangs in alle Richtungen, von wo ich ihn dann erneut zusammenkehre.

Die Steinböcke beeindrucken mich. Der größte steht wie eine imposante Statue die ganze Zeit über stolz und unbewegt auf einem hohen Felsbrocken und beobachtet mich. Ein anderer sucht meine Nähe. Er legt sich extra genau dorthin, wo ich kehren muss. Offensichtlich findet er das irgendwie cool. Ich fege vorsichtig um ihn herum, aber es ist ihm total egal, er scheint es zu lieben. Die angsteinflößenden Hörner versuche ich zu ignorieren. Martina lacht nur. Die Tierpflegerin kennt die Gewohnheiten ihrer Zöglinge. Zu den groben Besen meint sie: »Das sind die besten, man muss sich nur dran gewöhnen. Man kann gut damit arbeiten, auch im Winter oder wenn es ganz nass ist, und wir können sie selber reparieren.«

Na ja, ich werde mir keinen kaufen. Ganz bestimmt nicht.

Anschließend gehen wir zu den Zwergziegen in den Streichelzoo. Martina schickt mich mit einem Eimer voller Futter in das Gehege. »Schütte das Futter in die Futterkrippe dort vorn«, bittet sie mich und zeigt, wohin ich mit dem Futter gehen soll.

Eine leichte Übung, denke ich. Mit Zwergziegen habe ich keine Probleme.

Falsch gedacht: Ich habe keine Chance!

Nicht die geringste.

Die Tiere rennen auf mich zu und umzingeln mich, bis ich keinen Schritt mehr gehen kann, egal, wie ich es anstelle. Irgendwann drehe ich mich verzweifelt zu Martina um, und sie lacht Tränen. Schön, dass ich so viel Heiterkeit in den Tierpark bringe. Wenn ich so weitermache, werde ich sicher noch Mitarbeiterin des Monats. Zur Belohnung darf ich noch einmal die Füchse füttern und streicheln. Im Gehege nebenan sind die Dachse zu Hause. Sie bekommen ein Stück Rindsschulter, das wir an einem Baum aufhängen. Hier fange ich mir einen ordentlichen Stromschlag ein, obwohl ich den Zaun gar nicht berühre, sondern nur einen Ast, der aber den Strom leitet. Jedenfalls tut es richtig weh. Aber das ignoriere ich jetzt. Ich bin hart im Nehmen.

Wenn wir von Gehege zu Gehege unterwegs sind, stütze ich inzwischen meinen linken Arm mit dem rechten. Der Schmerz zieht vom Handgelenk hoch bis zur Schulter. Als ich am frühen Nachmittag dabei bin, große Gefäße und Bauteile aus den Gehegen mit einem Hochdruckreiniger abzuspritzen, kommt Thomas, der Tierarzt, vorbei. Er ist einer, der im Leben angekommen ist, seinen Beruf liebt und hier in seinem Element ist. Gut, dass er mich nicht bei den Zwergziegen gesehen hat.

»Und, wie geht es so?«, fragt er und mustert mich. Wir kommen ein wenig ins Plaudern. Plötzlich bemerkt er, dass ich meinen linken Arm halte.

»Was ist los?«, will er jetzt genau wissen, und so erzähle ich ihm von meinen Schmerzen, auch wenn es mir peinlich ist und ich meinen Job keinesfalls gefährden möchte.

»Du gehst jetzt heim!«, sagt er und schaltet den Hochdruckreiniger aus.

»Nein, das geht auf keinen Fall. Ich will doch meinen Job nicht verlieren! Dieses Praktikum war Bedingung. Suter will das so.«

»Der Professor? Blödsinn! Der würde doch selber keinen Tag hier durchhalten, wenn er mit den Pflegern arbeiten müsste, so fett, wie er ist. Klara hat das auch nie gemacht. Die hätte sich doch glatt einen Fingernagel abgebrochen.«

Er finde zwar die Idee mit der Praxisnähe auch gut, aber doch nicht so. Das könne man auch anders machen.

»Lass das mal meine Sorge sein«, erklärt er mir auf meinen fragenden Blick hin.

Er nimmt mich mit in seine Praxis, wo er sich meinen Arm noch einmal anschaut, zart mein Handgelenk befühlt und mir dann eine Salbe in die Hand drückt.

»Die ist super, mit der reibst du deinen Arm und dein Handgelenk ein. Das wird schnell helfen.«
»Ein Medikament für Tiere?«
»Tiere sind auch nur Menschen«, lacht er. »Wehe, wenn ich dich heute noch einmal irgendwo sehe. Das ist eine Anweisung. Ich bin hier auch so eine Art Chef.«
Er mache sich jetzt auf den Weg zum Professor und werde da mal ein paar Dinge klarstellen, lässt er mich wissen.
»Da komme ich doch besser mit«, erkläre ich ihm und versuche, mit ihm Schritt zu halten. Es ist ja schön, dass sich jemand so für mich einsetzt, aber ich will meinen Job nicht verlieren, bevor ich ihn richtig angetreten habe.

Der Professor sitzt an seinem Schreibtisch, dessen Oberfläche mit Papierstapeln dermaßen zugedeckt ist, dass er nur noch eine kleine Fläche zum Arbeiten frei hat. Er zwirbelt an seinem Schnurrbart und schaut verärgert auf, als wir sein Büro betreten.
»So geht das nicht!«, fällt Thomas gleich mit der Tür ins Haus. »Du kannst nicht Schreibtischmenschen einfach in der wilden Natur aussetzen. Diese Frau hat eine Sehnenscheidenentzündung, weil sie sich all diese Arbeiten nicht gewohnt ist. Und sie hat sich auch nicht dafür beworben. Sie soll ja in Zukunft wieder am Schreibtisch sitzen, so wie du.«
Er finde die Idee grundsätzlich ausgezeichnet, dass die Leute aus der Chefetage mehr Kontakt zu den Pflegern und den Tieren haben.
»Aber das kann man doch anders regeln«, belehrt Thomas den Tierparkdirektor. »Ich möchte dich mal sehen, wenn du plötzlich einen Tag lang von einem viel beschäftigten Tierpfleger im Park herumgehetzt werden würdest, ständig putzen und füttern müsstest, Schweres heben, schaufeln, wischen, jäten, rechen.«

Mir wird angst und bange. Thomas legt sich ja richtig ins Zeug. Ich fühle mich geschmeichelt ob seiner großen Fürsorge, aber wie wird unser Chef auf diese Standpauke reagieren?
Ich stehe sprachlos daneben und werde immer blasser.
»Setzen!«, brüllt Suter uns plötzlich an und zeigt auf zwei Stühle vor seinem Schreibtisch. Wir setzen uns. Ich würde mich am liebsten gleich unter den Schreibtisch verkriechen. Er wühlt in seinen Papieren. Mir ist richtig übel. Wie konnte Thomas so auf ihn losgehen? Das kann man doch auch mit mehr Feingefühl machen, mit Diplomatie. Schließlich geht es hier um meinen Job! Aber plötzlich sehe ich die Mundwinkel meines Chefs verdächtig zucken. Er lacht. Er lacht! Ich bin so erleichtert.
»Meine Güte, Thomas, wie du dich immer echauffieren kannst!«, brummelt er kopfschüttelnd. »Ich gebe ja zu, ich habe manchmal spontane Ideen, die sich dann nicht so gut in die Praxis umsetzen lassen. Die Idee finde ich übrigens auch jetzt noch gut. Wenn ich höre, wie du dich für unsere Anna ins Zeug legst, dann hat das Praktikum schon etwas bewirkt: Sie gehört bereits dazu, ihr haltet zusammen.«
Er lächelt mich freundlich an. »Gehen Sie heim, Anna. Ich habe nur Gutes über Sie gehört. Alle haben sich gefreut, mit Ihnen zu arbeiten. Ich weiß nicht, ob die Kollegen über mich auch so geredet hätten, wenn ich im Park hätte mitarbeiten müssen.«
Morgen solle ich dann meinen normalen Dienst im Büro antreten. »Klara muss früher aufhören als erwartet. Wir hatten wohl ihr Ferienguthaben nicht richtig berechnet. Also solltet ihr die gemeinsame Zeit nützen, damit Sie dann eingearbeitet sind, wenn Klara geht.«
Als sein Telefon klingelt, scheucht er uns mit einer Handbewegung aus dem Zimmer, lächelt aber noch immer.

Wir stehen vor dem Haus. Ich würde Thomas am liebsten eine reinhauen.
»Du bist sauer?«, fragt er belustigt. »Ich hätte ein kleines Dankeschön erwartet.« Aber dann, bevor ich ihm tatsächlich an die Gurgel springe, erklärt er: »Der Professor ist mein Onkel. Ich weiß genau, wie ich mit ihm umgehen muss und wie weit ich gehen kann. Ich hätte niemals deinen Job gefährdet. Dafür finde ich es viel zu schön, dass du zu unserem Team gehörst.« Er lächelt mich an, und schon hat er mir den Wind aus meinen geblähten Segeln genommen. Es ist tatsächlich ein schönes Gefühl, dass sich jemand so für mich einsetzt und den Ritter für mich spielt. Und es ist nicht einfach irgendjemand, es ist Thomas, der Tierarzt.
Er legt mir kurz die Hand auf die Schulter und sagt: »Gute Besserung, Anna.«
Worauf ich mich dann doch noch bedanke, dabei aber leicht ins Stottern gerate und erröte wie ein verlegener Teenager.
Auf der Heimfahrt habe ich ein unerklärliches Dauerlächeln im Gesicht, obwohl ich Schmerzen habe, müde und dreckig bin.

Daheim angekommen, dusche ich heiß und kalt, enthaare sorgfältig meine Beine und zupfe an meinen wilden Augenbrauen herum. Dann stopfe ich meine Arbeitskleider in die Waschmaschine. Ich überlege, was ich morgen Schönes anziehen könnte, und wundere mich über mich selber. Was ist los mit mir?

»Thomas, der Tierarzt, aha.«
Meine Freundinnen, denen ich beim Abendessen die Geschichte in Kurzfassung und, wie ich glaube, völlig neutral erzähle, schnappen natürlich nur das auf, was für sie spannend klingt.
»Thomas, der Tierarzt«, kichern sie immer wieder vor sich hin. Und dann kommen die dämlichen Varianten: »Der Tierarzt, dem

die Frauen vertrauen ... Tierarzt Thomas, der Frauenflüsterer, hahaha.« Schließlich muss ich ihnen auch noch meinen optischen Eindruck von ihm beschreiben, und ich kann ihn ja nicht hässlicher machen, als er ist.
»Mister Perfect«, sagt Heidi vielsagend. »Wollen wir wetten?«
Caro hat ihn bereits auf ihrem iPad gegoogelt. »Er scheint ledig zu sein, und er sieht wirklich verdammt gut aus. Er könnte auch schwul sein«, meint sie trocken.
Natürlich. Gut, dass wir darüber gesprochen haben.
Ich lasse die beiden mit ihren albernen Spekulationen allein und gehe in mein Zimmer, wo ich Otto eine SMS schreibe. Ich bin eine treue Seele.
Ich liebe Otto.
Er wird heimkommen, und dann wird alles gut.
Mit diesem Gedanken, den ich wie ein Mantra ständig wiederhole, schlafe ich schließlich ein.

29

Meine neue Arbeit im Tierpark Goldau ist spannend und vielseitig. Sie fordert mich heraus, überfordert mich jedoch nicht. Ich lerne viel Neues, Tag für Tag, und habe gar nicht so viel Zeit, meinem Leben bei der Zeitung nachzuweinen. Die Tage fliegen nur so dahin. Die erste Pressemitteilung, die ich veröffentlichen darf, gefällt mir: Indra, die Wisentkuh, hat im hohen Alter von zwanzig Jahren ein Stierkalb geboren. Noch sieht das Tier harmlos aus, ohne Hörner, ist aber doch schon 25 Kilo schwer. Ich darf Fotos machen, kurz über Wisente recherchieren, mit Thomas reden und schreibe dann meinen ersten Newsletter und die erste Presseeinladung. Klara Kaufmann hat mir perfekte Vorlagen gemacht, die alle ordentlich auf dem Computer abgelegt sind. Es kann fast nichts schiefgehen. Beim Gestalten meiner ersten Ausgabe der monatlich erscheinenden Tierparkzeitung hilft mir Klara. Mit InDesign, dem in unserer Branche gängigen Layout- und Satzprogramm, kenne ich mich zum Glück schon sehr gut aus. Trotzdem gibt es immer wieder auch Probleme und viel Neues, das ich lernen muss. Jeden Abend komme ich mit einem Kopf heim, der sich anfühlt, als wäre er während des Tages ein paar Kilo schwerer geworden.

Thomas kümmert sich weiterhin um mich. Sein Büro liegt neben meinem, und seine Tür ist immer offen. Er beantwortet alle meine Fragen mit Geduld. Aber ganz ehrlich: Ich gehe Thomas lieber aus dem Weg. Nicht, dass er mir nicht gefallen würde. Ganz im Gegenteil. Ich möchte nur mein Leben nicht verkomplizieren. Mit seinen strahlenden Augen, seinem glücklichen Lachen, seiner ganzen Ausstrahlung bringt er mich etwas aus dem Konzept. Thomas ist total aufmerksam und zuvorkommend und dann auch wieder in der genau richtigen Dosis zurückhaltend. Ich denke viel zu viel über ihn nach.

Ich habe ein richtig schlechtes Gewissen, als ich erst nach ein paar Tagen realisiere, dass Otto sich schon seit einer Weile nicht gemeldet hat. Ich fange an zu rechnen und bemerke: Es ist jetzt zehn Tage her, dass er zum letzten Mal ein Lebenszeichen von sich gegeben hat. Was ist passiert? Ist er so krank geworden, dass er mir nicht Bescheid geben kann? Vielleicht ist er verletzt? Oder er wird vermisst? Und ich beschäftige mich unterdessen mit schönen Tierärzten! Ich fühle mich wie eine Verräterin.

»Sigi hätte dich bestimmt benachrichtigt, wenn etwas passiert wäre«, beruhigt mich Caro. »Du weißt doch, wie schlecht die Telefonverbindungen manchmal sind. Vielleicht gibt es ein technisches Problem.«

»Zehn Tage lang? Nein!«

Ich versuche ab sofort alle paar Stunden, Kontakt mit Otto aufzunehmen, schreibe SMS, schicke E-Mails oder rufe an. Leider ohne Erfolg.

Mein schlechtes Gewissen lässt mich nicht mehr in Ruhe. Zum ersten Mal habe ich nicht einmal bemerkt, dass Otto sich nicht gemeldet hat. So weit ist es schon mit uns gekommen. Traurig! Und wenn er meine Hilfe braucht?

»Er braucht doch immer irgendwie Hilfe«, spottet Heidi. »Und irgendwoher bekommt er sie auch immer.«

Zum ersten Mal spüre ich, dass meine Freundinnen nicht mehr besonders viel von Otto halten, was mir wehtut.

»Schau mal, jeder kann doch mal scheitern. Aber was ich nicht leiden kann, sind Typen, die sich ihren Problemen nicht stellen, sondern ständig davonlaufen. Typen, die glauben, die Lösungen lägen immer anderswo, genauso wie die Probleme. Dabei sind sie selber der Mittelpunkt von allem. Vielleicht läuft er gerade mal wieder vor sich davon«, sagt Caro ziemlich ungerührt.

»Er ist sensibel und weich, was eigentlich wunderbare Eigenschaften sind, gerade für einen Mann. Ich stelle mir nur langsam die Frage, wie lebenstauglich er ist und ob man ihm helfen kann. Oder ob es ist wie bei einem Suchtkranken: Er zieht andere nur mit runter, solange er seine Probleme nicht erkennt«, kommt nun auch Heidi daher.

»Immerhin hat er versucht, seinen Traum zu realisieren. Das muss man ihm zugutehalten«, resümiert Caro. »Damit zeigt er schon mal mehr Mut als die meisten Menschen.«

Ich sage dazu gar nichts. Ich sorge mich.
Ja, Otto ist schwierig, und unsere Beziehung ist es auch.
Aber vor allem soll es ihm gut gehen.
Ich muss sogar Helena aus dem Altersheim einspannen, um schließlich zu erfahren: Otto ist gar nicht mehr im Spital. Er hat gekündigt, ist aber nach wie vor irgendwo in Kenia. Mehr kann mir Helena auch nicht sagen.
Dieser Mann ist und bleibt ein Rätsel.

Gut, dass ich einen Job habe, der mich interessiert und von meinen Gedanken ablenkt, die sich sowieso nur im Kreis drehen. Zusammen mit Thomas und dem Professor arbeite ich an einer Ausschreibung von Kursen für Natur- und Tierfreunde. Im Tierpark kann man nun das Schweizer Sportfischer-Brevet erwerben, Vögel beobachten oder mit einem Ranger und einem Naturfotografen auf Pirsch gehen. Diese Kurse sind neu und müssen unter möglichen Interessenten bekannt gemacht werden. Vom Erfolg sind wir alle überzeugt. Für unsere monatlich erscheinende Zeitung bereite ich eine Rubrik mit Porträts von allen Angestellten des Tierparks vor. Ich weiß ja schließlich genau, wie viel diese Menschen zu erzählen haben. Der erste Spatenstich für das neue Restaurant ist natürlich eine Riesensache und wird von uns groß zelebriert und vermarktet. Immerhin müssen wir dafür etwa neun Millionen Franken investieren. Diese Baustelle wird im kommenden Jahr eines unserer Hauptthemen sein.

Ja, ich rede schon von »wir«, wenn ich den Tierpark Goldau meine. Das freut mich selber. Ich wurde in die Gemeinschaft aufgenommen, gehöre dazu und fühle mich wohl. Das Team funktioniert großartig. Und ich rede nicht nur von Thomas. Er ist allerdings die Krönung des Ganzen, denn er steht oft vor meiner Bürotür, lächelt und fragt: »Kann ich etwas für dich tun?« Natürlich ist er meist im Park unterwegs, aber plötzlich steht er wieder da und fragt: »Trinkst du einen Kaffee mit mir?«, oder: »Gehst du mit mir Mittag essen?«

Thomas weiß längst, dass ich mich um Otto sorge, so wie er überhaupt langsam alles über mich weiß. Er hingegen spricht selten von sich, sondern vor allem über Tiere. Darüber weiß er so viel und ist trotzdem nie überheblich. Thomas ist so mit der Tierwelt verwachsen, dass er begeistert Geschichten davon zu erzählen weiß, und ich hänge dabei an seinen Lippen. Manchmal verliere ich ein wenig den Faden, weil ich ihn beobachte; wie er strahlt und wie er mit seinen Händen jedes gesprochene Wort unterstreicht, als wäre er ein Südländer.

Klara Kaufmann findet, wir würden erstaunlich vertraut miteinander umgehen. »Ehrlich, Anna, ich bin überrascht. So viele Frauen haben sich schon an Thomas rangemacht, ich auch. Ich fand ihn hinreißend, aber da war eine Mauer. Ich habe schnell gemerkt, dass ich keine Chance habe. Und du kommst daher und läufst durch diese Mauer einfach hindurch. Da wüsste man schon gern, was dein Geheimnis ist.«

Ist sie etwa eifersüchtig?

»Aber da ist nichts. Ich habe doch Otto«, versuche ich mich herauszureden. Dabei weiß ich selber, dass da sehr wohl etwas ist. Ein Nichts, aber ein ganz besonderes, das wir wohl beide nicht benennen können und wollen. Ich jedenfalls nicht.

30

Otto bleibt verschollen. Manchmal, wenn es an der Tür klingelt, erwarte ich, dass er dasteht, mit Sack und Pack. Inzwischen versuche ich nur noch einmal im Tag, ihn zu erreichen. Er weiß bestimmt, dass ich mir Sorgen mache. Ich spüre, da ist etwas im Gange, das ich nicht verstehen kann, nicht verstehen muss. Wäre er in Not, würde er sich an Sigi wenden. Ich bin enttäuscht, weil ich den Eindruck nicht loswerde, bewusst außen vor gelassen zu werden. Ich fühle mich sehr allein und im Stich gelassen. Einmal hatte er mir geschrieben: *»Zweifle nie an meiner Liebe, wenn du mal eine Weile nichts von mir hörst. Ich bin im Herzen immer bei dir.«* Aber das spüre ich im Moment überhaupt nicht. Ich glaube eher, dass er wieder einmal wichtige Entscheidungen ohne mich trifft.

Klaras Abschiedsfest rückt näher, und es soll ein schönes, großes Personalfest im Tierparkrestaurant werden. Klaras Mann Long-John, ein Jamaikaner, wird mit seiner Band spielen. Die beiden werden eine Musikbar in Jamaika mit angeschlossener Tauchschule übernehmen. Jeder von uns hier musste Klara schon versprechen, sie einmal in ihrer neuen Heimat zu besuchen. Jamaika. Ich weiß nicht einmal genau, wo das liegt, aber es klingt nach Reggae, und ich höre die Wellen rauschen, spüre die Sonne auf meiner Haut. Ob es nur ein Traum ist, ohne Hand und Fuß, wie bei Otto? Immerhin kommt Long-John aus Jamaika, und auch Klara war be-

reits mehrmals vor Ort, kennt Land und Leute, kennt sogar das Lokal. Es könnte also gut gehen. Aber wer kann das vorher schon so genau wissen. Ich bewundere den Mut der beiden, und ich werde sie bestimmt einmal besuchen.
»Wir kommen euch besuchen«, sagt Thomas zu Klara in einer Kaffeepause und legt dabei den Arm um mich, nur ganz kurz und wirklich nur im Spaß. Ein netter Spaß. Einen Moment lang stelle ich mir vor, wie wir gemeinsam ins Flugzeug steigen. Gut fühlt sich das an. Jamaika klingt verheißungsvoll wie ein kleiner Zauber. Klara schaut mich vielsagend an.

Ich bin angekommen im Tierpark. Und ich habe mich bewusst nicht mehr auf der Zeitungsredaktion gemeldet. Eines Abends steht Aurelia vor meiner Tür. Sie ist völlig aufgelöst, und es dauert eine ganze Weile, bis sie überhaupt erzählen kann. Ich habe ihr inzwischen einen Kaffee gekocht, und wir haben es uns auf dem Balkon gemütlich gemacht.
»Wir hatten gerade eine Sitzung. Bruno Bertolini und Daniel Schriber waren da.«
Oh, die großen Bosse aus der Zuger Zentrale. Die besuchen wirklich selten die Lokalredaktionen. Ich habe die beiden all die Jahre kaum einmal zu Gesicht bekommen.
»Ich wusste gleich: Das bedeutet nichts Gutes. Aber ich hätte mir nie vorstellen können, was sie wirklich wollten«, erklärt Aurelia. Sie nimmt noch einen Schluck Kaffee, und dann lässt sie die Bombe platzen: »Im März wird unsere Redaktion total aufgelöst! Wir verlieren alle unsere Jobs. Die Redaktion Uri wird zukünftig auch den Schwyzer Teil übernehmen. Das ist der Hammer!«
Sie schaut mich an und weint.
Aurelia weint! Ich habe sie immer nur stark und aufgestellt erlebt. Sie selber hat mich schon tausendfach aufgemuntert. Sie hat mir

ja eigentlich auch die Stelle im Tierpark vermittelt. Ich bin überzeugt, dass Aurelia einen neuen, guten, vielleicht besseren Job finden wird, dass ihr viele Wege offen stehen. Aber ich werde jetzt nicht das tun, was mich so gestört hat, als ich in Aurelias Situation war.
Keine Ratschläge.
Keine Weissagungen.
Keine Kalendersprüche.
Ich nehme meine Kollegin einfach in den Arm. Bei mir darf sie traurig und verunsichert sein. Sie beruhigt sich schnell wieder und fragt mich nach meiner neuen Arbeit aus. Es tut ihr gut, zu sehen, dass ich wieder zufrieden bin, obwohl ich nach der Kündigung so untröstlich war.
Dann diskutieren wir noch eine Weile über das Zeitungssterben. Der Anzeigenmarkt bricht immer mehr zusammen. Aurelia berichtet: »Selbst unser Chef gab zu, er habe sein Auto über ein Internetportal zum Verkauf ausgeschrieben, innert eines Wochenendes 600 Aufrufe zählen können und den Wagen zu einem guten Preis und mit lächerlichen Gebühren verkauft. Ein Inserat in unserer Zeitung hätte zehnmal so viel gekostet und weniger Autofreaks erreicht.«
Auch ich habe freie Stellen in erster Linie über das Internet gesucht, wo ja auch die Jobs verzeichnet waren, die gleichzeitig in Zeitungen annonciert wurden. Und als Caros Adrian neulich sein Elternhaus verkaufte, musste er es nur in einem einzigen Immobilienportal anbieten, und schon war es weg. Es ist also kein Wunder, wenn die Zeitungen keine Inserate mehr verkaufen können.
»Dazu brechen uns wegen der Gratiszeitungen und der vielen Angebote für Online-Nachrichten auch noch die Abonnenten weg...«, ergänzt Aurelia meine Überlegungen. »Sei froh, dass du raus bist aus dieser Branche. Obwohl es heute ja fast keine krisen-

sicheren Berufe mehr gibt. Höchstens vielleicht auf dem Arbeitsamt?«
Sie kann schon wieder lachen, als sie mich kurz vor Mitternacht verlässt. Ich selber fühle mich dafür schwer und müde und allein.

31

Dann kommt Klaras Abschiedsfest. Ich werde bald auf eigenen Beinen stehen müssen, aber ich werde es schaffen. Klara hat mir in kurzer Zeit viel beigebracht, und vor allem hinterlässt sie eine ausgezeichnete Ordnung und Organisation. Der Abschied von der patenten Kollegin fällt mir schwer.
Das soll auf der Party allerdings nicht im Vordergrund stehen. Wir essen Bratwürste vom Grill, feiern zeitweise sogar im Freien, weil das Wetter so mild ist, und es herrscht eine fröhliche Stimmung. Fast hundert Leute sind gekommen. Klara trägt ein leichtes, blumiges Sommerkleid und sieht mit ihrem hochgesteckten Haar wunderschön aus. Sie ist der Star des Abends, wie es sich gehört. Ich dagegen trage Jeans und Turnschuhe, mit einem Jeanshemd. Keine besonders einfallsreiche Kombination. Und meine Mähne ist einfach nur wild. Als würdige Nachfolgerin werde ich meine Garderobe nach und nach etwas aufstocken müssen.

Wir sind gerade beim Kaffee, als mein Handy klingelt.
Ich denke sofort an Otto, verlasse schnell das Restaurant und bewege mich weg von dem Lärm, raus in die Natur.
»Otto?«, frage ich aufgeregt, »bist du das?«

»Ja, Anna.«

»Was ist los? Warum erreiche ich dich nicht? Warum meldest du dich nicht mehr?«, frage ich aufgeregt.

»Anna, ich komme nicht heim. Ich bleibe hier.«

»In Kenia?«, frage ich fassungslos. Das kann doch nicht wahr sein!

»Ich habe doch mit dir telefoniert, als ich im Samburu-Park war. Erinnerst du dich, wie glücklich ich war? Dort fand ich genau das Paradies, von dem ich immer geträumt hatte.«

Ja, ein Touristenparadies ohne Afrikaner, denke ich bitter.

»Das Elephant Paradise Camp ist eine luxuriöse Anlage und liegt an einem Fluss mitten im Park. Ich habe Elke kennen gelernt, die deutsche Pächterin. Sie möchte mich anstellen. Ich kann hier mitten im Paradies leben und arbeiten. Jeden Tag werde ich wilde Tiere sehen, Elefanten, Paviane, Giraffen ...«

Seine Stimme klingt wieder lebendig. Er ist ein Kind: schnell begeistert, schnell enttäuscht.

Dann sagt er leise: »Anna, ich glaube, ich habe mich in Elke verliebt.«

Einen Moment lang bin ich versucht, das Gespräch einfach abzubrechen. Ich sorge mich seit Tagen um ihn, und er hat meine Nachfragen einfach ignoriert, weil er keinen Mut hatte, mir *das* mitzuteilen.

Er bleibt in Kenia.

Er ist verliebt.

»Anna? Bist du noch da?«

»Ja«, antworte ich nur.

Was soll ich sagen? Was erwartet er von mir? Dass ich ihm einmal mehr nur das Allerbeste wünsche, was immer er auch tut, und ihm mein vollstes Verständnis entgegenbringe?

Und dann bricht wieder einmal die Leitung ab. Einfach so. Ohne Vorwarnung. Zum ersten Mal bin ich froh darüber.

Ich lasse mich auf eine Bank fallen, möchte mich am liebsten darunter verkriechen. Was soll ich noch auf diesem fröhlichen Fest? Ich verberge mein Gesicht in den Händen und weine. Es schüttelt mich richtig. Ich bin maßlos enttäuscht von meinem Otto. Ich bin traurig und wütend und verletzt.
Otto liebt Elke, auch wenn man ihren Namen nicht rückwärts lesen kann.
Anna und Otto gibts nicht mehr.
Nur Anna, allein im Tierpark.
Mir wird langsam kalt. Aber zum Fest zurück mag ich nicht mehr. Ich werde wohl für immer und ewig hier sitzen bleiben und weinen.

Ich schrecke auf. Da hat sich einer laut geräuspert. Oh, Thomas hat mich hier unter den Bäumen aufgespürt. Was wird er von mir denken? Ich hocke da wie ein Häufchen Elend.
Aber Thomas ist Thomas. Er setzt sich neben mich, legt vorsichtig den Arm um mich und hält mich fest. Ich lehne mich an ihn, rieche ihn, fühle ihn erstmals so nah. Er ist ein Baum. Ein richtiger Baum, tief verwurzelt, gesund und stabil. Otto ist eine schöne Blume, um die man ständig herumtanzen muss vor lauter Fürsorge, ob sie auch nicht zu viel Zugluft oder zu viel Sonne abbekommt. Schön, aber sehr empfindlich. Bäume sind auch schön, keine Frage, und sie haben definitiv noch andere Qualitäten.
»Erzählst du mir, was los ist?«, fragt Thomas, nachdem er spürt, dass ich mich beruhigt habe.
»Otto geht es gut. Er hat sich verliebt und bleibt in Kenia, wo er mitten im Samburu-Park in einer Safari-Lodge arbeiten wird.«
»Ist das sehr schlimm für dich?«
»Ja. Nein. Beides. Ich bin enttäuscht und wütend. Ich habe mir entsetzliche Sorgen gemacht, und das wusste er, war aber zu feige, um mir zu sagen, was los ist.«

Wir schweigen einen Moment lang. Thomas erzählt schließlich: »Es ist wunderschön in Samburu. Ich war auch schon dort. Es hatte so viele Elefanten, dass wir mit dem Safarifahrzeug wirklich vorsichtig fahren mussten, weil hinter jeder Wegbiegung eine Herde stand. Es war wie im Paradies: Riesentrappe, Gerenuks, Giraffen ... ein unerschöpflicher Tierreichtum.«
»Wolltest du auch dort bleiben?«
Thomas lacht und sagt: »Ich weiß, dass ich hierhergehöre. Ich reise gern und komme immer wieder gern heim. Aber die Safari hat mein Herz berührt, keine Frage, und die Lodge war paradiesisch schön. Es war schon fast dekadent, wie luxuriös wir dort gewohnt haben. Wir saßen vor dem Zelt, tranken einen Sundowner und beobachteten, wie die Tiere sich am Fluss tummelten.« Es sei schade, sagt er, dass den meisten Afrikanern der Zugang zu diesen Parks gar nicht möglich sei und sie so die Beziehung zu ihrer eigenen Tierwelt nicht wirklich pflegen könnten. »Aber davon willst du jetzt sicher nichts hören«, unterbricht sich Thomas und schweigt, ist einfach nur da.
Dafür finde ich meine Sprache wieder: »Otto hat so viel Leid gesehen in dem Spital in Isiolo und war selber ständig krank. Er sprach immer von Dreck und Elend. Das war gar nicht das Afrika, von dem er immer geträumt hatte. Vielleicht hat er es jetzt gefunden. Ob er mit verwöhnten Touristen aus aller Welt und ihren hohen Ansprüchen gut umgehen kann, wird sich sicher bald zeigen.«
»Das wird bestimmt eine Herausforderung«, stimmt Thomas mir zu. »Mir haben schon zwei Nächte im Camp gereicht. Da kommen Touristen von irgendwoher, die absolut kein Gespür für den Zauber des Ortes haben. Sie feiern laut und wild und besaufen sich. Sie sehen, riechen, atmen, fühlen und hören nichts. Am nächsten Tag ziehen sie weiter. Hauptsache, sie haben ein paar

wilde Tiere fotografiert, die sie dann auf ihrer Facebook-Seite präsentieren können.«

Ich würde gern für immer so sitzen bleiben, den Kopf an Thomas' Schulter gelehnt, doch er meint plötzlich: »Wir sollten zurück auf die Feier gehen. Klara möchte ihre Abschiedsrede halten. Und sie will dich unbedingt dabeihaben. Schaffst du das?«

»Ja, klar«, antworte ich und denke dabei genau das Gegenteil. Ich möchte mich verkriechen, mich irgendwo über einen Zaun davonstehlen und heimfahren. Allein sein. Aber ich weiß, dass das Leben kein Wunschkonzert ist. Klara Kaufmann war in den letzten Wochen eine geduldige Lehrmeisterin und eine herzliche Kollegin. Sie hat ein ungetrübtes Abschiedsfest ganz klar verdient.

»Danke«, sage ich zu meinem Retter.

»Gern«, meint dieser nur und drückt mich kurz an sich, um mich dann fast erschrocken sofort wieder loszulassen. Ich muss lächeln. Thomas ist so rücksichtsvoll und stets bemüht, absolut korrekt zu sein. Jetzt geht er wieder auf Distanz, als wir das Restaurant betreten. Klara hat uns trotzdem gemeinsam kommen sehen. Sie registriert auch meine verweinten Augen.

»Was ist los? Ist was mit deinem Otto?«, will sie wissen. Sie ist sofort an meiner Seite. Schade, dass sie nach Jamaika auswandert. Eine Freundin wie sie hätte ich gern hier im Tierpark.

»Otto geht es gut«, sagte ich zuerst nur.

»Dann bist du jetzt sicher sehr erleichtert«, bohrt Klara weiter.

»Ja, bin ich. Wirklich. Das schon.«

»Aber?«

»Er bleibt in Kenia, er hat sich verliebt.«

»Oh.«

Klara mustert mich. Ich beruhige sie. Ich werde trotzdem versuchen, ihr Fest zu genießen.

»Wann kommt deine Ansprache?«, frage ich also.

»Gleich«, sagt sie und sucht dabei nervös nach einem Zettel in ihrer Handtasche. Ich wünsche ihr Glück.

»Komm, wir trinken zuerst mal einen. Sicherheitshalber. Dir wird es auch nicht schaden«, schlägt Klara vor und zieht mich mit an eine eigens für das Fest errichtete Bar, wo sie für uns Schwyzer Honigkräuter, einen lokal gebrannten Likör, bestellt. Die goldene Flüssigkeit tut gut. »Wie Medizin«, lacht Klara und lässt die winzigen Gläser noch einmal auffüllen. Das Gold rinnt wohltuend durch unsere Kehlen und wärmt den ganzen Körper, ein ganz klein wenig auch das Herz. Dann geht Klara beschwingt zum Rednerpult, wo sie eine witzige Rede hält und sich mit lockeren Sprüchen von allen verabschiedet. Es wird nicht leicht sein, Klara Kaufmann würdig zu ersetzen.

Ihr Mann spielt nun mit seiner Band, Long-John and the Heartbreakers, und die Gäste strömen auf die Tanzfläche.

Ich habe mich vom großen Rummel ein wenig ins Freie zurückgezogen und höre der Band von weitem zu. Dazu wiege mich ein wenig im Reggae-Rhythmus und trinke noch einen Honigkräuter. Ich mag Reggae. Fast hätte ich Lust, ein wenig zu trommeln. Bei diesem Gedanken muss ich ein bisschen lachen. Mein Gemütszustand ist sehr gemischt. Ich bin erleichtert, dass es Otto anscheinend gut geht, dass ich mich nicht mehr für ihn verantwortlich fühlen, mich nicht mehr ständig fragen muss, ob er glücklich ist. Diese Last ist von mir abgefallen. Ich wünsche ihm tatsächlich nur das Allerbeste. Aber ich bin auch sehr enttäuscht, dass er nicht einmal im Abschied Rückgrat bewiesen hat, dass er mich so lange hat hängen lassen, obwohl er wissen musste, wie sehr ich mich um ihn sorge. Irgendwie hatte ich gedacht, dass unsere Geschichte nicht bloß eine komplizierte Short Story ist, sondern dass sie Stoff für einen mehrbändigen Familienroman liefern würde.

Ja, ich bin traurig.

Wirklich traurig.

Aber bevor ich jetzt hier vor allen losheule, werde ich mich diskret und unauffällig zurückziehen.

»Anna«, ruft Thomas, als ich gerade weggehen will. »Du gehst doch jetzt nicht, ohne mit mir getanzt zu haben?!«

»Ach, Thomas, mir geht es nicht so gut. Ich gehe besser heim.«

»Einen einzigen kleinen Tanz«, bettelt er, »um dich ein wenig aufzumuntern.«

Er zieht mich sanft in Richtung Tanzfläche, und ich gebe lachend nach. Die Band spielt gerade die langsamen, verträumten Lieder, und Thomas freut sich darüber. »Ich bin kein besonders guter Tänzer. Schleichen kann ich dafür gut.« Er zieht mich gefährlich nahe an sich heran und bewegt sich dann mit mir rhythmisch über die Tanzfläche. Wir werden beobachtet, das ist mir unangenehm. Dieser Anlass hier ist nicht wirklich privat. Aber sogar der Professor nickt fröhlich in unsere Richtung und hebt sein Glas, als wir an ihm vorbeitanzen.

Es ist beunruhigend schön, mit Thomas zu tanzen. Ich möchte mich an seine Brust lehnen, seine Nähe und seinen Herzschlag spüren. Aber ich fühle mich beobachtet und bin zu erwachsen, um nicht zu sehen, dass das problematisch sein könnte. Wie sieht das denn aus? Die neue PR-Frau knutscht schon beim ersten Personalfest mit dem Tierarzt auf der Tanzfläche? Wie unprofessionell! Daher versteife ich mich und versuche, ein wenig auf Distanz zu gehen. Thomas lächelt einfach nur.

Nach dem ersten Lied bitte ich um eine Pause und ziehe mich wieder an den Rand der Party zurück.

Thomas tanzt nun mit der Frau des Professors, also mit seiner Tante. Ich beobachte ihn von weitem.

»Läuft da was mit dir und Thomas?«, fragt Klara plötzlich neben mir und drückt mir ein neues Glas in die Hand.

Ich zucke mit den Schultern und trinke einen Schluck.
»Wo ist das Problem?«
Ich seufze.
Dann meint Klara: »Otto ist weg, Thomas ist da. Und er ist süß. Was könnte dir Besseres passieren?«
»Na ja, so nahtlos von einer Beziehung in die nächste... und dann auch noch Job und Privatleben vermischen...«, gebe ich leise zu bedenken.
Klara lacht mich aus. Otto sei schließlich schon eine ganze Weile nicht mehr da. »Übrigens gibt es hier sicher ein Dutzend Frauen, die Thomas jederzeit gern zu einem Teil ihres Privatlebens machen würden. Halte dich ran! Meinen Segen hast du«, sprichts und läuft wieder davon.

32

Das Fest ist in vollem Gang. Ich bin müde, und es zieht mich heim. Die Gelegenheit scheint mir günstig, jetzt still und heimlich abzuhauen, ohne dass einer Fragen stellt.
Meinen Smart habe ich direkt vor dem Eingang parkiert, nur finde ich meinen Autoschlüssel nicht. Ich wühle und wühle in meiner Handtasche und finde alle möglichen exotischen Dinge: Wäscheklammern, Gummibärchen ... aber keinen Autoschlüssel. Das ist doch nicht möglich! Wütend stampfe ich mit dem Fuß auf.
»Hast du ein Problem?«, fragt plötzlich Thomas hinter mir. Seine Stimme klingt ein wenig belustigt.

»Ich finde meinen Autoschlüssel nicht. Das ist nicht witzig. Ich möchte heim«, erkläre ich verärgert.
»Klara hat mich geschickt. Sie hat dir den Autoschlüssel abgenommen. Sie meint, du dürftest nicht mehr Auto fahren.«
»Sie hat …?« Ich schnappe empört nach Luft. »Was fällt ihr ein!«
Gut, ich habe ein paar Gläser Honigkräuter getrunken. Das letzte hatte sie mir ja noch selber in die Hand gedrückt. Ganz nüchtern bin ich wohl wirklich nicht mehr.
»Ich fahre dich«, sagt Thomas.
»Aber dann steht mein Auto hier, und ich muss am Morgen unglaublich früh raus, weil ich mit Bus und Zug zur Arbeit muss. Das ist doch bescheuert.«
Ich rege mich auf.
»Ich fahre dich, schlafe auf deinem Sofa, und am Morgen fahren wir gemeinsam zur Arbeit. Ist das ein Deal?«, bietet mein Retter mir an.
»Das würdest du machen?«
Ich bin gerührt, die Anspannung des Tages fällt von mir ab. Dafür muss ich nun ganz furchtbar weinen, was mir äußerst peinlich ist.
»Komm mal her«, sagt Thomas, macht seine Arme auf, und ich lasse mich für einen Moment einfach hineinfallen. Das beruhigt mich sofort. Riecht er nicht ein wenig nach … Baum? Meine Mundwinkel ziehen sich automatisch wieder nach oben. Er riecht nach Baum! Mein Freund, der Baum! Ich muss mich zusammenreißen, um nicht loszukichern. Vielleicht bin ich doch betrunkener, als ich dachte? Thomas wiegt mich ein wenig hin und her, streicht mir dann übers Haar und sagt: »Komm, wir fahren.«
Ist das nicht der falsche Text?
Hätte er jetzt nicht ganz andere Dinge sagen sollen?
Aber ich bin in einer schlechten Verfassung, und Thomas sieht das. Für einen aufregenderen Text ist jetzt nicht der richtige Zeit-

punkt. Besser, wir sagen heute nichts. Wir haben etwas gespürt, und das ist schön, beunruhigend, aber schön. Es ist vernünftig, es dabei zu belassen. Für heute. Aber Vernunft ist doof. Ehrlich.

Wir gehen zu Thomas' Geländewagen. Wir fahren Richtung Schwyz, dazu spielt das Radio »Highway to Hell«. Ich schließe meine Augen und lächle dümmlich vor mich hin. Wohin dieser Highway uns führt, kann ich nicht sagen, aber gewiss nicht in die Hölle.
Als ich mit Thomas meine Wohnung betrete, ist das schon sehr befremdlich. Ich fühle mich gehemmt, weiß nicht so recht, wie ich mit der Situation umgehen soll. Er dagegen ist völlig locker, begutachtet die große Wohnzimmercouch und erklärt: »Die ist prima. Ich brauche nur eine Decke.« Er will nichts mehr essen oder trinken. »Ich bin todmüde«, sagt er, »morgen wird ein anstrengender Tag für mich.«
So zeige ich ihm nur noch das Badezimmer, lege ihm ein paar Sachen bereit und wünsche ihm eine gute Nacht. Bald schon verschwindet er im Wohnzimmer und schließt die Tür hinter sich.

Fast zeitgleich kommen mit viel Gepolter meine Freundinnen heim. Caro und Heidi waren an einem Fest in Brunnen. Ich versuche, ihre Lautstärke zu dämpfen, und erkläre, dass da einer im Wohnzimmer schläft.
»Der Tierarzt, dem die Frauen vertrauen?«, fragt Heidi und grinst übers ganze Gesicht.
»Und warum schläft er nicht bei dir?«, will Caro wissen. »Ist er noch Jungfrau?« Sie kichert blöd.
Wir setzen uns kurz in die Küche. Ich versuche, den neugierigen Fragen meiner Freundinnen auszuweichen. Es gibt nun mal nicht auf alle Fragen eine passende Antwort, das müssen schließlich

auch sie akzeptieren. Aber ich erzähle ihnen von Otto, und sie sind nicht wirklich erstaunt.

»Das passt zu ihm«, kommentiert Heidi.

»Genau«, echot Caro.

Vielleicht haben sie recht. Aber das ist nicht wichtig. Meine Wut ist längst verraucht und hat einer Trauer Platz gemacht, einer kleinen Trauer, aber immerhin. Wir hätten es besser machen müssen, Otto und ich. Wir haben es gründlich versaut. Aber ich bin froh, dass es Otto jetzt gut geht. Er ist und bleibt ein Dudu. Ich kann ihm nicht böse sein.

Caro nimmt Gläser aus dem Schrank und gießt uns einen Absacker ein. »Ich glaube, wir sollten wieder ein wenig Schicksal spielen«, meint Heidi, nachdem wir angestoßen haben, und legt den neuen Kurskatalog des Vereins »Bildung Schwyz« auf den Tisch.

»Nein, das ist nicht dein Ernst!«, protestiert Caro heftig.

»Warum denn nicht?«, verteidigt sich Heidi. »Ich hatte kein Glück mit meinem Kurs, Anna hatte zumindest ein kurzes Glück, du hingegen hast das ganz große Los gezogen. Ich finde, ich müsste eine neue Chance bekommen.«

Caro lässt sich umstimmen. Ich sage gar nichts mehr.

»Aber diesmal ziehen wir nur einen Kurs und besuchen den dann gemeinsam«, schlägt Caro vor.

Diese Idee finden wir alle gut.

»Genau so machen wir das!«, beschließt Heidi. Sie holt drei Würfel aus der Küchenschublade und verkündet feierlich: »Jede würfelt eine Zahl, und daraus berechnen wir die Seitenzahl.«

Wir würfeln, still und konzentriert.

Ich würfle eine Drei.

Caro steuert eine Sechs bei.

Heidis Würfel zeigt eine Eins.

Seite zehn soll es also werden.

Heidis Hände zittern, als sie im Katalog blättert. Caro und ich schauen ihr über die Schulter. Die Spannung ist groß.
Seite zehn.
»Schach!«, rufen wir wie aus einem Munde.
Ein Schachkurs!
Wir werden Schach spielen lernen.
Das Spiel der Könige.
Still sitzen wir da, und jede macht sich so ihre Gedanken.
»Figuren auf quadratischen Feldern herumschieben«, sage ich schließlich, nicht sonderlich begeistert.
»Die Grundzüge kenne ich immerhin schon«, bemerkt Heidi froh.
»Wenigstens etwas Kopflastiges«, kommentiert Caro.

Irgendwie ist es nicht mehr so lustig wie beim ersten Mal. Wir können gar nicht mehr richtig darüber lachen, und die coolen Sprüche bleiben uns im Hals stecken. Es ist nicht mehr dasselbe Spiel, das wir zu Silvester noch so unschuldig und übermütig gespielt haben. Heute wissen wir tief im Innern ganz genau, dass es viel mehr ist als bloß ein Jux und dass auch dieser Kurs wieder schicksalhaft wird, für jede von uns. Der Kurs wird vieles verändern.
Aber wie?
Und warum?
Wie paralysiert starren wir auf den Kurskatalog, als würden wir in eine Kristallkugel schauen und irgendwann ein Stück Zukunft darin sehen können.

Caro zieht das Kursprogramm zu sich heran. »Anfängerkurs Schach. Sechs Abende. Regeln und Taktik«, liest sie vor. Und dann fängt sie plötzlich schallend an zu lachen. Sie kriegt sich fast

...t mehr ein. Wir verstehen nicht, was sie plötzlich so Witziges mit dem Schachspiel in Verbindung bringt. Und sie erklärt sich auch nicht, füllt nur unsere Schnapsgläschen wieder und will unbedingt auf unseren Schachlehrer anstoßen. Schachlehrer?
Sofort reißen Heidi und ich Caro den Kurskatalog aus der Hand und lesen: »Kursleitung: Thomas Tanner, Präsident des Schach-Klubs Arth-Goldau und Tierarzt im Tierpark Goldau«.
Nein!
Ich bin mit einem Schlag stocknüchtern.
Das ist doch nicht mehr lustig, dieses Spiel, das wir da spielen! Das ist vielmehr unheimlich.
Thomas, der Schachkönig?
Mein Schachkönig?
Caro und Heidi wollen jetzt schlafen gehen. Das war auch für sie zu viel Hokuspokus.
»Lasst uns morgen noch einmal über alles reden«, meint Heidi noch, »wenn wir wieder nüchtern sind.«

Ich tapse leise ins Wohnzimmer, wo der Schachkönig auf dem Sofa schläft. Ich knie mich vor ihn hin und betrachte den Schlafenden: ein schöner Mann, ein Baum, ein schlafender Baum. Ganz, ganz vorsichtig streiche ich ihm eine Haarsträhne aus dem Gesicht und lege meine Hand kurz an seine Wange. Da schlägt er seine Augen auf, und bevor ich mich schnell zurückziehen kann, hält er meine Hand fest und schmiegt sein Gesicht hinein. Eine unerwartet zärtliche Geste, die mein Herz berührt. Unsere Augen versinken eine winzige Ewigkeit lang ineinander.
»Geh schlafen, Anna. Wir müssen früh raus!«, sagt Thomas dann und, »wir haben alle Zeit der Welt.« Er drückt mir einen warmen Kuss in die Hand, dann dreht er sich einfach um und schläft weiter.

Thomas.
Ich gehe in mein Schlafzimmer, lege mich auf meine Matratze und bleibe hellwach.
Denkt man nicht immer, man habe alle Zeit der Welt und das ganze Leben liege noch vor einem?
Und wie oft trifft das dann nicht zu?
Ich könnte morgen schon tot sein.
Thomas könnte nach Timbuktu auswandern.
Ich dachte, ich würde für immer und ewig mit Otto zusammenbleiben, und wir hatten nicht einmal einen Sommer. Kurz entschlossen packe ich mein Kopfkissen und meine Bettdecke, schleiche mich ins Wohnzimmer und bette mich auf unser zweites Sofa. So kann ich beim Einschlafen meinen Schachkönig im Blick behalten.
Er ist ein Baum. Ein Baum von einem Mann. Einer zum Umarmen, zum Anlehnen.
Thomas.

Kurz vor dem Einschlafen denke ich nur noch: Schade, dass man seinen Namen nicht vorwärts und rückwärts lesen kann. Ansonsten nämlich – wenn ich es mir so richtig überlege und den Schachkönig vorwärts, rückwärts und sogar seitwärts betrachte – ist er einfach perfekt.

Danke

Ich darf beim Wörterseh Verlag auf ein großartiges Team zählen. Danke, Gabriella Baumann-von Arx. Danke, Michael Hammerer. Danke für die wohltuende Kombination von Geschäftssinn und Herzlichkeit. Danke auch meiner Lektorin, Andrea Heyde, die mit strenger Hand meine Texte überarbeitet, Andrea Leuthold, die am Ende alles korrigiert und immer mitdenkt, und Claudia Bislin. Danke, Thomas Jarzina, für das Cover. Danke, Elke Baumann, für die Erstkommentare. Danke, Rolf Schöner, für die typografische Gestaltung.

Ein besonderer Dank geht an den Tierpark Goldau, wo ich drei Tage lang ein Praktikum machen durfte und den Tierpflegern über die Schulter geschaut habe. Außerdem hat Anna Baumann, die Direktorin, meine Texte gegengelesen. www.tierpark.ch

Ich danke meinem neuen Arbeitgeber, der Stoosbahnen AG, und meinen Kollegen dort. Besuchen Sie mich: www.stoos.ch. Ich grüße alle Menschen auf dem Stoos.

Meinem Hans Gotthardt, meiner Familie und meinen Freunden danke ich sowieso. Ich weiß, dass ich ein wunderbares Umfeld habe, das mich stützt und trägt.

Ich habe im vergangenen Jahr Hunderte Leser-Rückmeldungen bekommen. Jedes nette Wort, jede Rezension, jedes Kompliment hat mich angespornt, aufgebaut und motiviert. Diese Feedbacks sind der allerschönste Lohn für meine Arbeit. Danke!

Bunt gemischt eine leider sehr unvollständige Liste mit Namen von Menschen, denen ich aus verschiedensten Gründen danken möchte: Fränzi Beeler, Ivan Steiner, Priska Ramer, Laura Vercellone, Mona Achermann, Vroni Schärer, Sandra Paradiso, Kerim Togan, Rita Betschart-Wiget, Bernadette Kälin-Wetterwald, Gery Gick…